AF304525

Linda Budinger wollte Schriftstellerin werden, seit sie lesen konnte, und war wild entschlossen, Kindheit und Jugend mit dem Sammeln literarisch verwertbarer Erfahrungen in Theorie und Praxis zu verbringen. Tatsächlich ist ihr Werk daher ähnlich vielseitig wie ihre (Lese-)Interessen.

LINDA BUDINGER

Die
SCHATTEN
von
Weißenbach

*"In liebevoller Erinnerung
für meine Mutter Brigitte"*

Kapitel 1

*»Wenn ich am Kopfende des Bettes stehe, wird der
Kranke nicht mehr genesen. Siehst du mich aber am
Fußende stehen, so wird der Kranke gesund, so schwer sein
Leiden auch sein mag.«*

Die Herrin des Todes und ihr Patensohn
Märchen aus Frankreich

Frau Melzer würde nicht durchkommen, so viel wusste
Verena beim ersten Blick auf die Aura der Patientin. Vi-
olette Fäden faserten vom inneren Licht der bettlägeri-
gen Frau ab, der goldene Schein um den Körper ver-
blasste und blutete ins Nichts.

Verena hatte das Dutzende Male erlebt, wenn die Lebenskraft derart abnahm, dass sie sich wie ein ausbren-
nendes Feuer selbst verzehrte. Sie gab der Patientin
noch zwei, drei Stunden und bettete Frau Melzer hö-
her, damit sie besser Luft bekam.

Ihr eigener Kehlkopf verkantete sich. Verenas über-
natürliche Gabe half bei der Bestimmung von Krank-
heiten oder Verletzungen. Sie hatte sogar einen Patienten vor einer falschen Bluttransfusion bewahrt, weil sie
auch unterschiedliche Blutgruppen und Reste der persönlichen Aura darin wahrnahm.

Doch den Tod konnte niemand aufhalten. Dem Sterben machtlos ins Auge zu sehen, gehörte zum schwie-
rigsten Teil des Berufs. Die auf unorthodoxe Weise er-

langten Erkenntnisse weiterzugeben war ein anderes
Problem.

Verena beschränkte sich auf dezente Empfehlungen,
um die Kollegen auf die richtige Spur zu bringen und
Revierkämpfe mit den Ärzten zu vermeiden. Da ihre
Einschätzung der Todeszeit oft stimmte, nannte man
sie hinter ihrem Rücken bereits *Todesengel.*

Getuschel im Schwesternzimmer war das eine. Falls
Verena jedoch verriet, wie sie ihr Wissen gewann,
drohte ihr die Einweisung in eine Klinik ganz anderer
Art.

Im Bus nach Hause döste Verena neben schläfrigen
Frühaufstehern dem Bett entgegen.

Zuhause waren dann die Kapitel über Gefäßkrank-
heiten dran, ehe sie endlich in die Kissen sinken
konnte. Sie hoffte auf einen ruhigen Morgen, um
Kräfte für die Medizin-Vorlesung um 12 Uhr zu schöp-
fen. Wenigstens fingen bald die Semesterferien an, da
konnte sie sich voll auf das Lernen für die Klausuren
konzentrieren. Und ausschlafen, ein rarer Luxus, in der
für Nachtarbeiter schlecht eingerichteten Welt.

Es war wohl bitter nötig, nachdem sogar Oberarzt
Karden sie vorhin angesprochen hatte. Seine skepti-
schen Worte klangen ihr noch im Ohr: »So erschöpft,
wie Sie aussehen, weiß man ja nie, ob Sie in ein Bett auf
Station gehören oder ins Schwesternzimmer, Frau Seiler. Ich begrüße es, wenn Leute mehr aus sich machen
wollen. Aber sind Sie der doppelten Belastung wirklich
gewachsen?«

Als sie ihm versichert hatte, dass es ihr gut ging, hatte Karden Zähne gezeigt, was wohl Sympathie ausdrücken sollte. Dieser falsche Hund!

Seit durchgesickert war, dass sie sich weiterbildete, um eines Tages Ärztin zu werden, hatte er sie auf dem Kieker. Dabei stammte er selbst aus einer Medizinerfamilie und war, im Gegenteil zu ihr, auf einem weichen finanziellen Polster durchs Studium gerutscht.

Verena gähnte. Der Mond spiegelte sich im Seitenfenster des Busses, und sie lehnte den bleischweren Kopf ans kühle Glas. Zwei Stationen noch. Sie schloss für einen kurzen Moment die Augen und nickte ein.

Scheinwerfer zogen vorbei. Regentropfen malten Batikmuster auf die Glasscheiben, doch als die Familienkutsche auf der Autobahn Tempo aufnahm, spülte der Luftzug sie wieder weg. Verena spürte die Beschleunigung im Bauch. Sie äugte zu ihrer jüngeren Schwester im Kindersitz hinüber. Marion war endlich eingeschlafen, nachdem sie gerade erst am Gurtschloss gespielt hatte.

Reifen und Motor erzeugten ein einschläferndes Brummen, Wasser spritzte seitlich hoch.

Plötzlich bockte der VW wie ein Wildpferd, und der Gurt straffte sich. Verena sah vorüberjagende Pfosten und die Leitplanke, dann folgten ein Knall und ein Stoß. Im Rückspiegel blitzte Papas angespanntes Gesicht auf. Er kurbelte wild am Lenkrad, Mama duckte sich auf dem Beifahrersitz.

Ein heftiger Ruck schüttelte den Wagen, und danach geschah etwas mit dem Auto, geschah mit der Welt.

Die Umgebung kippte. Der Sicherheitsgurt drückte Verena die Luft aus dem Brustkorb. Marion purzelte kreischend umher.

Das Autodach verformte sich, wollte sie erdrücken. Entsetzt schrie Verena auf, prallte seitlich gegen das Fenster und schlug sich den Kopf an. Alles drehte sich und versank im Chaos.

Nachdem der VW zur Ruhe gekommen war, herrschte gespenstische Stille. Verena war schwindelig, und sie schmeckte Blut. Im Auto roch es scharf und metallisch. Verena steckte zwischen Sitz und eingedrückter Seitenwand fest.

»Mama?« Ihr Fuß schmerzte, und als sie sich vorbeugen wollte, fühlte es sich auch noch so an, als steche ein Messer durch ihr Bein. Sie tastete vorsichtig die Jeans entlang. Der Stoff war nass und klebrig, und sie spürte darunter Splitter! Schlagartig wurde ihr übel.

»Mama? Papa? Es tut so weh!«

Niemand rührte sich auf den Vordersitzen. Waren sie bewusstlos? Verena kämpfte gegen die Qualen an, aber sie schaffte es nicht einmal, ihre Mutter zu berühren. Sie fing am ganzen Leib zu zittern an.

Im Fußraum auf der anderen Seite weinte Marion. Sie musste aus dem Kindersitz geschleudert worden sein.

Die kleine Gestalt, in rötliches Licht getaucht, war nur eine Umarmung weit fort, doch für Verena war sie unerreichbar. Haarsträhnen verdeckten das Kindergesicht, und darunter sah Verena Blut! Sie reckte sich, aber die Schmerzen im Bein rissen sie brutaler zurück als der verklemmte Gurt.

Grünes Schimmern erfüllte die komplette Wagenfront.

»Mama, Papa, wacht bitte auf! Ihr macht Marion Angst.« Die Panik nistete sich in ihrem Brustkorb ein. Verena biss sich auf die Unterlippe und spähte durch den Spalt zwischen den Vordersitzen. Eine verkrümmte Faust mit Ehering umklammerte die Handbremse. Und war das da Marions zerdrücktes Kuscheltier oder der Kopf ihrer ...?

»Nein ... nein«, stammelte sie. Das fahlgrüne Licht, das sie für Armaturenbeleuchtung gehalten hatte, umgab die Erwachsenen wie ein phosphorisierendes Leichentuch.

Angst schnürte ihre Kehle zu. Sie zitterte schlimmer als zuvor und schloss die Augen, um das kalte Leuchten auszusperren. Verena wollte sich nur zusammenkauern, sie musste Marion trösten, die aus vollem Hals brüllte.

»Bleib ruhig, Süße!«, sagte sie unter Tränen und zerrte am Gurt, um ihre Schwester wenigstens in die Arme zu nehmen. Vergeblich. »Komm rüber! Ich puste das Aua weg!«

Das Geschrei wurde zu leisen Schluchzern, dann wimmerte das Kind bloß noch. Das eigenartige Licht um Marion wechselte von Rot zu fahlem Grün.

Das kalte Metall und das Leid drückten Verena die Luft ab, und bis die Helfer eintrafen und das Blitzen der Ambulanz alle Farben im Auto überstrahlte, hatte sie ihre Familie sterben sehen.

Etwas berührte Verenas Gesicht, und ruckartig erwachte sie im Bus aus dem Traum vom furchtbaren

Tag, der ihr Leben zertrümmert hatte. Sie wischte den großen Nachtfalter weg, der mit ihr im Bus eingesperrt war und nun immer wieder vor die Scheibe flog.

Nur dank langjähriger Verhaltenstherapie hatte sie gelernt, die Fahrt in einem geschlossenen Fahrzeug angstfrei zu überstehen. Sie selbst besaß weder Führerschein noch Wagen.

Als der Bus an ihrer Station hielt, stieg Verena vorsichtig aus, um auf den Stufen nicht zu stolpern. Das lädierte Knie tat nach der ereignisreichen Nachtwache ohnehin weh.

Ihr Heimweg führte am Blankenrainer Park mit den nebeligen Wiesen und dem Wäldchen entlang. Vögel zwitscherten. Ein Kaninchen hoppelte übers Gras und malte einen silbrigen Streifen ins nasse Grün. Es war trächtig, das verriet das warme Orange ums Fell. Tierische Auren waren einfach zu lesen, in menschlichen dagegen konnte Verena sich verlieren. Sie hatte gelernt, den zusätzlichen Sinn größtenteils zurückzunehmen, um nicht von der Fülle an Eindrücken erschlagen zu werden.

In der Hoffnung, ihr Talent besser zu verstehen, hatte Verena sich früher mit Esoterik beschäftigt. Laut Grenzwissenschaft und fernöstlichen Lehren besaßen Menschen ein mystisches Auge auf der Stirn. Bei den meisten Leuten schlief dieses sogenannte *Dritte Auge*. Manchmal, wie in Verenas Fall, wurden übersinnliche Fähigkeiten durch Krisen aktiviert. Die Erklärung, dass dafür der Autounfall und der Verlust ihrer ganzen Familie verantwortlich waren, erschien ihr zumindest nicht schlechter als andere.

Die Gesundheitsdeutung per Aura hatte Verena sich allein erarbeitet, da ihre Wahrnehmung sehr speziell zu sein schien.

Die Gegend war wie ausgestorben. Um die Straßenlaternen flatterten allerhand späte Nachtfalter, angelockt vom hellen Licht, dass ihnen Mondschein hinter Glas vorgaukelte. Die Nachtschwärmer sollten langsam schlafen gehen, genau wie sie. Verena ertappte sich dabei, wie sie beim Gähnen die Augenlider immer ein wenig länger geschlossen hielt. Als es in den Holunderbüschen neben ihr raschelte, schrak sie daher zusammen. Doch es flatterte bloß eine Amsel heraus.

Der Weg rückte näher an den bewaldeten Teil der Anlage. Verena gelangte an ein Drängelgitter, das Radfahrern den Zugang erschweren sollte. Ausgerechnet an dieser Stelle lagen die Reste eines Trinkgelages. Als sie versuchte, Glasscherben und Bierdosen auszuweichen, verhakte sich die Handtasche an einer Metallstrebe. Aus dem Tritt gebracht, prallte Verena mit der Hüfte gegen die Stange. *Au, verdammt!*

Ihr Atem beschleunigte sich instinktiv. Sie steckte fest, wie damals im Auto. Verena zerrte wild an der Tasche, und endlich löste sich der Riemen.

Um sie herum war es totenstill geworden. Wachsam sah sie sich um. *Ein seltsamer Ast,* dachte sie noch, dann jagte ihr Herz los. Das war kein Holzstück, das da aus dem kahlen Rhododendron ragte, sondern ein menschlicher Arm!

»Hallo?« Brauchte jemand dort Hilfe?

Instinkt und Pflicht stritten kurz miteinander, und schließlich machte Verena ein paar Schritte Richtung

Waldrand. Nach einigen Metern über die feuchte Wiese blieb sie stehen.

Der Verstand wollte ihr weismachen, es sei nur Teil einer Schaufensterpuppe, die Spaßvögel versteckt hatten. Aber ihre Gabe nahm ganz deutlich die olivgrüne Leichenaura wahr. Und beim genaueren Hingucken erkannte sie im Gebüsch einen Torso. Und dahinter einen Fuß ...

Verena versuchte, den Kloß im Hals loszuwerden. Sie hatte in der Klinik genug Tote gesehen, und im Studium im Präp-Kurs einen menschlichen Leichnam seziert. Meist sahen Verstorbene entspannt aus – gelöst und irgendwie entrückt, nicht nur für ihre geschärften Sinne. Das hier aber war vollkommen anders. Die Teile lagen verstreut wie Glieder einer zerrissenen Puppe.

Sie stieß einen erstickten Laut aus.

Ihre besondere Wahrnehmung zählte die Stücke, die zuvor ein lebendes Wesen gebildet hatten. Ein Rest Bewusstsein registrierte, wie sich feuchte Luft auf dem Mantelkragen niederschlug, und versuchte, den stechenden Geruch nach Fäkalien und Blut auszublenden.

Etwas knackte im Buschwerk. Verena zuckte zusammen, und ihr Blick blieb an einer Spur auf der taugetränkten Wiese hängen. Die Fährte endete vor dem Rhododendron mit der Leiche.

Die Erkenntnis traf sie wie ein Schlag: Es führte keine zweite Fußspur über den Rasen zurück. Lauerte der Mörder hier irgendwo?

»Oh Gott!« Beim nächsten Rascheln im Gebüsch verkrampfte sich ihr Magen. Etwas Menschengroßes schob sich durchs Unterholz. Sie war allein mit einer Bestie in Menschengestalt!

So schnell das marode Knie es erlaubte, eilte sie zum Weg und tastete dabei vergeblich nach dem Handy. Hatte sie das Telefon etwa beim Drängelgitter verloren? Ihr Fuß verhakte sich in einem Erdloch. *Weiter!* Jedes Knistern von altem Laub und Zweigen trieb sie vorwärts. Sie musste fort, unter Menschen, in Sicherheit. Verena konnte kaum Schritt halten mit dem Gedankenkarussell im Kopf.

Bevor sie die Parkanlage verließ, schälte sich eine Sekunde lang eine Silhouette aus den Büschen. Verenas Füße trugen sie wie von selbst zwischen parkende Autos hindurch. Als sie sich gehetzt umdrehte, war die Gestalt untergetaucht.

Gepresst stieß sie den Atem aus und stoppte nicht mehr, um sich umzusehen. Stattdessen legte sie alle Energie in die Flucht. Ihre Sneaker schlugen dumpf auf den Asphalt, doch außerdem hörte sie eine Art Schlurfen und das leise Klicken wie von Krallen. Verenas Hand schloss sich um die Dose Pfefferspray. Die andere suchte immer noch das Handy. *Mist!*

Ein Stück die Straße hinunter lag ein Kiosk, der vielleicht geöffnet hatte! Etwas kratzte hinter ihr gegen Blech. Im Vorbeihetzen schaute Verena in den spiegelnden Autoscheiben nach dem Verfolger. Im Glas zeichnete sich ein vager Umriss ab, den blaue Blitze umzuckten. Verenas hellwache Sinne versuchten, die Aura zu deuten, und sie übersah die Bordsteinkante. Als sie das Bein zu hart aufsetzte, drang der Stoß bis in den Kiefer. Schlagartig wechselte das Knie vom Sand-im-Gelenk-Gefühl zur Phase *Glassplitter* über.

Verena zischte schmerzerfüllt, und die Finger stahlen sich automatisch zu der wehen Stelle. Sie verharrte in

Deckung des Wagens, die Hand schützend um die Kniescheibe gelegt und spähte umher. *Wo steckst du?*

Aber sie hatte die Gestalt aus den Augen verloren.

Die Ampel an der Kreuzung schaltete von Rot auf Grün. Das fahle Leuchten erinnerte sie an die Aura der zerfetzten Leiche. Verena unterdrückte ein Würgen. Sie hastete weiter, an einem Abbruchhaus vorbei und schließlich um eine Ecke. Nirgendwo ein Licht, jedermann sonst schlief.

»Internationale Presse« stand in abblätternden Buchstaben an der Wand des Kiosks. Der Rollladen über dem Tresen war geschlossen. Hier würde sie keine Hilfe finden. Auf dem Bordstein vor dem Geschäft lag ein aufgeplatztes Zeitungspaket. »*Lumpensammler-Morde ohne jede Spur*«, überflog Verena im Vorbeihasten. Sie war auf sich allein gestellt.

Wieder bemerkte sie aus dem Augenwinkel eine geschmeidige Bewegung, mehr das Huschen eines Tieres als das eines Menschen. Sie wollte lauschen, doch das Rattern eines Zugs übertönte jedes andere Geräusch. *Zug!* Neuer Plan! Verena lenkte die Schritte zum Bahnhof. Dort wartete zu jeder Tages- und Nachtzeit ein Taxi. Sie biss die Zähne zusammen und überquerte im Eilschritt das Kopfsteinpflaster.

Zu den Stichen im Knie kam ein dumpfes Drücken im rechten Fuß, den der Unfall zehn Jahre zuvor zerschmettert hatte. Er fühlte sich an, als stecke er in einem viel zu engen Schuh.

Verena hatte das Unglück überlebt, das ihr die Familie genommen hatte, und die Unterbringung bei den strengen Pflegeeltern überstanden. Die Sorge, dass man sie wegen ihrer Gabe für einen Freak hielt, ertragen – eine Befürchtung, die bisher jede Beziehung zerstört hatte. Und sie würde auch die Begegnung mit dem *Lumpensammler* für sich entscheiden – denn wer sonst könnte für die Leiche im Park verantwortlich sein?

Eine Woge von Energie beflügelte sie.

Verena bog zum Bahnhof ab und war schon einige Meter gelaufen, als ihr der Denkfehler bewusst wurde.

Die Bahnhofsstraße war von Zierkirschen gesäumt. Im Dämmerlicht glichen die Bäume finsteren Säulen, hinter denen sich wer-weiß-was verbergen konnte. War der Verfolger überhaupt noch an ihr dran oder hatte sie ihn abgeschüttelt?

Etwas schepperte bei der Einbiegung, und damit hatte sie ihre Antwort. Verena riskierte einen Blick über die Schulter: Eine rollende Mülltonne. Die kippten nicht von alleine um. Wenn sie jetzt umkehrte, lief sie dem Mörder direkt in die Arme.

Sie hinkte auf den Mittelstreifen, um Abstand zu den Straßenrändern zu gewinnen. Auf der Straße lauerten wenigstens keine Kanten oder Asphaltlöcher.

Ängstlich schaute sie sich abermals um. Eine gedrungene Gestalt bewegte sich von Deckung zu Deckung. Verena konnte nicht genau festmachen, ob sie auf zwei oder vier Beinen lief. So stellte sie sich einen Werwolf vor!

Sie bekam eine Gänsehaut. Die Aura war bis auf die bläulichen Funken matt und kränklich, so eine Kombination war ihr nie zuvor begegnet.

Sie legte trotz des wummernden Knies noch einen Schritt zu. Das wunde Gelenk rieb aufeinander, bis darunter rohes Fleisch zu liegen schien. Der Fuß fühlte sich inzwischen an, als würde er jeden Moment in zwei

Teile brechen. Verena setzte den Schuh zur Entlastung stärker mit der Außenkante auf und hinkte deutlicher. Die halbe Strecke war geschafft. Aber der Verfolger kam näher.

Sie bereitete sich auf die Konfrontation vor. Zuerst war das Pfefferspray dran. Dann musste sie improvisieren: Schlüsselbund, Fingernägel. Sie ging im Geiste schon die verwundbaren Stellen des menschlichen Körpers durch, da geriet sie in eine süße Duftwolke.

Natürlich. Sie war nicht die Einzige, die nachts arbeitete!

Angespannt und kampfbereit bog Verena in den Hinterhof der Bäckerei Horn ein. Der wild pochende Herzschlag trieb sie auf die Tür und den Lichtstreifen am Durchgang zu.

Sie trat ins helle, warme Licht der Backstube, wo drei mehlbestäubte Angestellte sie verblüfft ansahen.

»Ich brauche Hilfe«, stieß sie atemlos hervor.

Kapitel 2

Gazette: Blutbad im Park

Küstennachrichten: Lumpensammler schlägt wieder zu

Hernberger Rundschau: Rätselhafte Mordserie geht weiter

Blankenrain – In den frühen Morgenstunden des gestrigen Tages entdeckte die 23-jährige Verena S. im Stadtpark von Blankenrain den grausam zugerichteten Körper eines Helmstädter Geschäftsmannes. Die Polizei schließt einen Zusammenhang zu den anderen Morden im Landkreis (wir berichteten) nicht aus.

Sucht der wegen seiner abgerissenen Erscheinung im Volksmund Lumpensammler genannte Serienmörder nun auch im beschaulichen Blankenrain nach Opfern?

Über die genauen Hintergründe der Tat gibt es noch keine Informationen. Wir ermitteln in alle Richtungen, so der Polizeipräsident.

Gazette: Ihm (Rainer D.) konnte auch Schwester Verena nicht mehr helfen

***Abendbote:** Nachtschwester findet zerstückelte Leiche*

Wie erst nach Redaktionsschluss bekannt wurde, arbeitet Verena S., die gestern früh auf dem Heimweg wortwörtlich über eine Leiche stolperte, als Krankenschwester in der Klinik von Blankenrain. Nachdem sie auf die sterblichen Überreste von Rainer D. stieß, rief sie, eigenen Angaben zufolge, umgehend die Polizei. Trotz eingeleiteter Großfahndung konnte im Park niemand angetroffen werden. Lesen Sie weiter im Innenteil.

***Gazette:** Nichts Neues im Park-Mord*

Die Behörden haben auch nach drei Tagen keine Ergebnisse vorzuweisen. Langsam erkaltet die Spur. Verena S., die angeblich so couragierte Krankenschwester, weigert sich, mit der Presse zu sprechen. Hat sie etwas zu verbergen? Oder hat die junge Frau mehr gesehen, als sie zugeben möchte? In unserem Interview mit Bäckermeister Horn erfahren wir, wie er die Nacht des Mordes erlebte ...

Ein leises Klirren schreckte Verena auf, und die Zeitung rutschte ihr aus der Hand.

»Scht, alles in Ordnung.« Martina stellte die Tasse auf den Glastisch und hinterließ eine mittlere Überschwemmung. »Du brauchst jetzt eine Teepause.«

»Danke, Tina!« Verena wärmte sich die Finger am Porzellan.

»Mir ist schleierhaft, wieso du dir das antust.« Tina wies auf den mit Zeitungen übersäten Tisch. »Die schreiben jeden Tag mehr Unfug über dich. Nun haben sie sogar ein Foto von dir aufgetrieben. Nicht mal ein Schmeichelhaftes.«

»Das war gestern schon bei Twitter.« Verena zuckte die Achseln. »Von den lieben Kolleginnen geteilt.« Auf ihr Handy, das sie in jener Nacht so verzweifelt gesucht hatte, war sie schließlich ganz unten in der Tasche gestoßen. Nun war der Akku so gut wie leer, weil sie sich von der inneren Unruhe ablenken wollte, indem sie jede Mitteilung online verfolgte.

»Nun lass doch mal gut sein, Verena.«

»Irgendwas muss ich ja tun. Die Klinik hat mich freigestellt, und ab nächster Woche sind Semesterferien. Eigentlich will ich von der Sache nichts mehr hören, ich müsste für die Klausuren lernen. Aber das ist wie mit einem lockeren Zahn. Man wackelt dauernd mit der Zunge dran.«

»Die verbreiten nur Gerüchte, weil es über den *Lumpensammler* wenig zu berichten gibt. Wenn du die Gazette zusammenrollst, kannst du bei dem schaurigen Verbrechen und Promischmalz glatt Blutwurst daraus machen.«

Lachend zog Verena Tina neben sich aufs Sofa. Die Freundin erstrahlte in einem gelben Licht, das sie als *gesund* zu deuten gelernt hatte.

»Danke«, sagte sie. »Für die Einladung, ein paar Tage bei dir zu verbringen, bis das Schlimmste vorbei ist.«

»Na, hör mal! Du hast doch sonst niemanden. Und die Polizei weigerte sich ja, dich in Schutzhaft zu nehmen.«

»Schutz*verwahrung*«, meinte Verena mit gespieltem Vorwurf. »Leider bin ich keine Kronzeugin aus einem US-Krimi. Ich hatte halt nur das Pech ...«

»... *über eine Leiche zu stolpern*. Stell dir den Rummel vor, wenn du zu Hause geblieben wärst.«

»Ich will dich da nicht reinziehen. Es könnte gefährlich werden.« Verena wies auf das Phantombild des Verdächtigen, das kaum mehr hergab als ein Paar glühender Augen in einer Kapuze, die in einen zerfetzten Mantel überging. »Der sieht alles andere als freundlich aus.«

Jetzt war es Tina, die empört dreinblickte. »Hey, du hast doch ausgesagt, dass du niemanden gesehen hast.«

Verena schluckte.

In Wahrheit hatte sie der Polizei berichtet, dass ihr jemand gefolgt war, den sie für den Mörder hielt. Die Beamten hatten sie jedoch angewiesen, aus ermittlungstaktischen Gründen über dieses Detail Stillschweigen zu bewahren. Sogar Tina gegenüber. Man hatte ihr Polizeischutz angeboten. Aber der Gedanke an eine Zelle im Polizeirevier oder dem wochenlangen Eingesperrtsein in der eigenen Wohnung war unerträglich.

Tina deutete ihr Schweigen falsch. »Außerdem ist dieser Lumpensammler nur hinter Männern her«, betonte sie. »Siehst du hier irgendwelche Männer? Unter dem Tisch? Im Schrank? Oder etwa im Schlafzimmer?« Sie sah einen Moment lang traurig aus, und das gelbe Licht um sie flackerte. »Wir sind ja beide solo!«

Mit einem lag Tina goldrichtig: Bei den vier bisherigen Opfern des *Lumpensammlers* handelte es sich durchweg um ältere Männer. Trotzdem wurde Verena das unheimliche Gefühl nicht los, dass mehr hinter den Morden steckte. Vor allem wegen der seltsamen Aura des Verfolgers.

Eine wachsende Unrast plagte Verena. Sich im winzigen Appartement ihrer einzigen Freundin zu verstecken, war eine Sache. Wie eine Klette an ihr zu hängen, eine andere.

»Heute Abend gehe ich arbeiten!«, sagte sie. »Ich kann mich nicht die ganze Zeit hier verkriechen und romantische Kostümfilme gucken.«

»Hast du dir das gut überlegt? Uns fehlen noch zwei Staffeln von Downton Abbey.«

Kopfschüttelnd meinte Verena: »Mein Ladegerät fürs Handy liegt in der Klinik, und dann kann ich auch gleich nach dem Rechten schauen.«

»Ich bring dich hin. Und zurück nimmst du ein Taxi!«

Tina fuhr so übervorsichtig, dass man sich in ihrem Auto halbwegs sicher fühlte. »Ja, *Mama*.«

Sie lachten beide. Doch das von der Zimmerdecke zurückgeworfene Gelächter klang wie Spott. Plötzlich war Verena nicht mehr zum Lachen zumute.

Verena hängte das Mobiltelefon ans Ladegerät und streifte den Schwesternkittel über. Endlich wieder auf Station. Es roch nach Desinfektionsmitteln, Plastik von den Abdeckhauben der Abendbrotteller, dazu ein Hauch von Schweiß und krankem Mensch. Der übliche Krankenhausmief. Während der Nachtschicht herrschte in der Klinik eine beruhigende Atmosphäre, als färbe der Schlaf der Patienten ab. Und Ruhe war genau das Richtige für ihre überreizten Nerven.

Als Verena an einer angelehnten Tür vorbeikam, hörte sie die vertraute Stimme von Dr. Karden und verdrehte unwillkürlich die Augen. Natürlich hatte ausgerechnet er heute Dienst. Doch das war ein Krankenzimmer, nicht der Bereitschaftsraum. Gab es einen Notfall?

»Ja. Wir sind so nahe dran wie nie.« Kein Patientengespräch, es sprach nur einer. Der Oberarzt musste sich für ein vertrauliches Telefonat zurückgezogen haben.

»Was glaubst du?« Irgendetwas an dem Tonfall veranlasste sie, stehenzubleiben.

»Ich vergesse nie, was er Helene angetan hat. Der Gedanke an das Salamanderbuch motiviert mich jeden Tag.« Pause.

»Ja, ich habe den Standort verlegt. Aus Sicherheitsgründen. Ganz in deren Nähe. Was das Löwen-Projekt angeht ... GU-28, AD-12 und vor allem CY-15 zeigen Fortschritte.«

Als Karden Faktoren aus irgendeinem Experiment aufzählte, setzte sich Verena wieder in Bewegung. Es ging um seine Familienfirma Panazee-Pharma.

Sie betrat das Schwesternzimmer, eine Lichtinsel inmitten abgedunkelter Räume. Die Kolleginnen blickten überrascht hoch. Ärzte pflegten vorher anzuklopfen und natürlich erwartete sie niemand.

»Sieh an, unsere Berühmtheit«, bemerkte Katja spitz. »Aus dem Rampenlicht zurück an die Bettpfanne.«

»Wir haben das von dir gehört. Was tust du denn hier?«, fragte Mila. Sie musste gerade aus der Raucherpause gekommen sein, der Grauschleier um ihre Aura löste sich schon auf.

Blauer Dunst und schwarzer Kaffee trugen das Personal durch die Nachtschicht. Verena mochte gar nicht wissen, was Ärzte einwarfen, um Bereitschaftsdienste, Rufdienste oder die Verantwortung für eine ganze

Station *und* die Notaufnahme durchzustehen. Allerdings würde sie nie verstehen, wieso ausgerechnet Leute im Medizinbetrieb Raubbau am eigenen Körper betrieben. »Ich wollte mich nützlich machen. Mir fällt die Decke auf den Kopf.«

»Der Warteraum der Ambulanz ist voll«, bemerkte Katja. »Es gab einen Notfall auf der U6. Bei nur einem Arzt auf Station stapeln sich die Patienten.«

Das war ja kein Wunder, wenn Karden telefonierte, statt zu arbeiten.

Im Wartebereich der Ambulanz empfing sie Alkoholgeruch, allerdings nicht von Desinfektionsmitteln. In einer Glaskabine am Ende der Stuhlreihe teilte ihre Kollegin Elvan die Patienten nach Dringlichkeit der Behandlung ein. Zwei Männer sahen aus, als kämen sie von einer Prügelei. Ein älterer Herr saß schnaufend da. Für Verenas inneres Auge wirkten die Beschwerden seiner verschleppten Bronchitis nicht sonderlich ernst. Eine Frau hielt sich den Arm, der verstaucht zu sein schien.

Verena musterte das Pärchen genauer, von dem der Geruch nach Schnaps stammte. Der Betrunkene hockte ungelenk auf dem viel zu niedrigen Stuhl und schob die Beine ruhelos vor und zurück. Beide Auren waren am Rand leberrot getönt, typisch für Alkoholrausch. Außerdem zeigte die Aura der Frau einen feinen Riss auf Schädelhöhe, und sie war in diesem Bereich verschoben.

Beim Anblick von Verenas Kittel wetterte der Mann los. »Wo bleibt'n der Doktor? Wir warten seit 'ner Stunde!«

Verena musste die Kollegin unbedingt auf den kritischen Zustand der Frau aufmerksam machen. Rasch schlüpfte sie in die Kabine. »Hallo, Elvan.«

Die riss die Augen auf. »Gut, dass du da bist. Der Kerl randaliert gleich.«

Hinten ging eine Tür auf. Köpfe ruckten hoch, und Bewegung kam in die Menge. »Herr Doktor!« Der Betrunkene sprang schwankend auf die Füße. »Meine Frau ist die Treppe 'runtergefallen. Sie hat wahnsinnige Schmerzen.«

»Ich seh mir eben die Papiere an.« Karden wollte die Tür zum Glaskasten öffnen, doch überraschend flink packte ihn der Mann am Kittel.

»Es is' dringend, Herr Doktor. Die wird verrückt vor Kopfweh.«

Die Frau kauerte benommen da, und ihr liefen Tränen über das Gesicht. Ihr Aurariss war in dem kurzen Moment bereits größer geworden. Wütend pulsierte ein rötliches Strahlen um die Fissur.

»Wenn Sie ausfallend werden, helfen Sie Ihr auch nicht.« Karden griff nach den Krankenblättern. Die Hand des Betrunkenen glitt vom steif gestärkten Arztkittel wie ein totes Gewicht. »Ich mein' doch nur – tun Sie was!«

Karden wich vor seiner feuchten Aussprache zurück und wäre dabei beinahe in Verena gelaufen. »Wir kümmern uns darum. Ich muss sehen, ob es dringendere Fälle gibt, Herr ...«

»Noviak.«

Erst mal abwiegeln. Typisch Karden. Verena äugte noch einmal zu der Verletzten und räusperte sich. »Soll ich alles zum Röntgen vorbereiten?«

Sie wählte einen neutralen Tonfall, um nicht eigenmächtig zu erscheinen. Sonst musste am Ende die Patientin unter ihrem Vorpreschen leiden. Karden brachte es fertig, das genaue Gegenteil zu tun, um zu zeigen, wer das Sagen hatte.

Der Arzt blickte sie an, als sähe er ein Gespenst. »Frau Seiler«, sagte er mit gespitzten Lippen. »Was machen Sie denn hier?«

»Ich bin eingesprungen, weil so viel los war!«

Kardens Blick sengte eine Brandspur durch den Raum. Elvan schüttelte rasch den Kopf. »Ich hab niemanden angefordert!«

»Sie haben keine Berechtigung mehr für die Klinik, Frau Seiler. Das wissen Sie doch.«

»Wo liegt denn das Problem?« Was sollte schlimm daran sein, wenn sie mal freiwillig zum Dienst erschien? Personal war immer knapp.

»Seit Sie in diese unselige Mordgeschichte verwickelt wurden, wimmelt die Klinik vor Reportern.«

Als wäre sie mit Absicht einem Mörder in die Quere gekommen. Verena errötete. »Wenn ich erklären ...«

»Das Patientenwohl geht vor, Frau Seiler, das verstehen Sie gewiss. Ihre Anwesenheit stört die betrieblichen Abläufe. Gestern ist ein Boulevard-Schnüffler bis ins Schwesternzimmer vorgedrungen. Hat Fragen über Sie gestellt.« Er blinzelte.

»Ich bedauere, dass Sie es auf diesem Wege erfahren ...«

Verena wurde heiß und kalt. *Gar nichts tut dir leid.* Ihr fehlten vor Empörung die Worte.

Der Arzt bürstete sich ein Staubkorn vom Ärmel. »Das Kündigungsschreiben hätte längst ...«

Ein Brief der Vermittlerfirma wäre an ihre Postadresse gegangen. Die Sendungen der vergangenen Tage hatte Verena bisher nicht abgeholt.

»Den Resturlaub bekommen Sie voll ausbezahlt. Ich bin sicher, eine andere Institution ...«

Verena hasste die Vorstellung, doch sie musste *betteln*. Und ausgerechnet bei Karden. »Ich bin auf die Stelle angewiesen, um das Studium zu finanzieren. Wenn ich jetzt nach einem neuen Job suchen muss, kann ich die Klausuren vergessen.« Sie brauchte die Semesterferien zum Lernen und Geld verdienen. Und nun sollte sie sich in der knappen Zeit die Hacken bei der Arbeitssuche ablaufen. Das war unfair!

»Die Entscheidung habe nicht ich gefällt«, stellte Karden klar. »Der Betriebsrat hat der Kündigung zugestimmt. Da Sie nur über die Zeitarbeit angestellt sind, ging das fix. Entschuldigen Sie mich, es warten Patienten!« Er hob die Krankenblätter wie einen Schild vor die Brust.

Verena warf einen letzten Blick auf die zusammengesunkene Patientin im Warteraum. Sie hörte ihr Weinen bis hierher.

»Wir waren fachlich nicht immer einer Meinung, Doktor. Aber bitte sehen Sie sich Frau Noviak genauer an. Ich vermute, sie hat eine schwere Gehirnerschütterung, vielleicht sogar einen Schädelbruch.«

Kardens Mund verzog sich abschätzig. »Wer saufen kann, der muss auch die Folgen tragen. Im Übrigen bin ich ausgebildeter Arzt mit Berufserfahrung, Sie hingegen nur eine Pflegekraft. Von einem fachlichen Austausch auf gleichem Niveau dürfte also keine Rede sein.«

In Verena kochte es. »Wir werden ja sehen, was die Presse zu Ihrer Behandlung von Notfällen sagt. Und das bei Ihrem familiären Hintergrund!«

Er fletschte die Zähne und erinnerte sie an einen Hai. »Wenn ich wollte, setzten Sie keinen Fuß mehr in ein deutsches Krankenhaus, auch nicht als Ärztin. Dann können Sie ewig beim Pflegedienst versauern. Haben wir uns verstanden, Frau Seiler?«

Verena versteifte sich. Die Wände des gläsernen Kastens rückten näher. Sie spürte, wie ihre Stirn feucht wurde. Ihr Herz galoppierte, Übelkeit erfüllte ihren Bauch.

Karden beäugte sie misstrauisch. »Machen Sie bloß keine Szene. Also gut …« Er winkte Elvan herbei. »Bringen Sie die Patientin zum MRT. Einen schönen Abend, Frau Seiler.«

Verena flüchtete aus der Glaskabine, ehe ihre Kehle zu eng für den nächsten Atemzug wurde.

Ihre Zukunft stürzte gerade ein wie ein Kartenhaus. Sie geriet zwar regelmäßig mit Ärzten aneinander, weil ihre Gabe genauere Einblicke verschaffte als jedes Gerät. Aber sie hatte sich in den letzten Jahren ebenso einen soliden Ruf erworben. Nun war sie unverschuldet den Job los.

Sie ballte die Fäuste. Verfluchte Klatschpresse! Verdammter *Lumpensammler*. Hätte sie den Toten bloß nie entdeckt!

Die kühle Nachtbrise trieb die drückenden Sorgen auseinander wie Regenwolken, als eine Wahrnehmung durch Verenas abflauende Panik drang: Tritte von schweren Schuhen. Sofort schlug ihr das Herz wieder bis zum Hals, und sie lief schneller. Zu dumm! Aus purer Gewohnheit hatte sie nach dem aufgebrachten Abgang den gewohnten Weg zur Bushaltestelle eingeschlagen. Die offene Station gegenüber vom Parkplatz war keine Zuflucht.

Jemand folgte ihr. Und das Handy hing noch am Ladegerät beim Spind, weil sie sich nicht einmal umgezogen hatte. Wenn etwas schiefging, dann gründlich!

Verena blickte sich hektisch um, konnte in der Dunkelheit aber niemanden erkennen. Doch sie war im hellen Kittel leicht auszumachende Beute.

»Frau Seiler?«, rief eine Männerstimme. »Bitte warten Sie, wir müssen reden.«

Karden hatte ja davon gesprochen, dass die Presse das Krankenhaus umlagerte. Ein Journalist war das Letzte, worauf Verena Lust hatte.

Oder versuchte der *Lumpensammler*, sie hier zu erledigen?

Aber nicht mit ihr! Der Mann war mindestens zehn Meter zurück. Sie knöpfte im Gehen den Kittel auf. Hinter der ausladenden Kiefer ein Stück weiter würde er sie für einen Moment aus den Augen verlieren. Verena zog das Oberteil aus und hängte das helle Kleidungsstück in eine Berberitze. Dann schlug sie sich seitlich in die Büsche.

Für den Verfolger sah es hoffentlich so aus, als wäre sie stehen geblieben. In Wahrheit huschte Verena über den Rasen zurück zur Klinik. Immer wieder sicherte sie nach allen Seiten. Der Kittel hing wie ein Gespenst zwischen den dornigen Zweigen.

Als sie endlich das Krankenhaus erreichte, sah sie sich ein letztes Mal um. An der Stelle, wo sie das Kleidungsstück zurückgelassen hatte, stand eine schattenhafte Gestalt, zu weit weg, um die Aura zu deuten. Wild flatterten die Kittelärmel, und es sah beinahe aus, als tanze der Verfolger damit. Verena steuerte schaudernd auf das Pförtnerhäuschen zu.

Muffiger Geruch schlug Verena am nächsten Tag aus der Wohnung entgegen. Raschelnd schoben sich Briefe mit dem Türblatt über die Fliesen. Sie sammelte die Post auf und fächerte die Umschläge in der Hand auf wie ein wenig aussichtsreiches Pokerblatt.

Werbung. Handyrechnung. Zweimal Firma Holzmann. *Das wird die Kündigung sein.* Verena hatte nicht übel Lust, der Klinik und dem treulosen Vermittler ihren Anwalt auf den Hals zu hetzen. Vielleicht war ja eine Abfindung drin. *Und wovon träumst du nachts?* Zahnarzt-Erinnerung, Reklame. *Nanu!* Inmitten trostloser Umschläge steckte ein dickes cremefarbenes Kuvert. Ein richtiger Brief!

Verena klemmte die Post zwischen Zeige- und Mittelfinger und fischte das interessante Schreiben heraus. Die Anschrift war handgelettert, und der Absender in Gold in das Papier geprägt. *Wolf von Hagendorf.* Der Name sagte ihr nichts, und die Adresse noch weniger.

Sie ließ die Tasche mit der Schmutzwäsche von der Schulter gleiten und riss im Gehen die Lasche auf. Das steife Kuvert enthielt einen Bogen mit schwungvoller Handschrift.

Kopfschüttelnd ließ Verena das Blatt sinken. Die Worte, antiquiert wie Dialoge in einem Kostümfilm, erzeugten Bilder aus einem vergangenen Jahrhundert. Sie wunderte sich so sehr über die gestelzten Ausdrücke, dass ihr die Bedeutung der Zeilen erst langsam bewusst wurde: ein Arbeitsangebot.

Wie war dieser von Hagendorf ausgerechnet auf sie gekommen? Sie hatte zwar vor der Krankenhauszeit im Bereich häuslicher Pflege gearbeitet, allerdings mehr im Umkreis von Blankenrain. Hatte einer ihrer ehemaligen Kunden sie empfohlen? Sie googelte und fand den Ort Richtstetten weit weg Richtung Lüneburger Heide.

Verena griff zum Telefon. »Tina, bin gerade zu Hause und hab meine Post gelesen.«

»Die Kündigung?«

»Ja. Holzmann schreibt, dass die Klinik das Arbeitsverhältnis beendet. Wie erwartet.«

»Tut mir leid.« Tina klang so zerknirscht, als wäre das ihre Schuld.

»Das ist aber nicht alles. Sie erwähnen ein neues Angebot. Der Kunde hat sich bei mir gemeldet wegen einer befristeten Stelle mit Kost und Logis.«

»Das würde ja perfekt in deine Planung passen.«

Allerdings. Das war beinahe zu schön, um wahr zu sein. Verena glaubte, den Angelhaken in der Kehle kratzen zu fühlen. Aber es war ein in jeder Hinsicht verführerisches Angebot – auch die Polizei hatte ihr geraten, eine Weile von der Bildfläche zu verschwinden.

»Die alte Dame, die ich pflegen soll, lebt bei ihrem Sohn in einem Herrenhaus. Scheint weitab vom Schuss zu liegen, der Kasten.« Vor dem inneren Auge sah Verena einen typisch englischen Landsitz inmitten von sturmgepeitschter Heide. Als könne Tina ihre Gedanken lesen, rief sie begeistert: »Mit einem auf düstere

Weise gutaussehenden Hausherrn wie Mr Rochester bei *Jane Eyre*.«

»Du bist hoffnungslos!«, sagte Verena kopfschüttelnd.

»Hoffnungslos *romantisch*«, korrigierte Tina. »Hauptsache, du entkommst diesem gruseligen Verfolger. Vom *Lumpensammler* gar nicht zu reden.«

Jemand klingelte an der Tür, und Verena beendete rasch das Gespräch. Sie sah durch den Türspion Frau Holm, die agile Rentnerin aus der gleichen Etage und öffnete.

»Lange nicht gesehen, Frau Seiler«, grüßte die Nachbarin. »Man las ja so einiges über Sie in der Zeitung.«

»Danke, der Nachfrage«, sagte Verena bloß ironisch und ließ Frau Holm auflaufen. Sie würde dem Klatsch keine Nahrung bieten. »Was ist denn?«

»Ich wollte Sie warnen. Da war neulich dieser seltsame Kerl, der hier im Treppenhaus herumlungerte. Er hatte einen Stapel Käseblättchen dabei. Hat getan, als wäre er der Austräger. Aber damit kann er jemanden wie mich nicht täuschen. Der hat auf Sie gelauert.«

Verena stockte der Atem. »Wann war das?«, brachte sie heraus. Folgte der Mörder ihr etwa? War sie zu leichtsinnig gewesen, so dass er längst wusste, wo sie wohnte?

»Och, vor drei oder vier Tagen. Er wollte wissen, ob Sie bald nach Hause kämen.« Sie kicherte. »Der hat mich für senil gehalten. Natürlich habe ich nichts über Sie erzählt.« Sie warf sich in Positur, als hätte sie einem hochnotpeinlichen Verhör der Inquisition standgehalten.

»Können Sie den Kerl beschreiben?« Verenas Herzklopfen wurde stärker. Gab es endlich einen Augenzeugen?

»Ich hab den hier noch nie gesehen. Er wirkte ein bisschen verlottert. Aber die jungen Leute sind heute ja alle gammelig angezogen.«

»Würden Sie bei der Polizei darüber eine Aussage machen?«, bat Verena.

Der Mund, der bis gerade kaum stillgestanden hatte, schloss sich wie eine Auster. Frau Holm schüttelte den Kopf, und ihr Kinn schlackerte. »Ich möchte keinen Ärger.«

»Vielleicht können Sie wertvolle Hinweise liefern!«

»Och, meine Serie fängt jetzt an.« Schon wollte sich die Rentnerin davonschlängeln.

Verena war binnen weniger Tage zweimal verfolgt worden. Und nun, wo ein Fremder hier herumschnüffelte, war ihr Zuhause kein sicherer Hafen mehr. Ihr Türschloss war ein Witz. Und mit einem Sicherheitsschloss wäre es nicht getan, denn der Verfolger brauchte sie ja bloß bei den Mülltonnen abzupassen oder ihr im Hauseingang aufzulauern.

Bis alles geklärt war, konnte sie sich unmöglich in Tinas Einraum-Apartment einquartieren. Außerdem musste sie für die Prüfung lernen.

Sie wollte so viele Kilometer wie möglich zwischen sich und diesen Kerl bringen! Und sie benötigte den Job. Es gab nur eine Lösung. »Ich bin wohl einige Wochen nicht da. Würden Sie in der Zeit bitte ein Auge auf die Wohnung halten? Eine Freundin kommt zum Blumengießen vorbei.«

Der bescheidene Wunsch beruhigte die Nachbarin. Sie nickte. »Ach ja. An seinem Rucksack war ein Namensanhänger dran. Ich hatte die falsche Brille auf, doch ich glaube, es stand etwas wie L. Fichte drauf.«

»Danke!« Wenigstens ein Hinweis. »Und rufen Sie am besten sofort die Polizei, wenn der Kerl wieder auftaucht! Ich will Ihnen keine Angst einjagen, aber das wäre in Ihrem eigenen Interesse. Der Mann hat Sie gesehen und weiß, wo Sie wohnen.«

Die Nachbarsfrau erbleichte.

Kapitel 3

Eine halbe Woche darauf saß Verena im Zug Richtung Lüneburger Heide und redete sich ein, dass die Reise eine vernünftige Entscheidung war und keine Flucht.

Mit dem Auto wäre es weniger umständlich gewesen, da sie zweimal umsteigen musste. Doch Verena hatte ihr Gepäck bereits am Vortag aufgegeben und nur die Reisetasche dabei, die Tina mit Proviant gefüllt hatte, als ginge es nach Sibirien. Als Überraschung lag ein Paket hochwertiger Buntstifte für Verenas Hobby bei, die Ausmalbücher. Auch das dazugehörige Malbuch mit Regency-Motiven war ein Geschenk.

Verena verfolgte die vorbeifliegende Landschaft. Dichte Nadelwälder wechselten sich mit Heidehöfen mit ihrem charakteristischen Backsteinfachwerk ab. Eine Werbung im Abteil wies auf eine Sehenswürdigkeit hin – den Mergelsteiner Aussichtsturm.

Die aufziehende Dämmerung hüllte das Land bereits in ein blaues Tuch, und Verena übersah beinahe das Ortsschild Richtstetten. Sie beeilte sich mit dem Aufstehen und ging vorsichtig durchs wiegende Großraumabteil zur Zugtür. Ihr Knie mochte schwankenden Untergrund gar nicht.

Der asphaltierte Bahnsteig der kleinen Station war zu kurz für den Regionalexpress. So musste sie nach dem Kampf mit der klemmenden Tür einen Höhenunterschied von beinahe einem Meter überwinden und auf unbefestigten Boden treten. Um beide Hände zum Festhalten frei zu haben, ließ sie die Tasche auf die Grasnarbe plumpsen und stieg dann hinterher. Wie immer, wenn sie einen geschlossenen Raum verließ, atmete sie durch.

Wobei ihr das Schlimmste vermutlich noch bevorstand: Ein Wagen sollte sie vom Bahnhof abholen. Die drohende Tour lag Verena schwer im Magen.

Als dann Hufklappern und das Geräusch hölzerner Räder auf Pflastersteinen ertönten, blickte sie entgeistert auf die Pferdekutsche, die hinter dem Bahnhofsgebäude hervorrollte.

Kam das Gespann etwa von Weißenbach? Das war ja wohl die Krönung hochherrschaftlichen Reisens. *Wenn ich das Tina erzähle.*

Doch bei genauerem Hinsehen bemerkte Verena das Schild mit der Aufschrift ›Stadtrundfahrten‹ an der Seite der offenen Kutsche. Schade.

Stattdessen wartete vor dem Bahnhof ein Oldtimer – und damit meinte Verena nicht den älteren Herrn beim Auto. Es handelte sich bei der Nobelkarosse um einen Maybach. Verena erkannte das Emblem mit den verschlungenen Ms aus einem von Tinas Kostümfilmen.

»Frau Seiler? Weber, von Weißenbach.« Der Fahrer streckte unbegeistert die Arme nach ihrer Tasche aus. Durch sein kurzes Kraushaar schob sich ein eckiger Schädelknochen, die eidottergelbe Aura war gedämpft, wie hinter einer staubigen Fensterscheibe.

Verena grüßte nervös zurück. Sie hätte die Pferdekutsche vorgezogen.

»Dauert die Tour länger?«, fragte sie angespannt, während Weber die Tasche verstaute.

Ein undefinierbares Krächzen ertönte, das als Zeitangabe wenig taugte. Der Chauffeur schlug die Heckklappe zu. »Das Haus liegt 'n gutes Stück hinterm alten Truppenübungsplatz.«

Sie blieb stehen, als er ihr die hintere Wagentür aufhielt. Beim Anblick der Rückbank überfielen sie tausend schreckliche Erinnerungen.

»Ich sitze lieber vorne.« Es klang so piepsig.

»Wie Se wollen.« Weber schien lautlos zu seufzen, ließ die Tür zufallen, ging um den Wagen herum und öffnete die Beifahrertür für sie.

Der Innenraum war geräumig und bot Beinfreiheit. Hinter der großen Windschutzscheibe fühlte sich Verena wohler, als eingezwängt im Fond, trotzdem ballte sich ihr Magen zusammen, wie vor jeder Autofahrt.

Weber lag beinahe in seinem Sitz, völlig entspannt. Mit sonorem Brummen nahm die Limousine Fahrt auf.

Der Chauffeur hüstelte. »Anschnallen, bitte.«

Ach ja. Verena zog den verhassten Gurt über die Brust. Er schien sich durch den Mantel in die Haut zu sengen. Das Geräusch des Gurtschlosses erinnerte an das Zuschnappen einer Falle. Ihr Herz schlug laut wie eine Kesselpauke, und der Schweiß brach ihr aus.

Sie atmete ein und aus und versuchte, nicht zu hyperventilieren. Flacher atmen, Bauchatmung, wiederholte sie ihr persönliches Mantra.

Der Verstand musste helfen, den Körper zu überzeugen. Es war ein großes Auto. Sie fuhren sehr gemütlich auf der Landstraße, keinesfalls schneller als fünfzig. Verena äugte auf den Tacho und zuckte zusammen. Tatsächlich war der Wagen mit achtzig Kilometern unterwegs. Sie hatte sich durch die ruhige Fahrt täuschen

lassen. Verena verkrampfte die Finger. Sie war eingesperrt, ein einziges, wild klopfendes Herz in einem
Brustkorb aus Stahlstreben.

Eine halbe Ewigkeit später, so erschien es Verena,
rollte der Maybach an einem Teich vorbei über die kies-
bestreute Auffahrt von Weißenbach. Malerisch spiegelte sich das Gebäude in dem Gewässer. Wacholder
standen auf dem letzten Stück Spalier – eine stumme
Garde, die den Blick zum Portikus lenkte.

Vor dem Haus blühte violettes Heidekraut in steinge-
fassten schmalen Beeten. Anders als der Name nahe-
legte, war Weißenbach bestenfalls grau. Verena fielen
die runden Fenster gleich unterhalb des Giebels auf,
wie Augen eines Fabelwesens. Das großzügig geschnit-
tene Gemäuer ähnelte durch die zwei quer gestellten
Flügel einem flachen H.

Weber ließ den Wagen ausrollen und öffnete den
Schlag für sie. Spätestens jetzt fühlte Verena sich in einen historischen Film versetzt, wo verschollene Erbin-
nen den Familienstammsitz besuchten. *Nun fehlen nur
noch die sich zur Begrüßung aufstellende Diener.*

Doch sie war keine heimkehrende Erbin, und genau
genommen zählte sie selbst zum Personal.

Verena atmete auf, weil die Nervenprobe zu Ende
war. Sie stieg mit wackeligen Beinen aus und fand sich
Auge in Auge mit einem überlebensgroßen Relief eines
Pfaus wieder, das die Hauswand schmückte. Sein Hals
bog sich dem Betrachter entgegen, und das Federrad
griff das Augenmotiv elegant auf.

Verena trat zwischen die Säulen, wo eine junge Frau
mit sommersprossigem Gesicht und butterblumen-

glänzender Aura wartete. »Herzlich willkommen, Frau Seiler. Ich bin Gina und für alles in Weißenbach zuständig, außer dem Maybach und der Pflege der gnädigen Frau.«

Ihr offenes Lächeln und der flapsige Kommentar lösten Verenas Anspannung. »Danke sehr.«

»Folgen Sie mir bitte.« Die Haushälterin lief voran, doch der Eingang führte nicht etwa zu einer Treppenflucht oder in eine Halle. Stattdessen ging es in einen langen, schmalen Korridor. Licht fiel lediglich durch schlüssellochförmige Fenster auf der Außenseite ein, eng wie Schießscharten. An mehreren Stellen zweigten weitere Gänge ab ins Innere. *Das ist ja das reinste Labyrinth*, dachte Verena, nachdem sie alleine zweimal zur Eingangshalle abbiegen mussten.

»An den verschachtelten Grundriss werden Sie sich schnell gewöhnen«, versprach Gina. »Ich laufe deswegen alle paar Wochen meine Sohlen durch.« Sie trug Schuhe mit leisen Gummisohlen, das war Verena schon aufgefallen. »Wir haben immer einige vorrätig, ich bin sicher, auch in Ihrer Größe.«

»Bitte?«, fragte Verena verwirrt.

»Keine lauten Schritte im Haus, so wünscht es die gnädige Frau. Sie hat ungewöhnliche Ruhezeiten, wegen der Krankheit. Deswegen sind wir angewiesen, alles so leise wie möglich zu erledigen.«

Das fing ja gut an. »Meine *Sneaker* werden bestimmt …«, setzte sie an.

»Danke, Gina, das wäre dann alles«, kam von oben eine Männerstimme. »Ich kümmere mich um Frau Seiler.« Auf der Galerie, die von zwei Säulen getragen die

Halle überspannte, stand jemand und sah zu ihnen herunter.

Gina knickste wie das Dienstmädchen in einem Historiendrama. »Ist recht, Herr Hagendorf.« Sie verabschiedete sich von Verena mit einem gemurmelten »Bis später«.

Hagendorf war ein dunkler Typ um die Vierzig. Seine goldgelbe Aura kleidete ihn wie ein maßgeschneiderter Anzug. Er lächelte Verena auf selbstbewusste Art an, ohne arrogant zu wirken, und während er lässig die Treppe hinabschritt, berührte er den Handlauf kein einziges Mal.

»Willkommen in Weißenbach.« Er streckte Verena die Hand entgegen. »Ich hoffe, Sie hatten eine angenehme Reise, Frau Seiler.« Seine braunen Haare waren eine Spur zu lang, der Schnitt des Anzugs förmlich für den Aufenthalt im eigenen Heim.

»Ja, danke«, antwortete Verena, eher höflich als wahrheitsgemäß, denn es konnte ohnehin niemand ihre ganz privaten Qualen nachvollziehen. Sie bot beim Händeschütteln kräftigen Gegendruck, um sich nicht von der Präsenz des Gegenübers vereinnahmen zu lassen. Es kribbelte bei der Berührung erfreulich in ihrem Bauch.

Hagendorf überragte sie um eineinhalb Köpfe. Um größenmäßig mit ihm mithalten zu können, müsste eine Begleiterin auf hohe Absätze setzen. Verena schielte auf seine Linke. Kein Ehering. *Unverheiratet. Bestimmt geschieden*, überlegte sie. *Oder verwitwet.* Ein Bild aus der Hitchcock-Verfilmung von *Rebecca* schoss ihr durch den Kopf. Sie erinnerte sich an Tinas

Fantastereien über windumtoste Schlossherren und wurde tatsächlich rot.

»Ein ungewöhnliches Haus«, brachte sie heraus. »Ich dachte immer, alte Villen wären mit Efeu überwachsen.« Mist, das klang jetzt wie eine Kritik.

Hagendorfs Brauen sanken einen Millimeter tiefer. Im Dämmerlicht wirkten seine Augen dunkelbraun. »Efeu ist eine Schmarotzerpflanze und zerstört die Bausubstanz. Das verrät die Vernachlässigung eines Gebäudes.«

»Verzeihen Sie, ich bin ein Stadtkind.« Verena wäre vor Scham am liebsten im Boden versunken, dann fiel ihr der Pfau ein und eine Gelegenheit, von ihrem Lapsus abzulenken. »Sie haben einen sehr originellen Fassadenschmuck. Hat es mit dem Pfau eine bestimmte Bewandtnis?«

»Das ist ein uraltes Symbol.«

Für Eitelkeit, dachte sie, hielt aber diesmal ihre Zunge im Zaum. »Ja?«

»Die Menschen des Mittelalters glaubten, der Kadaver eines Pfaues würde nicht verwesen. Das machte ihn zum Sinnbild für die Unsterblichkeit. Oder im christlichen Sinne für die Wiederauferstehung allen Fleisches. Sie werden die tiefere Bedeutung noch verstehen, wenn Sie mehr von der Geschichte dieses Gebäudes kennen.«

»Das würde ich gern.« Sein Blick ging ihr durch und durch. Verena freute sich auf überaus unprofessionelle Weise über das Wohlwollen darin.

»Wie wäre es mit einer kleinen Hausführung, ehe ich Ihnen die Unterkunft zeige?«

»Danke. Wie geht es denn Frau von Hagendorf?« Verena wollte gerne die Patientin kennenlernen, um eine Vorstellung der Krankheit zu bekommen.

»Sie ruht. Ich denke, nach dem Abendessen wird sie Sie empfangen.«

Oh. Gina hatte ja schon so etwas angedeutet. »Gibt es medizinische Aufzeichnungen? Welche Beschwerden plagen Ihre Mutter denn?«

Hagendorf seufzte. »Mit der Last der Jahre geht bei Sidonie eine Schwäche der Muskeln einher und zugleich eine Überreiztheit der Nerven. Kein Arzt konnte das rätselhafte Leiden aufhalten oder lindern. Zum Glück ist Mutters Geist gänzlich ungetrübt, auch wenn die körperliche Beeinträchtigung eine Belastung darstellt.«

»Das verstehe ich.« Die Beschreibung der Krankheit machte Verena neugierig. Sie brannte darauf, mit Hilfe der Aurensicht mehr darüber herauszufinden.

»Hier entlang.« Hagendorf legte eine Hand auf Verenas Rücken, um ihr die Richtung zu weisen. Es fühlte sich beschützend an, aber gleichzeitig auch ein wenig besitzergreifend.

Ihr Arbeitgeber führte Verena durch weitere Gänge, und sie gab bald auf, ein Muster in der Anordnung der Flure entdecken zu wollen.

»Da das Anwesen für seine Bedürfnisse zu klein war, kam mein Großonkel auf die Idee, an Stelle des alten Familiensitzes einen neuen zu bauen. Und zwar genau am gleichen Ort. Er wollte aus Respekt vor der Vergangenheit die ehrwürdigen Mauern bewahren und beschloss, ein größeres Zuhause um das ursprüngliche

Gebäude herum zu errichten. Seine Studien machten moderne Arbeitsräume sowie eine umfangreiche Bibliothek unabdingbar.«

Wie verschroben. Das war ja mal wirklich konservativ. »Das alte Haus steckt also noch in der Villa Weißenbach wie eine Kapsel in einem Überraschungsei?«

Hagendorf legte den Kopf schräg. »Der Vergleich mit einem Ei ist durchaus zutreffend. Mein Großonkel war bestrebt, alles so vollständig wie möglich zu erhalten. Deswegen wurde der Eingang, durch den Sie gekommen sind, zwar an die andere Seite verlegt und dem Verlauf der neuen Straße angepasst, aber kein Mauerbruch durchgeführt. Aus diesem Grund führen die Gänge zur Eingangshalle innen um das alte Gebäude herum.«

Ganz schön unpraktisch, wollte Verena einwenden, dann wurde ihr klar, dass jemandem mit gesunden Beinen Umwege nicht viel ausmachten.

»Dazu kamen später die eingeschossigen Seitenflügel, von denen einer die Garage und Werkstätten, der andere die Wirtschaftsräume beherbergt. Aber das Herz Weißenbachs schlägt im Zentrum.«

Hagendorf sprach von dem Wohnsitz wie von einem Lebewesen. »Haben Sie noch weitere Familie?«, fragte Verena. Ein Schatten verfinsterte seine Züge. Sie hätte ihn wohl übersehen, wenn ihr nicht gleichzeitig ein Flackern in seiner Aura aufgefallen wäre.

»Ich lebe allein. Mit Mutter«, antwortete er knapp. Verena beschlich das Gefühl, dass es da eine Geschichte gab.

Sie räusperte sich. »Könnte ich vielleicht mein Zimmer sehen? Ich würde mich gerne ein wenig frischmachen.«

»Ach ja, natürlich.« Er ließ ihr den Vortritt durch eine schmale Tür, und Verena staunte nicht schlecht: Sie waren wieder in der Haupthalle mit den Freitreppen eingetroffen.

Hagendorf wandte sich nach oben. »Seien Sie vorsichtig. Die Treppenstufen sind ausgetreten.«

Innerlich seufzte Verena. Bisher hatte sie ihr Hinken verborgen, um sich keine Blöße zu geben. Jetzt ging sie voll konzentriert, eine Hand immer am Geländer. Wie mühelos Hagendorf die Stufen nahm. Er musste die Treppe in- und auswendig kennen.

»Wie lange wohnen Sie schon hier?« Verena genoss bei einer kurzen Atempause den Ausblick von der Empore über die Halle. Es brauchte nicht viel Fantasie, um sich in vergangene Zeiten zurück zu träumen – rauschende Ballnächte, Musik, wirbelnde Kleider und blitzende Juwelen.

»Ungefähr acht Jahre. Wir haben vorher in Frankreich gelebt. Dann ist mein Großonkel gestorben und hat mir das Anwesen vererbt.«

»Sie haben sich gut eingelebt. Ich meine, weil Sie so viel von der Vergangenheit Weißenbachs wissen.«

»Das 19. Jahrhunderts ist eine private Liebhaberei. Man könnte mich mit Fug und Recht als Jünger Klios bezeichnen.«

»Verzeihung, wessen Jünger?«

»Klio ist die griechische Muse der Historienwissenschaft«, erklärte er, und Verena atmete erleichtert auf. Bei dem Begriff Jünger war ihr etwas flau geworden.

Das fehlte noch, dass sie in eine obskure Geheimgesellschaft hineinschlitterte.

Die Anordnung der Räume im Zentrum war übersichtlicher, dafür herrschte bedrückende Dunkelheit, die nur durch einige Lampen aufgehellt wurde. Es konnte kein Tageslicht geben, da das ganze Gebäude ja in einem größeren Haus steckte wie eine russische Matroschkapuppe in der anderen.

Hagendorf wies auf eine Tür mit geschwungener Messingklinke. »Da wären wir. Gina soll Sie heute abholen, bis Sie sich besser zurechtfinden. Das Abendessen wird traditionell um zwanzig Uhr im Speisesaal aufgetragen.«

Wenn das die Ernährungsberaterin der Klinik wüsste, dachte Verena amüsiert. Für die war Nahrungsaufnahme nach achtzehn Uhr eine Sünde!

Sie trat ein und blieb verblüfft stehen. Jemand hatte das Licht eingeschaltet, und der Lüster unter der hohen Zimmerdecke ließ den samtigen Orientteppich auf den gebohnerten Dielen pfauenblau erglühen. Ihr Gepäck wartete zwischen dem geräumigen Bett und einem Sekretär mit ausklappbarer Schreibfläche. Die Sachen würden in die schmalen Kommoden passen, die aussahen, als stammten sie aus unterschiedlichen Epochen.

Zwei Fenster verbargen sich an einer Wand hinter dichten Gardinen. Verena stieß einen der Flügel auf, aber der Ausblick war ernüchternd. Eine Mauer, nur um Armeslänge entfernt, versperrte jede Aussicht. Zwischen Außen- und Innenwand blieb bis zur Decke ein komplett offener Bereich. Ein Lichtschacht sorgte für ein bisschen Helligkeit.

Bei aller Schönheit hatte das Haus etwas von einem unterirdischen Bunker. Verena schloss das Fenster und zog vorsichtshalber die Vorhänge zu, ehe ihr beim Anblick der Mauersteine vor Beklemmung der Schweiß ausbrach.

Zwei weitere Türen waren geschickt wie Paneele in die holzverkleideten Wände eingelassen. Hinter einer versteckte sich ein begehbarer Kleiderschrank – eine ganze Kammer, die ihre spärliche Garderobe nach dem Einräumen noch bescheidener aussehen ließ. Verena seufzte. Aber sie trug den halben Tag nur den Pflegekittel und hatte wenig Gelegenheit, schicke Kleidung auszuführen. Deswegen besaß sie außer einer geerbten Uhr auch keinen Schmuck. Und selbst die Uhr legte Verena selten an, denn die Schnalle war so scharfkantig, dass sie damit aus Versehen schon mal einen Strickpulloverärmel aufgeribbelt hatte.

Der andere Durchgang führte in ein modernes Badezimmer: Duschwanne, WC, Waschbecken mit Spiegelfront. Die zeitgemäßen sanitären Anlagen mussten nachträglich eingebaut worden sein. Verena war erfreut, dass Hagendorf den Aufwand nicht gescheut hatte.

Sie schaute aufs Handy und entschied, dass noch genug Zeit für eine heiße Dusche blieb.

Verena rubbelte gerade die Haare trocken, als es an der Tür klopfte. »Bin gleich so weit«, rief sie. Den goldbraunen Bob konnte sie unterwegs noch zurechtzupfen.

In der grauen Hose mit lilafarbenem Mohair-Pullover war sie hoffentlich angemessen gekleidet für ein

Dinner im *Speisesaal.* Draußen wartete statt Gina allerdings Hagendorf in einem frischen Jackett mit seidig schimmernden Aufschlägen.

»Oh!« Verlegen strich sich Verena eine feuchte Strähne hinters Ohr.

»Ich wollte persönlich sicherstellen, dass alles zu Ihrer Zufriedenheit eingerichtet ist. Wir haben selten Gäste. Gina ist noch in der Küche beschäftigt, und ich glaube, sie möchte Eindruck schinden.« Er lächelte, wie über den Eifer eines bastelnden Kindes voller Klebstoff und Glitter.

Einen guten Eindruck machen, wollte Verena ebenfalls. Während sie ein Geschoss tiefer ging, überkamen sie daher Zweifel an ihrer Kleiderwahl. *Lila und grau, na toll. Damit sehe ich aus wie ein wandelnder Erika-Strauß …*

Sie atmete durch. Wen wollte sie beeindrucken?

Fast wäre sie falsch abgebogen, doch Hagendorf fasste ihren rechten Ellbogen und hinderte sie daran, in einen offenbar blind endenden Gang zu laufen.

Seine Berührung war elektrisierend. Es schien, als würde die Energie, die sich so deutlich in der strahlenden Aura zeigte, auf sie übergreifen.

Unwillkürlich schnappte Verena nach Luft, und dann war das eigenartige Gefühl von Verschmelzung auch schon vorbei.

»Im Speisesaal wartet eine Überraschung«, kündigte er an.

Das Wort klang nach endlos langer Tafel, die nur an den Kopfenden gedeckt war. *Ich sollte endlich aufhören, in Klischees zu denken.* Aber ihre Fantasie erhielt mit jedem Schritt Anregungen. Ölgemälde in den

Fluren, dunkel unter altem Firnis. Der Mann neben ihr, scheinbar ein Relikt aus vergangener Zeit, doch trotzdem – vielleicht gerade deshalb – besonders anziehend.

»Wir sind da.« Hagendorf hielt ihr die Tür auf.

Am runden Tisch in dem getäfelten Zimmer saß eine zerbrechlich aussehende Dame. Verena blieb so unvermittelt stehen, dass der Hausherr fast gegen sie gelaufen wäre. Sie hörte das leise Schaben seines Jacketts. Als er sich dicht an ihr vorbeischob, berührte er ihren Ärmel, wie um sich ihrer Gegenwart zu versichern. Ein Duft nach Zedernholz umhüllte ihn.

»Darf ich dir Frau Seiler vorstellen, Mutter? Frau Seiler ...«

»Für meine Patienten bin ich einfach Verena.«

Der Hausherr hüstelte irritiert bei der Unterbrechung, fuhr dann aber geschmeidig fort: »Sidonie von Hagendorf.«

»Guten Abend, *Fräulein* Seiler.« Die Dame sprach mit steifen Lippen, als bereite ihr jedes Wort körperlichen oder seelischen Schmerz. Auf den ersten Blick sah sie nicht im klassischen Sinne verwelkt aus. Sie hatte kaum Falten, trotz der erschreckend papiernen Haut mit gräulichem Teint. Aber ihre Aura ... Verena erschrak und verschloss sich den überwältigenden Eindrücken.

»Ich muss auf der förmlichen Anrede bestehen, Fräulein Seiler. Das übrige Personal würde Vertraulichkeit nicht schätzen.« Sie polierte den Ehering an der linken Hand.

Ah, so war das also.

»Natürlich. Guten Abend dann, Frau von Hagendorf.«

Die alte Dame winkte ab. »Hagendorf genügt völlig. Wir leben ja nicht mehr im 19. Jahrhundert.« Ein messerrückendünnes Lächeln teilte ihre Lippen, deren *Rosé* auf die honigblonden, gewellten Haare abgestimmt war, die kein bisschen gefärbt aussahen.

Der Hausherr rückte Verena einen Stuhl zurecht, ehe er an der Seite seiner Mutter Platz nahm. An die guten Manieren konnte man sich gewöhnen!

»Es freut mich, Sie kennenzulernen. Wie geht es Ihnen denn heute?« Sie öffnete vorsichtig ihren besonderen Sinn. Die fremde Aura glich der von Frau Melzer, ihrer letzten Patientin. Das gesunde Gelb umrahmte den Körper vor ihr nur noch als dünne Linie, der größere Teil der Aura war grell violett. Rötliche Adern durchzuckten das Licht wie Purpurblitze und zeigten das nahende Lebensende an.

Wie sie aussah, würde sie den Antritt der Kur in sechs Wochen kaum erleben. Ob sie ahnte, wie es um ihre Gesundheit stand?

Das Schweigen dehnte sich unangenehm. Verena fühlte den saugenden Blick der alten Frau auf sich und war brüskiert, weil sie nicht auf die Frage reagierte.

»Gewiss ist meine Mutter froh darüber, dass Sie jetzt hier sind«, sagte Hagendorf in die Stille hinein.

»Ja, selbstverständlich. Wolf hat Recht.«

Es klopfte, und die Tür wurde geöffnet. Gina kam herein, mit einer frischen, weißen Schürze über dem schwarzen Hauskleid. Sie balancierte ein Speisetablett, über das sich eine silberne Haube wölbte. Ihr folgte Weber mit grimmiger Miene, weißen Handschuhen und einem ähnlichen Tablett – er sah immer noch aus wie ein Höhlenmensch, den man in einen Anzug gesteckt hatte. Nach dem Servieren verschwanden die beiden und ließen die Tischgemeinschaft vor gefüllten Schüsseln zurück. Verena stürzte sich auf das Essen. Sie bemerkte, dass ihre Patientin ebenfalls mit Appetit zulangte.

Verenas voller Mund enthob sie glücklicherweise jeglicher Verantwortung für eine Beteiligung an der tröpfelnden Konversation. Immer wieder schaute sie zu der alten Frau hinüber und überlegte, welche Art Krankheit eine solche Verwüstung in der Aura hinterließ. Jedenfalls nicht Krebs, der hätte sich am Ursprungsherd oder in den Lymphen durch beulenartige Ausbuchtungen bemerkbar gemacht. Lunge, Herz und andere Organe schienen ebenfalls in Ordnung. Es war mehr eine Beeinträchtigung des gesamten Systems. Als ob die alte Dame innerlich verbrannte. Das konnte unmöglich allein die Folge fortgeschrittenen Alters sein.

Wann immer Verena hinsah, schaute Sidonie fort, als wollte sie sich ihrerseits nicht bei der Musterung von Verena ertappen lassen. Trafen sich die Blicke dennoch, sprach ein eigentümliches Verlangen aus Sidonies Miene.

Verena musste ansprechen, dass die Patientin ihrer Ansicht nach in die Obhut einer Klinik gehörte. Ihr Zustand ging weit über die Möglichkeiten häuslicher Pflege hinaus.

Die Gelegenheit kam schneller als erwartet, denn Frau Hagendorf zog sich vor der Nachspeise zurück. Sie nahm nur einen Stock zu Hilfe.

Erstaunlich. Verena hatte Leute in körperlich besserer Verfassung erlebt, die nicht mehr eigenständig gehen konnten. Aber wenn die Patientin auf der Treppe stürzte?

Sie war schon aufgestanden, da legte der Hausherr seine Rechte auf ihren Handrücken. »Warten Sie«, bat er leise. »Ich bringe Mutter selbst nach oben.«

»Wir sehen uns morgen«, meinte die alte Dame über die Schulter hinweg.

»Gute Nacht, Frau Hagendorf.« Verena fühlte sich überflüssig.

Als der Kaffee serviert wurde, war ihr Arbeitgeber zurück, und Verena hatte sich eine Rede zurechtgelegt.

»Gab es Unstimmigkeiten wegen der Pflege? Oder andere Probleme mit Ihrer Mutter, von denen ich wissen sollte?« Hatte er Verena über den Kopf der Kranken hinweg engagiert, und war Sidonie deshalb so abweisend?

»Was wollen Sie damit andeuten?«

»Patient und Pfleger müssen an einem Strang ziehen. Wenn die Patientin mich ablehnt, kann ich die Stelle bedauerlicherweise nicht antreten.«

Hagendorf schüttelte den Kopf. Seine Augen schimmerten im gedämpften Licht wie brauner Samt. »Im Gegenteil, meine Mutter war von der Idee sogar sehr angetan. Ich versichere Ihnen, Sie freut sich, dass Sie hier sind.«

Abgesehen von dem beinahe hungrigen Abschätzen verhielt sie sich wenig überschwänglich. »Ich breche die Entscheidung nicht übers Knie. Aber eine Zusammenarbeit, gerade in diesem Fall, muss vertrauensvoll sein.«

Etwas blitzte in seiner Miene auf. »Gerade in *diesem* Fall?«

Verena schluckte. Wo nun von Vertrauen die Rede war … »Sie sollten die Beurteilung des Gesundheitszustands natürlich einem Mediziner überlassen. Aber mir scheint, dass die Krankheit Ihrer Mutter mehr als ungewöhnlich ist.«

Puh – das war gefährliches Terrain. Über solche Aussagen war es in der Klinik regelmäßig zu Auseinandersetzungen mit den Ärzten gekommen. Und auch in Weißenbach konnte Verena unmöglich darlegen, wie sie ihre Einblicke gewann.

»Wie meinen Sie das?«, wollte Hagendorf wissen und sah sie aufmerksam über die Kaffeetasse an.

»Nun, sie wirkt nicht gebrechlich und hat einen gesunden Appetit. Andererseits liegt ihr BMI sichtbar am Rand zum Untergewicht. Das sollte überwacht werden.«

»Das alles haben Sie schon nach einer halben Stunde und ohne genaue Untersuchung festgestellt?«

Sein Sarkasmus ärgerte Verena. Automatisch setzte sie sich aufrechter hin. »In der Klinik habe ich ständig mit Kranken zu tun. Außerdem studiere ich Medizin im sechsten Semester. Mit der Pflege und den Nachtdiensten im Krankenhaus finanziere ich mir nur die weitere Ausbildung.«

»Sie sind eine erstaunliche junge Dame«, sagte Hagendorf beschwichtigend. »Ich zweifele keineswegs Ihre Qualifikation an. Sehen Sie, ich weiß über das Studium Bescheid. Ich bewundere diese Ambitionen.«

Ach! Jetzt war Verena sprachlos.

»Verstehen Sie das bitte nicht falsch. Ich habe Erkundigungen über Sie eingezogen. Für meine Familie ist mir keine Mühe zu groß. Mutters Zustand ist fragil, darüber bin ich mir im Klaren. Unser Hausarzt hat mich darin bestärkt, sie so lange wie möglich zu Hause zu pflegen. Auch am Kurort ist alles für ihre Bedürfnisse eingerichtet.«

Verena war hin- und hergerissen. Sollte sie darauf pochen, Frau Hagendorf ins Krankenhaus zu bringen? Dort gab es die Option der Intensivpflege. Andererseits lauerten da resistente Keime, die einem geschwächten Patienten den Rest geben mochten. Verena versuchte, die belegte Stimme mit einem Räuspern freizubekommen, ehe sie sagte: »Solange wir uns mit dem Arzt abstimmen, und die Patientin einverstanden ist, bin ich bereit, diese Verantwortung zu übernehmen.«

»D'accord. Und was das Zwischenmenschliche angeht, gewiss werden Sie beide sich anfreunden, Frau Seiler. Vielleicht war es falsch, das Treffen zu forcieren. Meine Mutter war sehr neugierig auf Sie, aber heute war kein guter Tag für sie. Das wird morgen ganz anders aussehen.«

Verena biss sich auf die Lippe. An ihr sollte es bestimmt nicht scheitern. »Sie müssen versprechen, bei einer Verschlechterung den Arzt hinzuzuziehen. Und ich würde bei erster Gelegenheit auch gerne mit dem Doktor reden.«

»Gewiss doch. Sagen Sie nur, was Sie an Pflegemitteln, Medikamenten oder Geräten benötigen, und ich werde es herbeischaffen.« Er nahm ihre Hand, und Verena atmete den holzigen Duft ein, der Hagendorf umgab. »Natürlich.«

»Mir fällt ein Stein vom Herzen! Wir brauchen Sie hier. Meine Mutter hatte in der Vergangenheit bereits solche Phasen. Es ging ihr jedoch nach einer Kur jedes Mal besser. Darauf richten wir unsere Hoffnungen. Erst einmal sollte sie aber fit genug für die Reise sein.«

Verena nickte. »Welche Kur ist denn geplant?«

»Wir fahren nach Valedom, das ist ein Heilbad in den französischen Alpen. Von dort stammt auch unser Mineralwasser.« Er deutete auf die Glasflasche in einem silberfarbenen Flaschenkühler. »Das sollten Sie probieren, hier im Haus leert jeder mindestens eine Flasche pro Tag, und es ist ausreichend da.«

»Valedom. Ich muss gestehen, von diesem Kurort habe ich noch nie gehört.«

»In dem abgelegenen Bergtal wird streng naturkundlich behandelt«, erläuterte Hagendorf bereitwillig. »Die Kombination von frischer Luft, dem besonders mineralhaltigen Wasser und einer speziellen Medikation wird Sid... Mutters Gesundheit hoffentlich wiederherstellen.«

Wo wuchsen Pflanzen gegen das *Altern*? Das klang mehr nach einem Wunderheiler. Allerdings war Verena die Letzte, die über gewisse Phänomene spotten sollte.

Sie versenkte sich in Hagendorfs kraftvolle Aura. Wer weiß, was ihr entging, wenn sie jetzt unverrichteter Dinge zurückfuhr.

Kapitel 4

Verena wurde vor dem Weckerklingeln wach. Ein Lichtfaden umrahmte ihr Fenster. Neugierig öffnete sie einen Fensterflügel und sah in den Lichtschacht. Weiter oben ertönte ein leises Quietschen. Sie hatte mit dem Fensterhebel zugleich eine große Klappe betätigt, die im Dach eine Luke aufstieß und frische Morgenluft ins Zimmer ließ. Fröstelnd verschwand sie im Bad.

Nach der Dusche kramte sie das Handy heraus. Tina war bestimmt längst auf den Beinen, und wenn Verena sich heute nicht meldete, hetzte sie ihr am Ende noch die Polizei auf den Hals. Das wäre der Gipfel an Peinlichkeit. Außerdem wollte Verena alles möglichst schnell vergessen, was sie an die Begegnung mit dem *Lumpensammler* erinnerte.

Doch sie bekam keine Verbindung und steckte das Smartphone ärgerlich weg. Es gab sicher einen altmodischen Festnetzanschluss, schließlich war sie hier buchstäblich im ›Haus der Vergangenheit‹ gestrandet.

Den Weg zur Halle fand sie recht schnell. Von da aus irrte sie ein bisschen durchs Gebäude und ließ sich von Latino-Rhythmen in einen der Gänge locken, aus dem es verführerisch duftete.

Die Küche war riesig. Über dem gusseisernen Herd von den Ausmaßen eines Kleinwagens hing ein gewaltiger, kupferner Abzugstrichter. Darunter stapelte Gina an der Arbeitsplatte Brötchen zum Abkühlen auf einen Backrost und sang lauthals mit Shakira um die Wette.

»Guten Morgen!«, sagte Verena laut.

Gina zuckte zusammen. Mit schnellem Griff rettete sie ein Brötchen vor dem Sturz auf den Fußboden. »Herrje, haben Sie mich aber erschreckt.«

»Entschuldigung! Ich suche ein Telefon. Mein Handy hat kein Netz ...«

Gina drehte das Radio leiser, es plärrte im Hintergrund weiter wie ein vernachlässigtes Kind. »Ich weiß gar nicht mehr, wann meins das letzte Mal funktioniert hat. In der Gegend fehlen Sendemasten – bestimmt wegen des alten Truppenübungsplatzes. Während des Kalten Kriegs war da ein Militär-Horchposten .«

»Ich dachte, der wäre stillgelegt.« Verena hatte sich im Internet ein bisschen über die Region informiert. Die Anlagen lagen drei Kilometer Luftlinie entfernt.

Gina nickte. »Die haben die dazugehörigen Gebäude längst in einen Gewerbepark umgewandelt. Aber es würde mich nicht wundern, wenn da noch überall Technik im Boden steckt.«

Sie lächelte verschmitzt. »*Spionage* – irgendwie muss man die Gegend doch interessant machen. Hier gibt's ja wenig außer Heidekraut, Heidesand und Heidschnucken.«

»Na, das werde ich meiner Freundin Tina erzählen«, lenkte Verena das Gespräch auf ihr Anliegen zurück.

»Na, das ist ja lustig. Richten Sie ihr ruhig aus: *Gina grüßt Tina.* Danach können wir frühstücken, wenn Sie möchten. Die Hagendorfs sind Langschläfer. Und Weber ist ein Eigenbrötler, wie er im Buche steht.«

»Gerne.« Verenas Magen knurrte bereits.

An den Fenstern vorbei, die den Raum in gleißende Morgensonne tauchten, wies Gina zu einer rückwärtigen Tür. »Wir haben hinten einen Apparat. Der zweite befindet sich im Salon. Die beiden gehören zum gleichen Anschluss, man kann von dort aus also«, sie hüstelte, »mithören«.

Sie führte Verena in eine Kammer voll altmodischer Möbelstücke. Auf den Regalen stapelten sich ausrangierte Haushaltsgegenstände, eine alte Fahrradpumpe und ein Wasserkessel. Der Schemel vor dem Wandtelefon war blankpoliert vom vielen Sitzen.

»Leider hat die Anlage ihre Macken, aber mal sehen.« Gina hob den Hörer ab, wählte eine Ziffer und reichte ihn an Verena weiter. »Heute ist die Leitung einwandfrei.«

Sie tippte Tinas Nummer und hörte, wie die Tür zugezogen wurde.

»Renser«, meldete sich Tina putzmunter. Die hatte bestimmt bereits gefrühstückt.

»Ich bin's.«

»Na endlich. Ich habe mir Sorgen gemacht, dass du verloren gegangen bist. Dein Telefon war nicht erreichbar.«

Verena berichtete von der Anreise mit der vermeintlichen Kutschfahrt, dem Auto samt Chauffeur, dem Herrenhaus und den Hagendorfs. »Hast du die Postfach-Nummer noch, um mir Post nachzusenden?«

»Aber natürlich.« Tina kicherte verschwörerisch. »Alles im Kopf, damit keiner erfährt, wo genau du bist, am wenigsten dieser verfluchte *Lumpensammler*.«

»Gibt es eigentlich Neuigkeiten über den Mord?«

Tina verneinte das, wollte jedoch gleich wissen: »Sieht er denn gut aus, dein Adeliger mit dem animalischen Vornamen?«

Verena seufzte stumm. Ohne ihr Lieblingsthema wäre Tina nicht Tina.

»Ja«, sagte sie kurz. Leugnen oder Lügen würden nur Tinas Neugier und ihren untrüglichen Sinn für Romantik wecken. Und Verena hatte sich über Hagendorf bisher kein Urteil gebildet, außer dass der Name *Wolf* passte.

»Ist er denn unverheiratet?«

»Soweit ich weiß. Er spricht kaum über die Familie. Darum glaube ich, dass ihm nur noch seine Mutter geblieben ist.«

»Dranbleiben, Mädel!«

Als hätte sie nichts Besseres zu tun. »Das hier ist ein Job. Und wie du weißt, vermische ich Berufliches und Privates ungern.« Einer der Gründe, warum sie solo war. Sie arbeitete zu viel.

»Wenn dich Herzensangelegenheiten so wenig interessieren, wirst du da oben ja genug Ruhe zum Lernen haben«, antwortete Tina verschnupft. »Und wo wir grad beim Thema sind, mein Seminar fängt gleich an.«

»Schöne Grüße von Gina«, sagte Verena schnell.

Auf Tinas Neugier konnte man immer zählen. »Wer ist das?«

»Die Haushälterin. Sie scheint die gute Seele von Weißenbach zu sein.«

»Und? Deine Intuition trügt doch selten. Hat Gina was mit dem Hausherrn?«

»Nein.« Verena wies diese Möglichkeit entschieden von sich. Irgendwie beunruhigte sie der Gedanke mehr, als sie sich eingestehen wollte. »Sie ist eine Angestellte, und er hat momentan genug Sorge um seine Mutter.«

»Gut. Ich muss jetzt aber wirklich Schluss machen, sonst ist die Straßenbahn weg.«

Beim Frühstück fand Verena heraus, was Hagendorf den ganzen Tag und oft auch die halbe Nacht über beschäftigte. Mit seiner Bezeichnung *Privatgelehrter* hatte er untertrieben. Wie Gina freimütig erzählte, besaß er tatsächlich den Doktortitel einer französischen Universität. In Pharmazie. Augenscheinlich gehörte er nicht zu der Sorte Mensch, die einen akademischen Titel wie einen Orden vor sich hertrug. Verenas Respekt vor diesem Mann stieg. Er forschte lieber selbst nach einem Wirkstoff, um seiner Mutter zu helfen, statt sich auf bestehende Mittel zu verlassen.

Ein Klingelton riss sie aus den Gedanken.

»Das ist Frau Hagendorf«, erklärte Gina. »Ich bringe ihr jetzt was zu essen hoch. Kommen Sie doch gleich mit, sie weiß Ihre Hilfe beim Aufstehen bestimmt zu schätzen.«

»Gerne.« Verena streifte die Krümel von ihrer *Uniform*: feste Schuhe, weiße Hose und Kittel. Die Berufskleidung erleichterte es Patienten, ihr Vertrauen entgegenzubringen. Und wenn Frau Hagendorf etwas anderes vorzog, würde sie mit ihrer Meinung gewiss nicht hinter dem Berg halten. Von den Schuhen mit Gummisohle war jedenfalls bis jetzt keine Rede gewesen.

Der Salon verströmte durch die verschnörkelte Tapete und die fein gedrechselten Kirschholzmöbel etwas Verspieltes. Dahinter lag Frau Hagendorfs Schlafzimmer. Sie wirkte hilfsbedürftig – aber keinesfalls so schwach wie gestern. Verena konzentrierte sich auf ihre Aura. Das Scharlachrot hatte sich aufgehellt, und der beunruhigende Violettstich war fast verschwunden.

»Guten Morgen, Fräulein Seiler«, grüßte die Patientin freundlich. »Ich würde mich gerne fertigmachen. Zu dieser Tageszeit bin ich besonders steif.«

»Natürlich! Möchten Sie vor oder nach dem Frühstück ins Bad?«

»Gleich bitte. Sauberkeit kann man nicht hoch genug bewerten.«

Während Gina im Nebenraum mit dem Geschirr klapperte, als verböte sich jeder Gedanke ans Lauschen, stützte Verena ihre Patientin beim Aufstehen. »Es tut mir leid, wenn ich gestern etwas ruppig war«, entschuldigte sich Frau Hagendorf und schlüpfte schwerfällig in die Pantoffeln. »Vieles wird schwieriger – sobald man in die Jahre kommt. Man verliert schnell die Geduld.«

»Ja, das verstehe ich.« Verena verlor selbst ab und zu die Nerven wegen des lädierten Knies. Sie reichte den Morgenmantel an und half Frau Hagendorf dabei, die Ärmel überzustreifen. »Ich bringe Sie rasch ins Bad.«

Das Badezimmer besaß einen brandneuen Duschhocker und Wannenlift und war auf die Bedürfnisse gebrechlicher Personen abgestimmt.

»Hat Gina Ihnen sonst zur Seite gestanden?«, erkundigte sich Verena, denn augenscheinlich musste jemand der alten Dame geholfen haben.

»Ach nein«, wehrte diese ab. »Die Küchenmagd hat zwei linke Hände. Da hilft auch das hübsche Gesicht nichts. Einfältig, aber gesund. Was für eine Verschwendung!«

Das klang, als sei Frau Hagendorf eifersüchtig auf Ginas Jugend.

»Dann hatten Sie vor mir sicher eine andere Pflegerin! Das sollte wirklich eine Fachkraft übernehmen. Fängt man die Sache einmal falsch an, liegt man selbst ganz schnell mit Bandscheibenvorfall im Krankenhaus.«

Vehement schüttelte Frau Hagendorf den Kopf. »Ich bin noch nicht lange so hinfällig!« Das klang, als sei sie von hier auf gleich aus dem gewohnten Leben gerissen worden. »Bis vor ein paar Monaten bin ich sehr gut alleine damit klargekommen, für meine Bedürfnisse zu sorgen.«

»Also hat Ihr Sohn ...«

Frau Hagendorf griff nach der feuchten Seife, doch das glitschige Stück rutschte ihr aus den klauenartig verkrümmten Fingern.

»Zu dumm aber auch!«, schimpfte sie los. Als Verena rasch die Seife aufhob, sah sie aus dem Augenwinkel, wie die Patientin wütend die Faust ballte. »Danke!«, sagte sie, hörbar verstimmt. Jede Freundlichkeit war verschwunden.

»Das macht nichts!«, versicherte Verena und wischte die Seifenpfütze weg.

Eine steile Zornesfalte furchte Frau Hagendorfs Stirn.

»Früher war ich eine gute Turnerin, ich habe gestickt und gemalt und hatte ein Leben. Jetzt sitze ich herum wie ein nutzloses Fossil und warte auf den Tod!«

Was konnte man Tröstliches sagen, ohne über ihren Zustand zu lügen? Doch die Patientin ließ Verena ohnehin nicht zu Wort kommen. »Nach dem Frühstück erhalte ich meine Infusion. Danach muss ich ruhen.«

Sie schnaubte leise. »Als wäre ich ein Kleinkind.« Sie drehte an dem Ehering.

»Was bekommen Sie denn?«, lenkte Verena das Gespräch zurück. »Hier sind bestimmt Unterlagen zu Diagnosen und der Medikamentenplan.« Sie schaute sich nach Papieren um, wie sie es von ihren Tagen im Pflegedienst gewohnt war, doch Fehlanzeige.

»Das sind gute Vitamine, die der Arzt verschrieben hat.« Frau Hagendorf zeigte auf durchsichtige Beutel mit einer Flüssigkeit auf einem Rollwagen.

»Sicher B-Vitamine«, riet Verena. Die Infusionen waren unbeschriftet, aber das Gelb war ziemlich eindeutig.

Die Einstichstellen in Sidonies Armbeuge fielen ihr erst auf, als sie den Tropf fertigmachte. Die sahen ganz nach der Arbeit einer Fachkraft aus. Vermutlich der Arzt oder eine Pflegerin, sonst wäre das kaum ohne blaue Flecke ausgegangen. Wieso wurde daraus so ein Geheimnis gemacht? Etwas war hier vorgefallen, weshalb man jetzt auf sie zurückgriff. Und früher oder später würde Verena erfahren, was genau.

Während der folgenden Tage spielte sich in Weißenbach ein fester Tagesablauf ein. Verena gesellte sich zum morgendlichen Schwätzchen zu Gina, bis die Hausherrin aufzustehen wünschte. Nach ungefähr einer Stunde Krankenpflege, Waschen, Infusion, abwechselnder Pediküre und Hautpflege saß sie bis zum Mittagessen über den Büchern. In einem Nebenzimmer des Salons hatte Verena einen Schreibtisch eingerichtet, auf dem sich Fachbücher und Vorlesungsmitschriften türmten. So konnte sie schnell zur Stelle sein, wann immer sie benötigt wurde.

Wolf Hagendorf traf sie oft erst zur Mittagszeit. Er steckte meist in seinem Labor im westlichen Anbau und redete grundsätzlich nicht über die Arbeit, obwohl Verena einige Male aus medizinischem Interesse nachfragte.

Sie gewann den Eindruck, dass er gerne mehr erzählt hätte. Immer wieder begegnete sie seinem Blick und tauschte sich still mit ihm aus. Bei der Erinnerung an seine Nähe, wie seidiger Stoff, der über ihre Haut streifte, beschlich sie ein wohliges Gefühl. Längst nannte sie Wolf in Gedanken beim Vornamen. Sie spürte sein Interesse, doch er sprach es nie aus.

Vielleicht lag es an der Gegenwart seiner Mutter, deren wacher Aufmerksamkeit bei Tisch wenig entging.

Über den Nachmittag sah Verena gelegentlich nach der Patientin, setzte ihr manche Spritze gegen verkrampfte Muskeln oder eine weitere Infusion. Die Vitamingaben schienen kurzfristig zu helfen, trotzdem schwand sie dahin.

Nach Gesellschaft verlangte Frau Hagendorf in der ersten Woche selten. Sie vertrieb sich die Zeit am Fernsehgerät im Salon.

Verena kam dennoch kaum an die frische Luft. Eine Regenfront zog gerade durch, und das Knie tat ihr von den Erkundungsgängen und Umwegen im Haus ohnehin weh.

Abends begleitete sie die alte Dame zum Essen und half ihr später, sich fürs Bett fertigzumachen. Danach stand weiteres Lernen auf dem Programm.

Sie fiel um Mitternacht regelrecht in die Federn. Doch bei aller Müdigkeit schlief sie unruhig. Draußen regnete und stürmte es, aber am Unwetter konnte es kaum liegen, denn die doppelte Hausfassade dämpfte sämtliche Außengeräusche. Allerdings hielt sie auch das Sonnenlicht ab, und über die Schächte drang wenig Helligkeit hinein. Ob das fehlende Licht ihren Wach-Schlaf-Zyklus durcheinanderbrachte? Verena hatte sonst nie Schlafprobleme, nicht einmal bei der Umstellung von Nacht- auf Frühdienst.

Sie dehnte tagsüber die Besuche in der Küche aus, denn sie fühlte sich wohl in dem von Musik und Speisedüften durchzogenen Raum. Über die Qualität der Mahlzeiten gab es nichts zu klagen und kein Wunder: Oft traf sie Gina im Haus über herausgezogenen Schubladen an, wo sie alte Kochrezepte suchte und sie sogleich mit dem Handy abfotografierte.

Mitte der Woche kam Verena an einer offenen Tür vorbei und bemerkte aus dem Augenwinkel, dass Wolf darin mit etwas beschäftigt war.

Sie klopfte der Form halber an und trat ein. Das Zimmer war in dunklen Farben ausgestattet und strahlte einen maskulinen Charakter aus. Ein Hauch Zigarrenrauch lag in der Luft. »Guten Abend.«

Wolf beugte sich über eine Metallvorrichtung mit Planetenmodellen und blickte überrascht hoch. »Frau Seiler. Welch unerwartetes Vergnügen.«

»Ich hoffe, ich störe nicht bei der Arbeit.«

Hochkonzentriert schob er eine der Kugeln vor. Es handelte sich um ein Modell des Monds. »Ich ordne nur gerade den Lauf des Universums neu.«

Verena lachte lauter als angemessen über den kleinen Scherz. »Sie sind ja ein Mann mit vielen Talenten.«

Wolf rückte den Metallmond ein wenig vor. Verena bewegte sich zugleich auf ihren Arbeitgeber zu, wie von einer ungekannten Kraft angezogen.

Sie schluckte, und Wärme stieg in ihr hoch, während sie sich zur Ablenkung ganz auf die Gerätschaft konzentrierte. Verena hatte eine ähnliche Vorrichtung bereits gesehen, aber es gab einen deutlichen Unterschied. »Da sind ja bloß Sonne, Erde und Mond.«

»Das ist ein Tellerium, ein Sonderfall eines Orrerys, oder auf gut deutsch: *Planetenmaschine*. Ich bin erstaunt, dass sich junge Leute mit Astronomie auskennen.«

Jung! Er war doch kaum 15 Jahre älter als sie. »Schließlich gibt es YouTube-Videos dazu im Internet. Warum benutzen Sie keine Astro-App oder ein anderes Berechnungsprogramm?«

Hagendorf winkte ab. »Die Menschheit hat mit herkömmlicher Technik seit Jahrtausenden die Sterne und ihre Eigenschaften beobachtet. Ich könnte natürlich in einem Almanach nachschlagen, ginge es nur darum, die nächste Sonnenfinsternis zu bestimmen.«

Aha! Jetzt fühlte er sich wohl in seiner Gelehrtenehre gekränkt. »Und worum geht es dann?«

Hagendorf lächelte. »Ich justiere das bloß nach. Unsere Perle Gina muss das Modell beim Putzen unachtsamerweise verstellt haben.«

»Das ist eine Menge Arbeit für eine einzige Person«, verteidigte Verena die Haushälterin.

»Wir hatten früher mehr Personal. Aber dann wurde Mutter krank, ich hab ein Dienstmädchen beim Stehlen ertappt, und die ganze Situation brachte zu viel Unruhe mit sich. Also mussten wir alle bis auf Weber entlassen.«

Das war der Moment, auf den Verena gewartet hatte. »Auch die Krankenpflege?«, wollte sie wissen, um endlich diese offene Frage zu beantworten.

»Ja, Mutter kam mit der damaligen Schwester nicht gut aus. So habe ich zwischenzeitlich übernommen.«

»Das finde ich großartig.« Verenas Hochachtung vor ihrem Gegenüber wuchs. Im Allgemeinen gaben Männer die Pflege für kranke Angehörige gern ab. Hagendorf wandte seine Aufmerksamkeit nun voll und ganz ihr zu. »Wir haben eine Weile gesucht, bis wir jemand mit den passenden Qualifikationen ausfindig gemacht haben. Und wie man sieht, sind Sie genau die Richtige für diese Aufgabe. Seit Ihrer Ankunft zeigt Mutter wieder mehr Hoffnung und Lebenswillen, und das ist allein Ihr Werk.«

»Ich fühle mich geschmeichelt.« *Zu Unrecht*, dachte sie. Es war keine anspruchsvolle Arbeit, und besonders positiv gestimmt erschien Sidonie Hagendorf ihr nicht. »Es gefällt mir, und ich fürchte, ein paar weitere Wochen von Ginas Kochkünsten und ich leide bald unter *akutem Bauch*.«

»Darum brauchen Sie sich gewiss keine Sorgen zu machen!«, betonte Wolf mit anerkennender Miene, die etwas in Verena zum Klingen brachte. Das Kompliment bestätigte den Eindruck, dass er mehr für sie empfand, als er in Sidonies Anwesenheit merken ließ.

»Danke.« Verena konnte zwar die Auren fremder Menschen deuten, aber in diesem Moment hätte sie lieber Wolfs Gedanken gelesen.

Er schien deutlicher werden zu wollen, kehrte nach einem sichtbarem Schlucken jedoch zum eigentlichen Thema zurück: »Ich habe Gina angewiesen, hauptsächlich mit heimischen Zutaten und frischen Kräutern zu kochen, was Mutters Gesundheit zum Vorteil gereicht. Wenn Sie Speisewünsche haben, können Sie sich jederzeit an die Köchin wenden. Sie sollen sich wie zu Hause fühlen. – Doch nun entschuldigen Sie mich bitte, die Arbeit ruft.«

»Ja, natürlich!«, sagte Verena möglichst verständnisvoll. Ihr Herz aber klopfte.

»Brauchst du etwas?«, fragte Gina Ende der ersten Woche, als Verena sich vor dem Küchenfenster sonnte. Sie duzten sich bereits seit dem zweiten Morgen im Haus. »Weber fährt morgen nach Moldersen, Post holen. Wenn du eine Zeitschrift oder so was möchtest, schreib's auf. Die Schinken in der Hausbibliothek stammen aus dem vorletzten Jahrhundert.« Sie rümpfte die Nase. »Und so riechen sie auch.«

Verena stützte das Kinn in die aufgestellte Hand. »Kann Weber fürs Arbeitszimmer eine Glühbirne besorgen, die das gesamte Spektrum abstrahlt? Ich finde es im Haus arg schummrig. Mir ist schleierhaft, wie die Hagendorfs das aushalten!«

Der alte Kasten schien trotz vieler Lampen das Licht förmlich aufzusaugen. Langsam schlug ihr das ewige Halbdunkel aufs Gemüt.

»Er ist meist im Labor – das hat Dachfenster. Und sie schläft ja die halbe Zeit«, meinte Gina.

Verena überlegte einen Moment. »Ich will Tina schreiben, und Weber könnte den Brief aufgeben. Sie dürfte ganz ›entzückt‹ über echte Landhaus-Post sein, wie die aus ihren Serien.«

»Ich denke, das kriegt er hin!«

Verena musste lachen. »Beides, oder nur den Brief?«

Gina stieß prustend die Luft aus. »In Moldersen herumlaufen und diese spezielle Glühbirne suchen, meinte ich. Er tut außer den Besorgungen für den Hausherrn kaum was anderes, als am Auto herumzuschrauben. Im Haushalt macht er jedenfalls keinen Handschlag!«

Frau Hagendorf gab Verena einen Einkaufszettel mit. Nachdem sie für den Morgen versorgt war, wedelte Verena in der Küche übermütig damit herum. »Noch mehr Arbeit für den armen Weber.«

»Lass mich raten – Anispastillen, Fernsehzeitschrift, Kölnisch Wasser?«

Verena überflog die gestochen scharfe Handschrift, deren Buchstaben Spinnenbeinen ähnelten. »Genau.«

»Erledigt er eigentlich auch die übrigen Einkäufe?« Sie machte eine Geste Richtung Kühlschrank.

»Nur die besonderen Sachen. Wir bekommen einen Großteil der Lebensmittel zweimal im Monat per Paket. Und Spezialitäten gibt es tiefgefroren mit dem Lieferwagen.«

Ein Altweibersommer wie aus dem Bilderbuch hatte das windige Wetter abgelöst. Bei dem Gedanken, sich gleich wieder an die Bücher zu begeben, ergriff Verena tiefe Unlust. Außerdem konnte sie Tina schlecht schreiben, dass sie den ganzen Tag nur lernte. Sie brauchte Stoff für den Brief.

»Ich mache einen Rundgang ums Haus, Sonne tanken. Bin bald zurück.« Erfahrungsgemäß benötigte die Patientin um diese Zeit selten etwas.

Gina blickte vom Gemüseputzen hoch. »Ist gut. Wenn was ist, schaue ich nach der Schreckschraube.«

Verena zuckte wegen des abfälligen Ausdrucks zusammen. »Ihr seid nicht unbedingt auf einer Wellenlänge, oder?«

»Also, der kann man kaum was recht machen. Ständig redet sie davon, wie viel besser früher alles war. Wie gut das Essen damals geschmeckt hat. Und wie sie da *echte* Buttercreme bekamen.«

Verena nickte. Erst gestern hatte sich die Patientin darüber geäußert, dass die Petersilie über den Kartoffeln nicht taufrisch war. »Ja, es ist schwierig.« Sie ließ offen, ob sie nun Frau Hagendorfs Situation oder den Umgang mit ihr meinte. »Wer hat sich denn vor mir um sie gekümmert?«

Gina zuckte die Achseln. »Ich arbeite erst ein paar Monate hier, da hat alles der Sohnemann gemacht.«

»Ich hätte gedacht, du gehörst schon länger zum Haushalt.« Wie Wolf kürzlich angedeutet hatte, war die Verschlechterung von Sidonies Zustand sehr plötzlich gekommen. Aber seine Mutter war ja wohl kaum über Nacht um Jahre gealtert und zu einer pflegebedürftigen Person geworden! Denn von einem Schlaganfall oder Herzinfarkt wusste Verena nichts, und sie hätte die Nachwirkungen einer schwerwiegenden Beeinträchtigung gesehen.

Gina verstaute den Einkaufszettel unter der Teetasse. »Für ein so großes Haus ist viel zu wenig Personal da. Da kann man froh sein, dass sich der Gärtner aus

Moldersen um den Außenbereich kümmert, sonst hätte ich das auch noch an der Backe. Weber ist sich dafür zu fein.«

»Hauptsache der Oldtimer glänzt«, sagte Verena und wollte dann wissen: »Wo geht es denn raus?«

»Am Telefonzimmer vorbei, erste rechts, durch die Hintertür, da stehst du direkt im Küchengarten.«

Kaum hatte Verena die Schwelle überschritten, glitt die schwere Tür ins Schloss. *Mist!* Auf der Außenseite gab es keine Klinke. Sie hatte sich ausgesperrt und musste gleich Gina rausklingeln.

Aber erst würde sie den Spaziergang genießen. Sie räkelte sich in den warmen Sonnenstrahlen und schlenderte durch den Garten. Die Anlage war annähernd quadratisch und von roten Backsteinmäuerchen in Viertel unterteilt. Die Luft roch herbstlich und irgendwie nach Kohl. Gemüsebeete standen voller Krauskohl und Kohlrabi, der die runden Blätter um sich breitete wie ein gebauschtes, lindgrünes Ballkleid. Verena ging vorbei an einem abgeernteten Teil, in dem bloß noch Samenschildchen der gesäten Kräuter steckten. Lavendelduft führte sie in eine Ecke mit Heilpflanzen wie in einen Klostergarten. Sie erkannte Pfefferminze, Fenchel und Salbei, aber es gab dort viel mehr. Das letzte Viereck schließlich stand voller Astern, die meisten davon waren allerdings verblüht. In der Mitte befand sich ein fünfeckiges Metallfeld mit Gravuren, eine Art Sonnenuhr.

Hinten schloss sich eine Rasenfläche bis zu einer dichten Buchshecke an. Zusammen mit den Gebäudeflügeln war der Garten auf diese Weise eingeschlossen wie ein maurischer Innenhof. Hier kam sie nicht weiter.

Verena kletterte über einen Erdwall, der den Küchengarten vom Rest der Anlage abtrennte, und landete abermals vor Kräuterbeeten. Sie entdeckte im windgeschützten Bereich an der Hecke hochgiftige Pflanzen, die sich für den Hausgebrauch verboten. *Schwarzer Nachtschatten, Tollkirsche, Fingerhut* fanden allenfalls in der Pharmazie Verwendung – oder vielleicht der legendären Hexen-Flugsalbe.

Sie kicherte übermütig. Viel mehr interessierte sie das kleine Gewächshaus direkt an der Hauswand. Ein Schatten bewegte sich hinter den milchigen Scheiben, und bei dem weißen Kittel konnte es sich nur um einen Hausbewohner handeln. Verena klopfte mit dem Fingerknöchel gegen das Glas.

Hagendorf fuhr herum und spähte durch die gekippte Belüftungsöffnung. »Ach, Sie sind es, Verena.«

Sie spürte, wie ihr das Blut in die Wangen schoss. Sonst nannte er sie immer Frau Seiler.

»Ich genieße den Garten. Das hätte ich längst tun sollen.«

Er winkte sie heran. »Das Wetter war bisher nicht gerade einladend.«

Sein Lächeln war es schon. Sogar der Laborkittel stand dem Mann gut zu Gesicht. »Darf ich Ihnen meine kapriziösen Schönheiten vorstellen?«

Er deutete auf einen Kübel. Darüber hingen schwere, goldgelbe Kelche, die nickten, als Verena daran vorbeistreifte. »*Brugmansia*, bekannter als Engelstrompete.«

Verena fuhr bewundernd mit dem Finger die geschraubten Enden der samtigen Blüte nach. »Wirklich schön.«

»Aber gefährlich. Die Pflanze enthält Alkaloide, das macht sie interessant für die Forschung.«

»So wie die giftigen Stiefgeschwister der Heilpflanzen im abgeschiedenen Teil des Gartens?«, fragte sie.

Hagendorf legte den Kopf schräg. »*All Ding' sind Gift und nichts ohn' Gift; allein die Dosis macht, dass ein Ding kein Gift ist.* Das sagte Paracelsus zum Thema.«

Verena nickte. »Dass ein Wirkstoff Heilmittel und Gift zugleich sein kann, gilt immer noch.«

Hagendorfs Aura leuchtete regelrecht auf. »*D'accord.* Paracelsus war ein Vorreiter von Medizin und Chemie aus der Zeit der verwobenen Wissensgebiete, wo die Alchemie, als Königin der mittelalterlichen Wissenschaften, Philosophie, Heilkunde und Magie vereinte.« Er lud sie mit einer Geste ein. »Kommen Sie mit auf eine Reise durch die wundervolle Welt der grünen Medizin.«

In den nächsten Minuten wies er hier auf eine Pflanze und dort auf Ableger eines Wüstengewächses, das monatelang ohne Wasser überlebte. Von den meisten Blumen hatte Verena nie zuvor gehört, sie stammten aus den Dschungeln Südamerikas und Indiens. Ein paar dufteten verführerisch, andere lockten mit üppigen Farben, eine Handvoll tat beides. Nicht bloß, um Insekten zur Bestäubung anzulocken, sondern um sie zu verzehren.

Für zwei war im Treibhaus wenig Platz, und im Gang berührten sich ihre Körper mehrfach. Die Enge störte Verena kein bisschen.

Die sinnverwirrende, schwüle Luft war betörend. Verena ertappte sich dabei, wie sie nicht mehr auf die Worte hörte, sondern nur dem Klang seiner Stimme lauschte.

Er war der perfekte Gentleman, gebildet und gut aussehend. Sie machte einen Schritt auf ihn zu. Leider verhedderte sich ihr ungelenkes Bein im Schlauch, der sich wie eine exotische Schlange über den Boden ringelte. Verena stieß einen erstickten Laut aus, doch ehe sie stolpern konnte, hielt Hagendorf sie mit schneller Reaktion fest. Auch als sie die Balance wiedergefunden hatte, beruhigte sich Verenas Herzschlag nicht. Im Gegenteil. Sie lag in Wolfs Armen, und alles fühlte sich so richtig an.

»Passen Sie gut auf, Verena, Sie sind mir teuer.« Seine Stimme klang rauer als sonst. Er neigte den Kopf. Sie schien in diesem schwerelosen Moment auf ihn zuzuschweben. Ihre Lippen prickelten. Wolf kam ihr entgegen ...

Aber dann öffnete er die Arme und ließ sie einfach los wie einen seltenen Falter. Er rückte sogar ein Stück ab und nebelte eine Pflanze mit dem Zerstäuber ein. Verena kam der feine Sprühnebel wie ein kalter Guss vor, der sie von ihm forttrieb.

»Was ...«, setzte sie an.

Wolf sah hoch und blickte ihr tief in die Augen. »Ich würde Ihnen gerne das *Du* anbieten. Doch Sidonie entstammt einer anderen Generation und würde es missbilligen.«

Verena nickte, gekränkt und durcheinander. Wolf hätte sie eben beinahe geküsst. *Wir brauchen Sie*, hatte er bei der Ankunft noch gesagt und ihre Hand gehalten, während er sie überzeugen wollte, zu bleiben. Und nun diese Abfuhr!

Es schien, als habe er sie erst in seine Nähe eingeladen, nur um ihr im letzten Moment die Türe vor der Nase zuzuschlagen.

»Dann werde ich Sie wieder der Arbeit überlassen«, sagte sie mit trockenem Mund, der sich um die Berührung seiner Lippen betrogen fühlte, und floh in den Garten.

Wie sollte sie Wolf heute Abend nur gegenübertreten?

Kapitel 5

Noch immer spielten Sonnenstrahlen über den Beeten. Ein Tagpfauenauge gaukelte vorbei. Aber der klösterliche Zauber der Grünanlage war verflogen. Verenas Knie tat weh nach dem Missgeschick mit dem Schlauch, und sie konnte den Streifzug nicht länger genießen. Ihr Herz fühlte sich welk an wie die verdorrten Astern.

Wolf wollte sie jetzt um keinen Preis der Welt begegnen. Sie spazierte die Hecke entlang, um sich wieder zu fangen, und versuchte, eine Erklärung für Wolfs widersprüchliches Verhalten zu finden. Jeder Gedanke endete bei Sidonie.

Wenn Kranke auf Zuwendung angewiesen waren, neigten sie bei ihren Bezugspersonen manchmal zu regelrechten Eifersuchtsattacken. Verena war überzeugt, dass es im Gewächshaus zwischen ihr und Wolf buchstäblich gefunkt hatte – er hatte sie umarmen *wollen*, sich schließlich jedoch losgerissen und zur Distanz gezwungen. War das aus Rücksichtnahme auf seine Mutter geschehen?

Der Gedanke ernüchterte Verena und erinnerte sie an ihre eigenen professionellen Prinzipien.

Ja, Wolf war anziehend, doch er war auch ihr Arbeitgeber. Damit sollte ihre Beziehung geklärt sein.

Eigentlich wollte Verena weiterlaufen, aber sie landete am Ende der Hecke nur vor einer Eisenpforte. Nachdem sie vergeblich an dem zugewachsenen Tör-

chen gezerrt hatte, schlug sie schließlich den Rückweg
ein.

Sie klopfte gegen die Küchenfenster, bis Gina auf sie
aufmerksam wurde. Zurück am Schreibtisch riss Verena ein Blatt aus dem karierten Block und schrieb den
Brief an Tina. Aufs Lernen konnte sie sich momentan
nicht konzentrieren. Zuerst flossen die Worte nur so
auf das Papier.

Hallo Tina!

*Da das Telefon hier gerade streikt (bestimmt sucht je-
mand in der alten Militäranlage nach kleinen grünen
Männchen) möchte ich dir ganz altmodisch ein paar
Zeilen schreiben. Briefe schreiben passt zu diesem
Haus, mit seiner Atmosphäre des vorletzten Jahrhun-
derts.*
*Ich habe mich schneller eingelebt als erwartet. Heute
hatte ich eine aufregende Begegnung.*

Nach den einleitenden Sätzen stockte der Gedanken-
fluss. Hals-über-Kopf-Gefühlswirrwarr zählte eigentlich zu Tinas Spezialitäten. Doch Verenas Hand
sträubte sich, das Zusammentreffen mit Wolf auch nur
zu skizzieren.

Verena kaute am Bleistift. Kein Wunder, dass ihr die
Worte fehlten, wenn sie nicht mal ihre Gefühle in den
Griff bekam. Eine Liebelei wäre unprofessionell und
eine überflüssige Komplikation.

Also sparte sie das Erlebnis im Gewächshaus aus.
Vielleicht hatte sie Wolfs Signale auch falsch gedeutet,
und die gegenseitige Anziehung war bloß Wunsch-

denken. Wahrscheinlich sollte Verena das Thema wirklich mit Tina besprechen, aber das geschah besser im direkten Gespräch.

Daher erwähnte Verena lediglich den Besuch im Kräutergarten und die reizenden Schmetterlinge. Im heiteren Postkartentonfall zählte sie einige architektonische Besonderheiten Weißenbachs auf, bis die Seite gefüllt war.

Um ihr Gewissen zu beruhigen, machte sie sich danach mit Feuereifer über die Bücher her.

Das Abendessen war eine Katastrophe. Frau Hagendorf saß mit zusammengepressten Lippen am Tisch vor Forelle mit Herzoginkartoffeln und Blattspinat und warf Verena und ihrem Sohn merkwürdige Blicke zu. Verena wurde heiß.

»Hat Ihnen der Ausflug in den Garten gefallen?«, fragte die alte Dame ironisch. »Sie haben ja richtig Farbe bekommen.«

Ihr blieb fast der Bissen im Hals stecken. Sie hatte Frau Hagendorf wohlweislich gegenüber nichts davon erwähnt. Jetzt wurde sie knallrot wie eine Tomate. »Ja«, bestätigte sie wachsam. »Es war herrlich in der Sonne.«

Unwillkürlich blinzelte sie zu Wolf hinüber. Ob er geplaudert hatte? Doch sie wandte sich schnell ab, ehe die alte Dame noch mehr Verdacht schöpfte.

Hatte Sidonie sie beide beobachtet? Da musste sie alleine vom Zimmer aus zu einem der eingeschossigen Seitenflügel gelaufen sein.

Sidonie entgrätete geschickt die Forelle. Ihre knotigen Finger führten das Fischmesser, als hätten sie ihr Lebtag nichts anderes getan. »Ich hatte Sie vermisst, wissen Sie, Fräulein Seiler. Sie waren fort, während der Arbeitszeit ...«

Wolf räusperte sich. »Ich habe Frau Seiler das Gewächshaus gezeigt und sie dabei wohl aufgehalten. Ich bedauere, dass du darunter zu leiden hattest, *Mutter.*«

»Es ist ja nichts passiert. Oder?« Der Blick des toten Fischs war freundlicher als der Ausdruck auf dem Gesicht der alten Dame.

Verena schluckte den Bissen endlich herunter. Sie hätte genauso gut zerkochte Pappe essen können.

Dieser passiv-aggressive Tonfall und die angedeuteten Unterstellungen. Dabei hatten sie sich nichts Unrechtes vorzuwerfen. Kein Wunder, dass Wolf so behutsam mit seiner Mutter umging. Verena bedauerte ihn – und ein bisschen sich selbst.

Aber Sidonie war keine Verwandte von Verena, sondern eine Patientin. Wenn ihr Sohn sich von ihren Launen terrorisieren ließ, gut. Verena straffte sich. Sie musste angemessen Paroli bieten und sagte ganz sachlich: »Ich hatte Gina gebeten, in meiner Abwesenheit nach Ihnen zu schauen. Es tut mir leid, falls Sie sich vernachlässigt gefühlt haben.«

»Das junge Ding hängt ja dauernd am Transistor und wird mich vergessen haben. Also, zu meiner Zeit hätte man einer so unreifen Person keine derart verantwortungsvolle Tätigkeit übertragen. Doch man muss ja sehen, wo man heute bleibt.«

Verena hackte den Fisch regelrecht entzwei. Warum präsentierte Frau Hagendorf das Versäumnis am Abendbrottisch, statt es unter vier Augen anzusprechen? Es sei denn, es ginge gar nicht um Verenas Abwesenheit, sondern darum, mit *wem* sie diese Zeit verbracht hatte.

Ihr war klar, dass die alte Dame bisher die Tage ausschließlich mit ihrem Sohn zugebracht hatte, und deshalb vielleicht auf seine anderen Kontakte eifersüchtig war. Ihre familiäre Beziehung war eng, und natürlich hatten die Tragödien sie zusammengeschweißt. Zweimal schon hatte Verena die beiden dabei gestört, wie sie angespannt über einen Erich sprachen, vermutlich Sidonies verstorbenen Ehemann. Es war gar nicht so selten, dass verwitwete Menschen Sohn oder Tochter als eine Art Ersatzpartner ansahen. Sie musste unbedingt rücksichtsvoll bleiben.

»Ich bemühe mich selbstverständlich, Sie zufriedenzustellen«, sagte Verena versöhnlich. Ihre Hand krampfte sich um die Gabel. »Wenn ich das nächste Mal eine Pause brauche, werde ich mich abmelden.«

»Das wäre wünschenswert.«

Verena bemerkte ein zufriedenes Leuchten auf dem Gesicht der alten Dame und entspannte sich. Was auch immer zwischen Wolf und ihr geschah, die Stelle war ohnehin befristet.

Die folgenden Tage hielt Frau Hagendorf Verena in Atem und schickte sie für eine kleine Besorgung nach der anderen in Küche oder Bibliothek. Der Fernseher blieb aus, stattdessen las Verena kapitelweise aus verstaubten Romanen vor, die hundert Jahre und mehr auf dem Buckel hatten.

Die Frakturschrift zu entziffern war mühevoll, und nach dem dritten Verleser binnen einer Minute ließ Verena das aktuelle Buch sinken.

»Entschuldigen Sie, mir fällt das Lesen dieser Buchstaben schwer. Möchten Sie vielleicht ein paar neue Werke? Ich könnte in Moldersen danach suchen. Die gibt es auch im Großdruck, und sie sind bei älteren Patienten sehr beliebt.«

»Verschonen Sie mich bitte mit dem neumodischen Schund«, sagte Frau Hagendorf unmissverständlich. »Die alten Meister beherrschten noch ihr Handwerk.«

Alt, ja, das stimmte. Von den wenigsten Autoren hatte Verena je gehört. Die Werke in der Bibliothek stammten teilweise aus dem vorletzten Jahrhundert und hatten den Aufstieg in den Literaturkanon nicht geschafft. So viel also zum Thema *literarische Meister.*

Noch ein Versuch. »Bei einem *E-Book-Reader* könnten Sie die Buchstaben so groß einstellen, wie Sie mögen. Ich helfe Ihnen bei der Bedienung selbstverständlich, und Sie wären unabhängig ...«

»Sie haben aber so eine schöne Lesestimme«, unterbrach Frau Hagendorf und blinzelte.

Verena blieb kaum etwas anderes übrig, und sie kämpfte sich weiter durch die schauerlichen *Singenden Rosen.*

... Ein Blitz spaltete die Schwärze der Nacht, wie ein diabolisches Lächeln die Lippen eines Verrückten teilte. Der Mann zerrte das längliche Paket in den Garten. Seine Finger verloren den Halt an dem nassen Stoff, und das Bündel rutschte zu Boden, wobei ein weißer Arm herausglitt. Abermals krachte Donner, und im Licht des Blitzes funkelte ein Diamantring an einer zarten Frauenhand. Der Mann schob den Arm ungerührt

*zurück und zog die Leiche weiter bis an ein Rosenbeet,
wo er ein Grab aushob.*

*Durch den nassen, fast durchsichtigen Stoff betrach-
tete er das Gesicht seiner Ehe-frau ein letztes Mal und
legte sie hinein. Anschließend zog er ein kleines Päck-
chen hervor.*

*›Dein besonderer Liebling‹, flüsterte er und warf es in
die Grube. ›Wenn du einsam bist, kann der Kanarien-
vogel dir etwas vorträllern.‹ Er pflanzte Rosenstöcke
auf das frische Grab …*

Pathetische Stellen wie diese hörte Frau Hagendorf
gerne mehrmals. Dabei schien sie den Großteil der
Werke bereits zu kennen, denn sie erwähnte zwischen-
durch, wie sie ausgingen.

Verena beschlich daher der Verdacht, dass die Vorle-
sestunde sie nur von alternativen Beschäftigungen
fernhalten sollte. Von weiteren Begegnungen mit Wolf,
beispielsweise.

Diese Frau braucht einen Stapel Hörbücher, dachte
sie, *keine Krankenpflegerin.* Zumal sich ihr Zustand
nicht dramatisch in die eine oder andere Richtung ent-
wickelte. Aber die Arbeit war leicht und wurde gut be-
zahlt, also behielt Verena ihre Meinung für sich.

*Am Rand ihres Gesichtsfeldes flatterte ein Schemen.
Verena erhaschte den Nachtfalter aus den Augenwin-
keln und drehte sich, um seinen wirren Zickzackkurs
zu verfolgen. Er musste ihr aus dem Bus in den Park gefolgt sein, irgendwie.*

*Weiche Flügel wischten über ihre Haut, und das fe-
derleichte Geschöpf wäre beinahe auf ihrer Wange ge-*

landet. Als Verena die Stelle mit der Fingerspitze berührte, blieb ein winziger Blutfleck darauf zurück.

Verena wurde schwindelig beim Anblick der umbrafarbenen Schwingen, auf denen Elfenbeinweiß und Wachsgelb bizarre Muster bildeten. Sie zogen zu schnell für das menschliche Auge vorbei und erzeugten Trugbilder auf der Netzhaut. Der kleine Schatten wogte wie ein ruheloses Phantom umher, fasslich nur mit dem Geist, nicht mit den fünf Sinnen. Greifbar nur für ihr drittes Auge.

Die verwischten Umrisse tanzten durch das Halbdunkel des verschatteten Parks, als hätte der Nachtschwärmer ein Ziel. Folgte er dem Lichtschein, der unter dem Lampenschirm hervorquoll wie blutiges Fruchtwasser?

Verena sah eine zerrissene Puppe im Gras. Obwohl sie aussah wie ein Spielzeug nach dem Wutanfall einer Fünfjährigen, wusste Verena, dass diese Gliederpuppe einmal ein atmender Mensch gewesen war.

In dem Augenblick stürzte der Nachtschwärmer erneut auf sie zu: Die tranceartigen Muster auf den Flügeln verschoben sich wie Öl auf Wasser. Das Bild des immer größer werdenden Falters brannte sich überdeutlich ein: sein fledermausartiger Kopf mit Antennen, der mit zarten Haaren bedeckte Leib, die Farbschüppchen der Flügel pulsierten hypnotisch.

Verena schlug angstvoll danach. In diesem Moment fügte die zerstückelte Puppe sich von allein zusammen. Dabei faserte ihre plumpe Gestalt auseinander wie ein Rorschach-Testbild und formte einen von neonblauen Blitzen umgebenen Umriss, der aus lauter Tintenspritzern zu bestehen schien.

Die Kreatur kam auf sie zu und wollte sie packen. Mit einem Satz, halb Stolpern und halb Sturz, rannte Verena los. Sie lief aus Leibeskräften, das schattenhafte Wesen wie einen wehenden Mantel immer im Schlepptau.

Als sie aus dem Traum schrak, brauchte Verena nur wenige Sekunden, um sich zu orientieren. Sie hatte im Halbschlaf vergessen, das Licht auf dem Nachttisch zu löschen. Die von einem weinroten Schirm bedeckte Lampe hatte einen echten Nachtfalter durch den Lichtschacht und das gekippte Fenster in ihr Schlafzimmer gelockt.

Puh!

Verena schaltete die Nachttischlampe aus, ehe sich das Insekt an der heißen Glühbirne noch in den Hitzetod stürzte. Morgen würde sie den Falter dann hinaussetzen.

Sie war zu aufgeregt, um gleich wieder einzuschlafen und breitete gedanklich die Elemente des Traums vor sich aus. Es war zur Abwechslung um den Morgen des Mords im Park gegangen, statt um den Autounfall, wie sonst.

Wie sie aus der Psychologie wusste, bedeutete es, dass das Thema ganz leise ins Bewusstsein trat, und war ein Zeichen, dass die innere Verarbeitung begonnen hatte. Das waren eigentlich gute Nachrichten. Außerdem konnte der *Lumpensammler* sie hier unmöglich finden!

Aber die in scharlachroten Schein getauchte Mordszenerie und die beinahe zweidimensionale Gestalt ihres Verfolgers ließen dennoch ein beunruhigendes Gefühl in Verena zurück.

Sie schrieb die innere Anspannung der fremden Umgebung zu. Es gab genug unerforschte Ecken in Weißenbach, und sie beschloss, das so bald wie möglich zu ändern.

Doch Verena musste sich sputen, um trotz der vielen Ablenkungen tagsüber mit dem Lernplan Schritt zu halten. Weber hatte für das Arbeitszimmer tatsächlich eine bessere Glühbirne besorgt, und im warmen Lichtkegel hockte Verena bis spät in die Nacht hinein über den medizinischen Werken. Das Licht war gut, aber ihre Probleme löste sie damit nicht.

Sie schlief weiterhin unruhig und sehr traumreich. Das war allerdings kein Wunder. Bei der Erinnerung an die Erlebnisse im Blankenrainer Park stellten sich ihr immer noch die Nackenhaare hoch. Wenn man dann auch noch Geschichten vorlas, in denen im Mondlicht singende Rosen einen Mörder verrieten, musste das ja Folgen haben.

Frau Hagendorf hatte sich längst zurückgezogen. Verena erschien es, als senke sich die Zimmerdecke wie ein Sargdeckel auf sie herab. Sie schnappte eine Jacke und floh vor der bedrückenden Atmosphäre ins Freie. Ihre Füße fanden wie von allein den schmalen Pfad. Diesmal nahm sie die Abzweigung, die vor das Gebäude zum Weiher führte.

Bei der Anfahrt hatte sie irgendwo eine Sitzgelegenheit gesehen. Richtig, da stand eine Bank. Eine solarbetriebene Laterne warf ihr einsames Licht aufs dunkle

Wasser. Weiden beugten die Zweige darüber und schirmten den Platz vor aufdringlichen Blicken vom Haus ab.

Eine große, schlanke Gestalt saß dort und las. Wolf.

Verena zögerte. Nach dem Vorfall im Gewächshaus wollte sie so eine Situation vermeiden. Aber er musste ihre Schritte gehört haben, denn er sah auf.

»Ich hatte nicht die Absicht, Sie zu stören«, beteuerte Verena.

»In der Laube ist noch ein Fleckchen frei!« Er wischte mit dem Ärmel des Wollmantels schwungvoll welke Blätter von der Sitzfläche und wies auf den freien Platz.

Obwohl sie eigentlich ein gebranntes Kind war, konnte Verena nicht widerstehen. Schließlich war Wolf stets der perfekte Gentleman, wie sie erst kürzlich festgestellt hatte.

Das Haus lauerte stumm im Hintergrund, doch die Bäume schützten vor neugierigen Blicken aus dieser Richtung.

Der fast volle Mond spiegelte sich im Teich. Mit einem Male kam Bewegung in den Weiher, und das Abbild zerfloss. Silbrige Leiber trieben wie bleiche Seejungfrauenarme durchs Wasser, goldgelb, weiß und dunkel gescheckte Fische, deren Flecken wie mit einem Pinsel auf die hellen Schuppen getuscht aussahen.

»Die Koi sagen *Guten Abend.* Sie müssen hungrig sein«, sagte Wolf amüsiert.

Verena staunte über die Größe der Teichbewohner. »Wenn ich ehrlich bin, hatte ich mir die eher wie Goldfische vorgestellt. Also da möchte ich bestimmt nicht schwimmen gehen.«

Das belustigte ihn noch mehr. »Keine Sorge, die sind harmlos – zumindest für Menschen.« Er deutete auf treibende Blätter. »Das Laub hat zusammen mit dem Mondschein ihre Aufmerksamkeit erregt. Sie dachten wohl, es gäbe einen Mitternachtsimbiss.«

»Und was mögen die Fische?«

»Sie bekommen eine Mischung mit Seidenraupen-Larven und speziellen Mineralien. Wenn Weber mal vergisst, sie zu füttern, dann schnappen sie allerdings nach allem, was sich bewegt. Angeblich sogar kleine Vögel aus der Luft.«

Verena fand das Fressverhalten gruselig. »Wirklich?«

Wolf legte ihr beruhigend die linke Hand auf den Arm. »Ich halte es für ein Gerücht, aber wer weiß?«

»Und wie groß werden sie?«

»Im Idealfall bis zu einen Meter. Der Vorbesitzer, auch ein Mann der Wissenschaft, züchtete bereits, als im Westen niemand so recht über Koi Bescheid wusste. Ihn interessierte, was ihr Alter beeinflusst. Der Länge nach zählen diese Tiere mindestens 60 Jahre.«

Verena genoss die zwanglose Unterhaltung und war sich sehr bewusst, wo Wolfs Hand lag. Ihre Haut darunter wurde warm, und die guten Vorsätze schwanden. Schließlich redeten sie nur über Fische. Und sie lauschte Wolfs Stimme einfach gern.

»Im Sommer muss das wundervoll sein.« Sie würde das nie erleben. »Jetzt finde ich es allerdings ein bisschen frisch am Wasser.«

Er bot ihr seinen Mantel an, aber wenn Sidonie das herausfand, würde sie Verena sicher wieder abstrafen.

»Machen Sie wie ich eine Arbeitspause?«, fragte sie. »Zum Lesen ist es hier ganz schön dunkel.«

Er klopfte auf das Buch in seinem Schoß. »Seit ich in den Unterlagen von Onkel Wilhelm diesen Folianten gefunden habe, plane ich ein kleines Experiment. Ich komme aber erst jetzt dazu, nachdem Sie sich so gut um meine Mutter kümmern und mich entlasten.«

Verena freute das Lob. Sie rückte ein wenig heran und versuchte, den Titel zu erkennen, doch der Buchdeckel war blank bis auf einen eingeprägten Molch oder etwas Ähnliches. Das dunkle Leder war an den Kanten abgestoßen. »Worum geht es?«

»Das ist ein uraltes Buch über Alchemie.«

Der Ausdruck erinnerte Verena an das Gespräch im Gewächshaus, und ein Missklang schlich sich in die lauschige Stimmung, so dass die nächsten Sätze schroffer klangen, als beabsichtigt. »Und das bringen Sie raus in die feuchte Nachtluft? Eigentlich gehört so eine Rarität ins Museum.«

»Keine Sorge«, sagte er ernst. »Es ist ein handschriftliches Original auf Pergament und somit deutlich robuster als alles aus neuerer Zeit. Gewöhnlich bewahre ich es in einem Fach mit Temperatur- und Feuchtigkeitsregelung auf. Angeblich hatte Onkel Wilhelm dort Zigarren gehortet, daher können Sie sich meine Überraschung vorstellen, als ich im Rauchsalon stattdessen dieses Buch fand.« Er schmunzelte.

Wolf nahm die Hand von Verenas Arm, und augenblicklich vermisste sie die körperliche Verbundenheit.

»Dann fangen wir mal an.« Er blätterte langsam Seite um Seite auf. Die eigentümlichen Bilder zogen sie in ihren Bann.

Menschen mit Sonnen- und Mondkopf in inniger Umarmung, seltsame Zwitterwesen, auf Löwen reitende Gestalten, die Sonnen- und Mondblumen hielten, angekettete Greifvögel, von Sternen gekrönte Paare, die sich die Hände reichten. Ein fremdartiges Fantasyland, in dem sich Schlangen und geflügelte Echsen zu Ringen vereinigten. Dazu Schriftzeichen, Ziffern und Symbole, die Verena vage mit Astrologie verknüpfte. »Da, den Äskulapstab kenne ich.« Den fand man oft im medizinischen Bereich. Ob das ein Werk über Heilkunde war?

»Genauer gesagt, handelt es sich um den Hermesstab!«, verbesserte er. »Der von Äskulap hat nur eine Schlange, dieser dort zwei.«

Er hielt jede Seite sorgfältig ins Licht, sah aber kaum lange genug hin, dass Verena Einzelheiten erkennen konnte.

»Wie können Sie das so schnell erfassen?«

»Oh, ich habe das Buch bereits gründlich studiert, jetzt suche ich nur nach einer tieferen Ebene.«

Verena musste so verwirrt aussehen, wie sie sich fühlte.

»Es ist bloß eine meiner Marotten. Ich verschiebe das auf später, falls es Sie langweilt, aber ich möchte das Mondlicht nutzen.«

Befremdet blickte sie auf. Was hatte denn der Mond mit diesem Buch zu tun? Doch Wolf hatte heute im Freien schon mehr Persönliches preisgegeben als zuvor im Haus. Vielleicht übte das eingekapselte Gebäude Einfluss auf ihn aus. Dass Sidonies Gegenwart ein Problem darstellte, glaubte Verena inzwischen fest.

»Was meinen Sie mit Ebene und wozu das Mondlicht?«, fragte sie, um das Gespräch nicht einschlafen zu lassen.

»Die alten Alchemisten wurden verfolgt und hüteten ihre Geheimnisse. Trotzdem wollten sie die Erkenntnisse für die Nachwelt bewahren. Deswegen sind viele der überlieferten Aufzeichnungen ohne Kontext kaum zu verstehen.«

»Wegen Latein? Da kann ich vielleicht mit anatomischen Bezeichnungen weiterhelfen.« Dann wäre dieser Teil des Studiums gleich zu etwas gut.

»Danke, aber den Text zu übersetzen ist bloß der Anfang«, erläuterte er. »Hinter jedem Prozess steckt eine metaphysische Denkweise. Das macht das Verständnis der Materie für den Uneingeweihten schon schwierig genug. Außerdem haben die alten Meister Zusammenhänge mit Absicht symbolisch oder chiffriert dargestellt. Man braucht dazu den richtigen *Schlüssel.* Es handelt sich nicht um chemische Formeln. Das ist zum einen frustrierend, wenn man konkrete Experimente nachstellen will, zum andern auch ungemein faszinierend.«

»Also stehen keine entsprechenden Anweisungen drin? Wozu dann überhaupt so viele Worte.«

»Die Texte sind verschleiert. Immer wieder finden sich Abkürzungen der Art wie: ›all das menge man gemäß der Kunst, die man gelernt ...‹, was sich für einen Eingeweihten natürlich von alleine erklärt, einem Neuling aber kaum genug verrät.«

»Und was möchten Sie hier draußen nun entdecken?« Ihr Blick ruhte auf den Seiten. Das war für den Nacken bequemer, als Wolf vom Nebenplatz aus direkt anzuschauen. Und auch weniger verfänglich.

»Das muss verrückt klingen.« Er lachte, als sei es ihm selbst peinlich. »Doch ich habe mich gefragt, ob vielleicht Hinweise mit einer speziellen Tinte im Werk versteckt worden sind, die sich nur in Mondlicht zeigt.«

»Weil Monde hier auf fast jedem Bild auftauchen, meinen Sie?« Verena räusperte sich nervös. »Aber die Sonne ist genauso oft dargestellt, meistens sogar zusammen mit dem Mond.«

Begeistert nickte Wolf. »Die Himmelskörper bzw. die Metalle, für die sie stehen, oder auch das männliche und weibliche Prinzip, sind Kernelemente der Alchemie. Genau wie Körper ...«

»Ja?«

»Blut und Sperma.« Er zögerte. »Man hat versucht, neues Leben aus diesen Stoffen zu zeugen. *Homunculi.* Alchemie ist bei Weitem nicht nur die berühmt-berüchtigte Goldmacherkunst. Oft geht es um Transformation, den Wechsel von einem Zustand in den anderen. Um Läuterung des Unreinen ins Reine. Daher dachte ich, vielleicht wäre die genaue *Lichtqualität*, in der man die Seiten betrachtet, von Bedeutung.«

Verenas naturwissenschaftlich gebildeter Verstand sträubte sich, obgleich das Thema durchaus fesselnd war. »Auch wenn die echte Chemie aus der Alchemie hervorgegangen ist, so was wie den *Stein der Weisen* kann ich mir wirklich kaum vorstellen!«

»Nein?« Wolf wies auf die Laterne. »Transformation ist ein allgemeines Prinzip. Obwohl die Sonne längst untergegangen ist, sitzen wir im von ihr erzeugten Licht. Das ist im Grunde ein transformativer Akt.«

Ein anschauliches Beispiel. Verena verfolgte, wie er die Seiten wendete – und dann geschah etwas.

»Stopp!«, rief sie, als er weiterblättern wollte, und zeigte mit dem Finger auf einen Strauch voll sonnenköpfiger Blüten. »Sehen Sie diese beiden Monde darüber? Ich dachte für einen Moment, die wären ein einziges Zeichen.« Wolf bewegte das Blatt langsam hin und her, und in einem ganz bestimmten Winkel sah Verena die Verwandlung der zwei Kreise zu der liegenden Acht. »Das hier.« Sie malte eine Schleife in die Luft.

»Eine Lemniskate!«, sagte er und wirkte erschüttert. Immer wieder spähte er aus verschiedenen Richtungen auf das Papier, doch er konnte es offensichtlich nicht ausmachen.

Verenas Herz pochte so kräftig, dass Wolf es einfach hören musste.

»Es ist bekannt, dass Frauen feinere Farbnuancen erkennen können. Und meine Augen sind jünger«, erklärte sie, weil er sie durchdringend musterte, ehe er zum Buch zurückkehrte. Vielleicht hatten Alter und Mondlicht etwas damit zu tun, aber in Wahrheit dachte Verena nur an ihren speziellen Sinn.

Jeder gute Vorsatz war vergessen. Der Kälte wegen an Wolf geschmiegt, durchstöberte sie das ganze Werk. Dank ihrer Gabe konnte Verena die geheimen Verbindungen dreier weiterer Bilderrätsel aufzeigen.

Er war deswegen spürbar aufgeregt, brummte etwas wie *Parthenogenese* vor sich hin und fertigte Notizen an. Dazu schrieb er einige der exotischen Pflanzennamen, die Verena noch aus dem Gewächshaus kannte.

»Sie haben mir sehr weitergeholfen«, bedankte er sich schließlich, verlor über die veränderten Bedeutungen der neuen Symbole aber weiter kein Wort. Stattdessen blieb er in sich gekehrt sitzen. Verena dachte an ihre verwirrten Gefühle und *professionelle Haltung* und erinnerte sich an all das, was bei den Begegnungen mit diesem rätselhaften Mann anklang – und doch so schwer festzuhalten schien.

Vielleicht sollte ich es einfach laufen lassen. Wolf ist erwachsen, und seine Mutter wird nicht immer meine Patientin sein.

Der Jäger

Der Wind trug ihm tausend Gerüche zu, und er ritt auf ihnen den Bahndamm entlang. Der Jäger tauchte in die Dunkelheit und verschmolz mit der Nacht. Auf Dauer konnte ihn niemand einsperren. Der Meister wusste das und war nie lange böse, solange er nur zurückkehrte.

Über die Metallschwellen geisterte ein quälendes Sirren, und er wich in den Grünstreifen aus.

Seine Brust bebte, die Nüstern sogen Düfte ein: erhitztes Metall, taunasse Steine voller Rost. Pflanzen. Beute. Eine Frau mit einem kleinen Hund an der Leine näherte sich. Der Winzling stemmte beim Näherkommen die kurzen Beinchen in den Boden. Er kläffte eine Warnung, doch die Beute beachtete ihn kaum.

»Nun mach schon!«, schimpfte sie. »Musst du wirklich an jeden Grashalm in Haldern pinkeln?«

Das anhaltende Pfeifen der Gleise fraß sich in den Schädel des Jägers, und er zog die Kapuze tiefer ins Gesicht. Die Frau zerrte den protestierenden Hund weiter, vorbei an seinem Versteck. Das jämmerliche Jaulen erstarb im Brausen des heranrasenden Zugs.

In diesem Moment sprang er vorwärts. Mit drei kraftvollen Sätzen hatte er die Beute eingeholt, und sie bemerkte ihn nicht einmal jetzt.

Neben ihr bellte der Hund in den höchsten Tönen.

Der Jäger trat den Kläffer weg und stieß die Klauen wie Dolche in den Rücken der Frau. Dann wirbelte er sie herum und zerfetzte genussvoll ihre Kehle.

Es war vorbei, noch ehe der Zug ratternd in der Ferne verschwand. Der Jäger sog den Geruch des frischen Bluts tief ein und ließ die geschlagene Beute zu Boden sinken. Das Hundchen biss ihn, doch er spürte die Zähne kaum. Schließlich packte er die Schlaufe der Lederschnur und wollte den Hund damit zum Schweigen bringen. Nur der Gedanke an die unsichtbare Leine, die ihn selbst an den Meister fesselte, brachte ihn dazu, das Tier zu verschonen und an den nächsten Zaun zu binden.

Dann wandte er sich der Beute zu und zerlegte sie genüsslich, badete im herrlichen Blutduft.

Zwar konnte er diese Nahrung nicht verdauen, er lebte nur von den Zuwendungen des Meisters. Aber wenn sein innerer Drang ihn überwältigte, musste er ihm folgen.

Die Jagd lag ihm im Blut. Bislang hatte er noch jedes Wild zur Strecke gebracht – mit einer Ausnahme. Er freute sich auf die Nacht, in der er jene Beute wiederfand, die ihm einmal und zum letzten Mal entkommen war.

Kapitel 6

Verenas Spiegel zeigte am folgenden Morgen dunkle Schatten unter ihren Augen. Daran musste die verplauderte Nacht am Weiher verantwortlich sein. Aber das war es wert gewesen!

An diesem Vormittag nutzte Verena ihre Halsschmerzen als Ausrede, um sich vor dem Vorlesen zu drücken. Sie hatte sich vermutlich verkühlt, denn sie fröstelte und legte die Strickjacke den ganzen Tag nicht ab.

Nach dem Mittagessen zog sie sich zeitig ins Nebenzimmer zurück, um zu lernen. Aber der Anblick der Rankenmuster-Tapete schnürte ihr innerlich die Luft ab, als seien die Schlingpflanzen darauf tödliche Exemplare aus Wolfs Gewächshaus. Verena kritzelte mehr auf den Block, als zu arbeiten. Ihre Gedanken kreisten um Wolf. Sie wurde den Eindruck nicht los, dass sie in ein Wespennest stach, indem sie sich mit ihm einließ. Irgendein Geheimnis umgab die Familie, und Sidonie schien dessen Hüterin.

Nächsten Monat schon reisten Wolf und seine Mutter in das einsame französische Tal. Ob die Kur wohl anschlug? Verena konnte sich das kaum vorstellen. Frau Hagendorfs Kräfte erlahmten zwar langsam für eine Sterbende, aber ihr Ende war absehbar.

In nicht allzu langer Zeit wäre Wolf frei von allen Verpflichtungen.

Am frühen Nachmittag bereitete Verena schließlich schweigsam die zweite Tropfinfusion des Tages vor. Sie bewegte sich wie in Trance und klemmte den leeren Beutel eine Viertelstunde später wieder ab. Nach der Infusion schlief Frau Hagendorf gewöhnlich eine Stunde. Sobald Verena ihre ruhigen Atemzüge vernahm, schlich sie auf Zehenspitzen aus dem Raum.

Gina steckte bis unter die Ellbogen in einem Berg Möhren. »Ich will mal telefonieren«, erklärte Verena. Sie musste Tina unbedingt ihr Herz ausschütten, und vielleicht wusste die selbsternannte Expertin in Liebesdingen einen guten Rat.

Die Haushälterin zuckte die Achseln. »Das Telefon ist leider kaputt. Weber soll morgen bei der Störungsstelle Bescheid geben.«

Verena blies langsam die Luft aus. »Möglicherweise klinke ich mich bei der Fahrt nach Moldersen ein. Ich muss mal raus!«

»Du siehst wirklich angeschlagen aus! Etwas Abwechslung tut dir bestimmt gut.«

»Dann versuche ich es gleich jetzt draußen noch mal mit dem Handy. Frau Hagendorf macht grade ihr Mittagsnickerchen, achtest du so lange auf sie?«

Gina verdrehte die Augen. »Gut, ich setz' mich mit den Möhren oben hin und raschel ein wenig mit dem Papier. Da merkt sie überhaupt nicht, dass du weg bist.«

»Danke!« Verena warf einen Blick aufs Display. »Sie müsste sowieso noch bis drei Uhr schlafen. Wenn sie aber vorher wach wird, sagst du ...«

»Du bist im Bad«, schlug Gina kurzerhand vor.

»Nein. Das Bad liegt ja gleich nebenan.«

»Dann sage ich, du wärest Madames Schönheitsschlaf zuliebe unten zur Toilette gegangen.«

Dankbar berührte Verena ihren Arm. »Gute Idee! Ich mach schnell.«

Gina pellte sich aus den Gummihandschuhen mit den Gemüseresten und drückte ihr einen Schlüsselring in die Hand. »Damit du nicht klingeln brauchst, sonst wird die Madame auf alle Fälle wach.«

Nach einem Umweg über ihr Zimmer, das sie mit Steppjacke wieder verließ, zog Verena die Haustür ins Schloss. Es war die Gelegenheit, um auszutesten, ob der Empfang draußen besser war. Vielleicht schirmte die doppelte Wand das Hausinnere nur besonders gut ab.

Verena drehte eine große Runde ums Haus. Weißenbach thronte auf dem höchsten Punkt des Umlands. Die flache Heide lag still vor ihr, und vereinzelte Birken kratzten am Schäfchenwolkenhimmel.

Auch auf freiem Feld bekam Verena keine Verbindung und schaltete ärgerlich das Telefon aus. Dann blieb ihr morgen die Tour mit Weber wohl nicht erspart. In irgendeinem Café gab es doch immer freien Internetempfang.

Hoffentlich war ihr Halsweh bis dahin weg, sonst musste sie in Moldersen eine Apotheke aufsuchen. Aber halt! Das war die perfekte Gelegenheit. Der Hausherr hatte ihr ja angeboten, dass sie jeden Wunsch äußern konnte, um sich in Weißenbach zu Hause zu fühlen. Bestimmt hatte ein Doktor der Pharmazie ein Mittel gegen schnöde Angina.

Die Aussicht belebte Verena weitaus mehr als die Frischluft.

Es war gerade mal zehn vor drei Uhr, als sie den Weg zum Labor einschlug. In geschützten Nischen im Gang hingen Ölgemälde von Männern und Frauen. Gucklöcher in eine andere Zeit und die einzigen Zeugnisse für die bisherigen Bewohner. Fotografien gab es nirgendwo.

Eine stahlgraue Feuerschutztür versperrte den Abzweig nach rechts. Der Hauptgang führte ein kurzes Stück darüber hinaus und endete blind.

Verena drückte vergebens die Klinke herab, dann klopfte sie, ohne dass eine Antwort kam. So viel zum Ausflug.

»Das wollen wir erst mal sehen.« Sie probierte jeden Schlüssel aus Ginas Bund, bis einer hineinglitt. Die Tür schwang auf, und sie stand gleich im Labor.

Der Raum sah mit der großen Arbeitsplatte, dem Mikroskop und der Reihe blitzsauberer Glasgefäße bei der Zentrifuge aufgeräumt aus. Verena fand keine Hinweise, dass in diesem nüchtern eingerichteten Umfeld gerade jemand arbeitete. Es gab nicht mal eine Kaffeemaschine oder lustige Kühlschrankmagnete. Plötzlich kam sie sich idiotisch vor. Was hatte sie denn erwartet? Eine rußige Alchemistenküche?

Verena lehnte die Tür an. In einer Ecke brummten zwei Kühlschränke. Als sie auf der Suche nach Medikamenten einen davon öffnete, sah sie darin Behälter mit Kochsalzlösung und den Vitamin-Infusionen für Sidonie. Der Zweite war mit einem Schloss gesichert, und hier half auch der Schlüsselbund nicht weiter.

Sie wollte das Labor gerade verlassen, als vom Gang her Wolfs raumgreifende Schritte an ihr Ohr drangen. Verena blieb wie angewurzelt stehen.

Ihr Mund wurde trocken. Könnte sie jetzt bloß im Boden versinken. Welch blöde Idee, Wolf zu überraschen.

Die Fußtritte auf dem Linoleum wurden lauter. Ein noch nicht ganz gelähmter Teil ihres Verstands legte sich eine Ausrede zurecht, ein anderer suchte ein Versteck.

Da verstummte das Geräusch. Hatte Wolf die angelehnte Tür bemerkt? Blut flutete heiß ihr Gesicht. Gleich würde er sie in seinem Allerheiligsten ertappen. *Wie peinlich!*

Verena hastete jetzt hinaus, die Entschuldigung schon auf den Lippen. Aber sie stand alleine auf dem Flur.

Wenn er am Labor vorbeigelaufen war, wohin hatte er sich gewandt? Dort lag nur das blinde Ende des Gangs mit den Nischen und Gemälden. Gab es hier einen Ausgang – in den Garten und zum Gewächshaus vielleicht?

Sie wollte ihr Glück nicht weiter strapazieren. Es wurde sowieso Zeit, Gina abzulösen.

Tatsächlich traf Verena keinen Augenblick zu früh ein. Man hörte Frau Hagendorf im Nebenraum den Fernseher anstellen. Es war nur eine Frage von Minuten, bis sie nach ihr riefe.

Verena schob den Schlüsselbund in Ginas Schürze und setzte sich an den Schreibtisch.

Aber die papiernen Aufgaben fesselten sie nicht. Daher lenkte sie sich mit einem Motiv im Malbuch ab und träumte dabei mit offenen Augen. Es kam ihr vor, als habe sie erst mit ihrer Ankunft hier der Hauch des wirklichen Lebens gestreift. Die Begegnung im Gewächshaus, der Abend am Weiher, Wolfs Geschichten und sein Labor, das düstere Haus ... Das Geheimnis Weißenbachs lockte wie eine verbotene Droge. Sie musste bloß den sinnbildlichen Ariadnefaden durch ihr Gefühlschaos und das labyrinthartige Gebäude finden.

Verena saß noch spät über den Lehrbüchern, als es an die Schlafzimmertür klopfte. Sie dachte, es sei Gina mit einem Tee für ihren Hals und bat den Besucher herein.

Doch es war Wolf.

Ihr Herz schlug ein wenig schneller. Hatte er bemerkt, dass sie im Labortrakt gewesen war?

»Entschuldigen Sie, dass ich zu dieser Uhrzeit in Ihre Privatsphäre eindringe, aber ich glaube, das gehört Ihnen.«

Wolf streckte Verena ihr Ausmalbuch mit Regency-Motiven und das Stiftmäppchen entgegen. »Das lag auf Mutters Zeitschriftenstapel, der morgen ins Altpapier gewandert wäre. Da wollte ich es lieber gleich vorbeibringen.«

Wie seltsam, sie hatte damit doch im Nebenzimmer des Salons gesessen. »Danke. Ich habe keine Ahnung, wie die Sachen ausgerechnet dahin gekommen sind. Da muss ich ziemlich zerstreut gewesen sein.« Nicht einmal eine Lüge, bei den ganzen Träumereien.

Verena wollte ihm das Material aus den Händen nehmen. Aber er zögerte, loszulassen, so dass sie unweigerlich kräftiger zog und ihm dadurch näherkam. Ihre Gedanken verirrten sich zu den betörenden Momenten im Treibhaus. Konnten sie da weitermachen, wo die unsichtbare Gegenwart seiner Mutter sie unterbrochen hatte?

»Ich finde die Kunstwerke sehr schön«, befand Wolf. »So wie ...«

Peinlich berührt ließ Verena los. Er blinzelte kaum, und seine Augen wirkten im Schein der neuen Lampe heller als sonst. Sie bemerkte den feinen goldenen Rand, der jeweils um die linke und rechte Iris lief, fast wie eine Auralinie.

Verena hatte beinahe Angst davor, sich in dem Anblick zu verlieren. Sie versuchte, die belegte Stimme mit einem Räuspern freizubekommen. »*Kunstwerke* ist ziemlich hoch gegriffen. Schließlich male ich nur vorgedruckte Motive aus.« Das war vollkommen unspektakulär, und von der persönlichen Note der Bilder konnte er nichts ahnen.

»Seinerzeit gehörten die schönen Künste bei den gehobenen Familien zum guten Ton. Mädchen wurden früh zum Musizieren, Handarbeiten oder Zeichnen angehalten.«

»In den Kostümdramen meiner Freundin Martina spielen die höheren Töchter Klavier.« Sie lächelte bedauernd. »Leider bin ich total unmusikalisch, und beim Häkeln verliere ich entweder die Masche oder die Nadel.«

»Bleibt das Malen.« Wolf kam noch einen Schritt näher, und plötzlich war das Buch das Einzige, das sie trennte. Die Luft schien sich zu verdichten, als würde er viel mehr Raum einnehmen, als sein Körper benötigte. Er wandte den Blick kaum von ihr.

»Ich, also, hätte selbst nicht erwartet, dass es Spaß macht«, stotterte Verena. »Mein erstes Malbuch für

Erwachsene war ein Wichtelgeschenk von der Klinik-Weihnachtsfeier.« *Erwachsenen*-Malbuch, das klang irgendwie anrüchig. Dabei handelte es sich größtenteils um völlig unschuldige Mandalas, anmutige Frauen oder idyllische Naturszenen.

»Wirklich eigenwillig.« Wolf blätterte durch die kolorierten Motive mit Picknicks, Kahnpartien und Ankleidepuppen und blieb bei einer Ballszene hängen. »Wie sind Sie bloß auf die Idee für die farbigen Gloriolen gekommen? Die strahlen ja fast wie Heiligenscheine.«

Verena schluckte und bekam rote Ohren. Sie nahm die Welt nun mal auf diese Weise wahr. Malen war ein Ventil, die einzige Möglichkeit, offen auszudrücken, was tagtäglich auf sie eindrang, und was es ihr bedeutete.

»Es macht einfach größeren Spaß so, statt nur die Felder auszufüllen«, log sie dann.

Es war verlockend, ihm mehr zu verraten, aber Verena biss sich auf die Zunge. Wenn sie ernst genommen werden wollte, musste sie einem Naturwissenschaftler gegenüber vorsichtig sein. Sie hatte selbst Tina nie davon erzählt, weil das alles zu fantastisch klang. Apropos.

»Diese persönliche Note gefällt nicht jedem. Martina hat mir das Malbuch eigentlich unter der Bedingung geschenkt, dass ich sorgfältig ausmale, anstatt *immer über die Linien zu kritzeln*. Ihre Worte. Aber manchmal überkommt es mich einfach.«

Wolf gab einen amüsiert mitfühlenden Laut von sich, kein richtiges Lachen, doch fast. Verena genoss es, ihn so entspannt zu sehen.

»Von wegen Kritzelei. Im Gegenteil, die Figuren scheinen durch die Aureole regelrecht zu leuchten. Als würden die Farben Auskunft über die Gefühle der Menschen geben.«

Nah dran!, dachte Verena und bedankte sich brav. Es war geradezu berauschend, mit Wolf über Auren zu sprechen, und dabei die ganze Zeit seine unvergleichliche safrangoldene Ausstrahlung zu erleben.

»Also haben die einzelnen Nuancen keine bestimmte Bedeutung?«

»Nun ja«, stotterte sie. »Ich wähle sie beim Malen rein nach Gefühl aus.« Manchmal versetzte sich Verena gedanklich in die Menschen und die jeweilige Situation hinein, um eine angemessene Aura zu gestalten.

»Meine Mutter hat früher auch den Pinsel geführt, daher weiß ich ein wenig über die Materie. Haben Sie sich mit der Geschichte der Farben beschäftigt?«

Verena schüttelte den Kopf. »Ich nehme sie bloß aus der Packung!«

»Noch vor zweihundert Jahren haben Künstler ihre Malmedien eigenhändig gemischt. Sie mussten Ahnung von Chemie haben, damit die Grundstoffe auf der Leinwand nicht zu unerwünschten Reaktionen führten.«

»Die Stifte sind ein Geschenk, aber ich bezweifle stark, dass Tina selbst Hand angelegt hat«, sagte Verena augenzwinkernd.

Er wies auf eine leuchtend rote Ballrobe. »Beispielsweise Zinnober ist eine so alte Farbe, dass sie sogar eine mystische Hintergrundgeschichte hat. Der römische Historiker Plinius schrieb, dass die Nuance dem Kampf zwischen Drache und Elefant entsprang.«

Sie merkte, wie Wolf ihr vor lauter Begeisterung ein Stückchen nähergekommen war. »Erzählen Sie weiter«, bat sie.

»Der graue Dickhäuter steht für Quecksilber, eine schwere silbriggraue Substanz. Mit Drache ist der gelbe Schwefel gemeint. Die Kreaturen sollen bis auf den Tod gekämpft haben. Als sie schließlich nebeneinander verbluteten, hat sich aus ihrem Lebenssaft Zinnober gemischt.«

»Im Moment kann ich mir darunter wenig vorstellen«, gab Verena zu.

»Die lehrhafte Legende spiegelt die chemische Formel für Zinnober wider. Er besteht zu gleichen Teilen aus Schwefel und Quecksilber. Zinnober wird gewonnen aus der Verbindung von *brennendem* Schwefel, also dem Drachen, mit Quecksilber.«

Was wusste dieser Mann eigentlich nicht über altertümliche Wissenschaften? »Könnte die Geschichte als Gedankenstütze gedient haben, ohne die Bestandteile direkt zu nennen, so wie bei den alten Alchemisten?«

»Das ist ein kluger Gedanke!«

Sie wollte die Zeit mit Wolf verlängern. »Ich könnte uns Tee oder Kaffee besorgen und Ihnen zeigen, wie ich die Farben auswähle.«

Er schüttelte den Kopf. »Danke, ich muss mich leider losreißen, denn da gibt es etwas bei meinen nachtblühenden Pflanzen auszuprobieren. Übrigens haben Sie mich gestern Abend darauf gebracht.«

Verena fühlte beinahe wieder die schwüle Treibhausluft von letztens. »Ich soll *was* gemacht haben?«

»Ich rede von dem Buch. Vielleicht liegt es am Künstlerblick, dass Sie dort vollständige Symbole entdeckt haben. Oder es hat mit besonderer Tinte zu tun. Ich habe sie analysiert ...«

Wann denn?, verschluckte sie. Am Nachmittag hatte sie ihn im Labor verpasst und der Tisch sah nicht aus, als hätte er da gerade gearbeitet. Vielleicht hatte Wolf im Gewächshaus gesteckt?

»Es könnte sich um eine organische Substanz handeln, die im Laufe der Jahre unsichtbar geworden ist.«

Verena dachte an Geheimtinten wie Zitronensaft oder menschlichen Harn, die durch Erhitzen sichtbar wurden. Bei als Tinte verwendeten Körperflüssigkeiten hatte sie ja möglicherweise anhaftende Auraspuren gesehen. Puh! Das würde erklären, wieso sie im Gegensatz zu Wolf Verbindungen erkannt hatte.

Er hüstelte. »Für die Zukunft möchte ich Ihnen einen Rat geben: Zeichnen Sie besser hier oben, wo meine Mutter die Bilder nicht zu Gesicht bekommt. Ich fürchte, ihr fehlt das Verständnis für künstlerische Freiheiten, und sie kann für ihre Ansichten manchmal radikal eintreten.«

Er drückte ihr die Sachen in die Hand. »Und es wäre schade darum.«

Wollte er damit andeuten, dass die alte Dame das Buch mit Absicht aufs Altpapier gelegt hatte?

Verena war einen Moment sprachlos. Obwohl Wolf kein böses Wort über seine Mutter verlor, war diese Bemerkung Beweis genug, dass Sidonie im Hause den Ton angab. Verena wünschte, seine Loyalität läge woanders. Aber immerhin war er gerade zu *ihr* gekommen. Sollte Sidonie ruhig der Teufel holen!

»Ich werde den Rat beherzigen«, brachte sie mit steifen Lippen heraus. »Das Wohl der Patientin steht natürlich im Vordergrund.«

Der schwärmerische Glanz seiner Augen verlor sich wie das Strahlen eines Feuervogels hinter einer zufallenden Tür. »Sie sehen mitgenommen aus. Ich hörte, Sie wären erkältet. Schlafen Sie gut, damit Sie bei Kräften bleiben. Ich verlasse mich auf Sie, Verena.«

Wolfs warme Stimme verriet echte Gefühle, und Verenas Herz hüpfte. Er machte sich etwas aus ihr, und das war keine Einbildung!

»Ach, so schlimm ist das nicht, und ich bin durch den Nachtdienst lange Arbeitszeiten gewohnt. Ihre Anmerkungen klingen sehr interessant. Vielleicht können Sie mir eine Laborführung geben?«

Wolf nickte. »Zur rechten Zeit, das verspreche ich.«

Doch auf die Einladung, ihn zu begleiten, wartete sie vergebens.

Kapitel 7

Den folgenden Tag ging es Frau Hagendorf deutlich schlechter, so dass Verena entschied, in Weißenbach zu bleiben, und Weber alleine nach Moldersen fuhr.

Teilweise war sie froh darüber, sie hatte bereits mit Magendrücken an die lange Autofahrt gedacht. Gleichzeitig bedauerte sie die verpasste Gelegenheit, mal herauszukommen.

»Es tut mir so leid, dass ich Ihnen den Ausflug verdorben habe«, entschuldigte sich ihre Patientin zum fünften Mal.

Verena winkte ab. »Das ist schon in Ordnung.«

»Auch wenn ich jetzt alt und runzlig bin ...«, sie schielte bei den Worten neidisch auf Verenas Gesicht, »ich weiß doch, was junge Leute umtreibt. Früher waren Wolfgang und ich genauso. Wie die Bienen im Frühling, immer auf der Suche nach Nektar. Das bunte Leben genießen.«

Bunt? Sollte das etwa eine Anspielung auf ihr Malbuch sein? »Das gilt nicht für alle«, protestierte Verena. Sie war kein besonders geselliger Typ, die Nachtschichten verhinderten ein ausgeprägtes Sozialleben. Aber nachdem sie vierzehn Tage lang kaum mehr gesehen hatte als ihre Schreibtischplatte und die Hausbewohner, vermisste sie etwas Abwechslung.

Wolfgang, nicht Erich, das musste der verstorbene Ehemann sein, denn es erschien ihr sonnenklar, dass Wolf nach seinem Vater benannt worden war.

Über ihn hatte die Patientin bisher nicht gesprochen, obwohl dieses Thema bei Witwen gewöhnlich eher früher als später aufkam.

»Wie haben Sie und Ihr Mann sich eigentlich kennengelernt?«

Sidonie zog das gehäkelte Bettjäckchen um die knochigen Schultern. »Das war auf einem Silvesterball. Das Orchester spielte Melodien aus der ›Fledermaus‹, und da stand Wolfgang vor mir und hat mich aufgefordert. So ein schneidiger Mann.«

Frau Hagendorfs Gesicht wurde weich, und in ihren Augen glitzerte es feucht. »Ich war so jung, ohne die Ketten des Alters. Das neue Jahr war gerade angebrochen, da hatten wir uns bereits heimlich geküsst. Damals kam mir der Anfang eines Jahrs noch wie eine große Schwelle vor, wie der Eintritt in ein frisches Leben.«

Verena sah in ihr den Schatten der Schönheit, die sie einst gewesen sein musste. Sie redeten ein wenig über den Ball, und Frau Hagendorf nickte dann ein.

Während die Infusion durchlief, kritzelte Verena ein paar Zeilen an Tina und hielt sich nicht mit der Beschreibung des Altweibersommers auf. Die Fragen, die sie selbst sich über ihren Aufenthalt stellte, quollen nur so aus ihr heraus.

Ich bin in einem Kaninchenbau gelandet wie Alice. Etwas ist seltsam hier, doch ich kann nicht den Finger darauf legen. Das Haus ähnelt einer Gruft, in der Tim Burton sich wie zu Zause fühlen würde. Aber mir schlägt Weißenbach aufs Gemüt (zusammen mit den grässlichen Romanen, die ich Frau Hagendorf vorlese).

*Ein Psychologe hätte seine helle Freude an meinen
Träumen – kürzlich kam sogar der Lumpensammler
darin vor! Hast du eigentlich inzwischen etwas Neues
über den Mann erfahren, der mich vor meiner Wohnung abpassen wollte? Ich wünschte, Frau Holm wäre
deshalb zur Polizei gegangen.*

*Außerdem frage ich mich, wie die Hagendorfs ausge-
rechnet auf mich gekommen sind, denn meine Patientin scheint mich nicht besonders zu mögen. Das scheint
regelrechter Altersstarrsinn zu sein und geht über die
Anpassungsprobleme von Senioren hinaus. Was ihren
Sohn angeht, ist Sidonie recht besitzergreifend. Er ist
ein interessanter Mann. Jedes Mal, wenn ich glaube, zu
verstehen, wie Wolf Hagendorf tickt, versetzt er mich
mit einem anderen Wissensgebiet in Erstaunen. Die
rätselhafte Krankheit seiner Mutter (über die ich immer noch keine Unterlagen mit einer Diagnose erhalten habe), nimmt ihn schwer mit. Es sind regelrechte
Lichtblicke, wenn er seine Sorgen vergisst und mit mir
über Geschichte, Kunst oder alchemistische Manu-
skripte spricht.*

Verena biss sich auf die Lippen und hätte die Aussagen über Wolf gern wieder gelöscht. Doch das ging auf
dem Papier nicht so einfach wie an einem Computer.

*Ich bin völlig abgeschnitten hier. Bitte antworte mir
per Post. Ich muss mit dir über etwas sprechen. Sobald
das Telefon funktioniert, melde ich mich.*

Als Verena ein Kuvert für das Schreiben suchte, in
Geiste noch beim Inhalt des Briefs, schlich sich ein

Gedanke leise wie eine Katze heran. Sie hatte weder Wolf noch Sidonie jemals bei Tageslicht unter freiem Himmel gesehen. Letztens war sie Wolf auch nur im überdachten Gewächshaus begegnet.

Das irritierte sie deshalb, weil es die meisten ihrer älteren Schützlinge bei jeder Gelegenheit nach draußen zog, um auch den kleinsten Sonnenstrahl regelrecht aufzusaugen. Frau Hagendorfs Heim war von einem Garten umgeben, doch Sidonie hatte kein einziges Mal den Wunsch geäußert, sich im Grünen aufzuhalten.

Sie ist ein Vampir, ja klar, dachte Verena amüsiert, stopfte das Papier in einen gefütterten Umschlag mit dem Hagendorf'schen Wappen und gab ihn Weber mit. Die Post schien dieser Tage Verenas alleiniger Kontakt zur Außenwelt. Doch solange Tina nicht reagierte, war es buchstäblich ein einseitiges Gespräch.

Etwa eine Stunde später ertönte von draußen lautes Motorengeräusch. Verena, die um diese Zeit ohnehin Teepause machte, nutzte die Gelegenheit zu einem Spaziergang.

Auf dem Vorplatz parkte ein grünes Fahrzeug von *Gartenbau Engerlich*, auf der erdigen Ladefläche lagen eine Leiter, einige Seile und eine Hacke.

Zwei Männer arbeiteten von der anderen Seite aus an der Hecke. Verena sah nur behandschuhte Hände und eine motorbetriebene Heckenschere hinter dem Buchsbaum auftauchen. Lärm und beißender Dieselqualm trieben sie rasch ins Haus zurück.

Gina saß mit laufendem Radio in der Küche vor einem Sudoku-Rätsel und bewachte ihre Töpfe. Verena hätte sich bei dem Gedudel niemals auf so etwas konzentrieren können.

»Zeit für Tee«, sagte sie und nahm sich einen Stuhl. »Draußen wütet jemand mit schwerem Gerät, ist das normal?«

»Ja, das ist der Gärtner wegen der Hecke.«

»Und das, wo Weber zufällig gerade weggefahren ist.«

Gina schaute vom Sudoku auf. »Von wegen Zufall!«

»Hat unser Chauffeur etwa Angst, dass er anpacken muss?«

Gina schob lachend das Rätselheft weg. »Er geht dem Gärtnern mit Absicht aus dem Weg, weil es letztes Mal ein Riesendrama gab.«

Verena äugte durchs Küchenfenster. Einer der Männer in den grünen Arbeitsanzügen war um die fünfzig, der andere Mitte zwanzig. »Die wirken doch recht friedfertig.«

»Der Blonde hat es faustdick hinter den Ohren«, meinte Gina. »Obwohl er ganz niedlich ist.«

Damit war eindeutig der Jüngere gemeint. Während der Gärtner schnitt, fegte der Gehilfe die Buchszweige zusammen. Immer wieder zog er den Besen zu dicht heran und stolperte beim Versuch, den Grünschnitt aufzuhäufen, fast über die eigenen Füße.

Verena beugte sich vor und erhaschte einen Blick auf ein Gesicht mit Stupsnase. Der Blonde erinnerte an einen großpfotigen *Golden-Retriever*-Welpen.

»Vorsicht«, warnte Gina und zog sie zurück, »sonst sieht er uns!«

»Was hast du denn?«

»Ach, der Typ ist komisch.«

Auf Verenas Frage hin erzählte sie: »Ich habe letztes Mal extra belegte Brötchen rausgebracht, weil ich ihn süß fand.«

Innerlich seufzte Verena. Tina und Gina trennte in dieser Hinsicht kaum mehr als ein Buchstabe des Rufnamens. »Und? Hatte er was an deiner Leberwurst auszusetzen?«

Inzwischen hatte der ältere Gärtner die Heckenschere niedergelegt und sich den Besen geschnappt. Er schob die Zweige mit energischen Stößen wesentlich genauer übereinander.

Gina hüstelte. »Na die Sache mit Weber. Der junge Gärtner hat einen Riesenaufstand gemacht wegen seiner Zeitung. Dabei war die nicht mal vom gleichen Tag.«

»Er hat sich über eine alte *Zeitung* aufgeregt?«

»Er hat behauptet, die *Gazette* hätte im Auto gelegen. Weber soll das Schundblatt angeblich geklaut haben.«

Das fand auch Verena merkwürdig. »Und wann war das?«

»Letzten Monat. Nachdem dieser Mord im Stadtpark verübt wurde, wo du ...«

Verena zuckte zusammen.

Gina sah aus, als hätte sie am liebsten die eigene Zunge verschluckt. »Da hätte ich besser die Klappe gehalten«, sagte sie kleinlaut.

»Ich habe die Leiche ja wirklich gefunden.« Es war nichts, wofür man sich schämen musste.

Das genügte Gina. Mit wohligem Grusel in der Stimme fuhr sie fort: »Im Radio wurde haarklein über die Mordserie berichtet.«

»Die haben meinen Namen genannt?« Bestimmt reichte zur Identifizierung schon *Verena S., Krankenschwester aus Blankenrain,* wie in den Zeitungen und sozialen Medien stand.

»Äh, nein. Aber du bist es doch? Als Hagendorf erwähnte, dass er dich engagiert hat, meinte er, man sollte lieber nicht über die Morde reden. Weil das die schrecklichen Erinnerungen aufwühlen würde. Es tut mir leid, dass ...«

Verena ließ aufgebracht die Entschuldigung an sich vorbeirauschen. Sie überlegte, ob Wolf durch die unselige Geschichte überhaupt erst von ihr erfahren hatte. Spezielle Qualifikation, soso!

Aber welchen Zusammenhang sollte es zwischen dem Arbeitsangebot und dem Leichenfund geben? »Dann hat der werte Herr keine Angst vor der Rache des *Lumpensammlers*?«

»Der fürchtet nichts und niemanden. Höchstens die Alte. Und ich bin froh, dass du hier in Sicherheit bist. Es gab nämlich wieder einen Mord. Diesmal an einer Spaziergängerin in Haldern.«

Verena lief es kalt den Rücken herunter. Sie war auf der Zugfahrt durch den Ort gereist.

»Das hättet ihr mir ruhig sagen können«, stieß sie ärgerlich hervor. »Ich bin schließlich kein Kind.«

Sie hätte nichts von dem Verbrechen erfahren, wenn sich Gina nicht verplappert hätte. Wolf benahm sich wie eine Glucke. Dabei konnte sie als erwachsene Frau ja wohl selbst entscheiden, was wichtig war.

»Wir haben es doch nur gut gemeint!«

»Na, danke auch!« Bestimmt steckte Tina ebenfalls in der Verschwörung des Schweigens drin. Sie hatte bisher nicht mal per Postkarte geantwortet.

Die geräumige Küche wurde Verena zu eng. Sie stürzte in den Flur, riss die Haustür auf und hätte beinahe den jungen Gärtner über den Haufen gerannt. Der wurde bleich vor Schreck.

»Ich, ähm ...«, stammelte er und gaffte sie an, die Hand an der Klingel. »Ich müsste mal ... zur Toilette.«

»Rechts vorbei, die dritte Tür links«, schickte sie ihn in den Küchentrakt. Gina würde sich bestimmt *freuen*. Geschah ihr recht!

Doch er blockierte weiterhin den Ausgang und musterte sie mit Welpenblick. Sogar seine Aura leuchtete wie ein gelbbraunes Hundefell in der Sonne. »Äh, wie heißen Sie? Damit ich sagen kann, wer mich reingelassen hat. Wir sollen die Häuser der Kunden eigentlich nicht betreten. Mein Chef ist da sehr genau, und die Hagendorfs – ähm, auch.«

Verena trat ungeduldig von einem Fuß auf den anderen. Vor ihrem geistigen Auge entstand eine Spur aus Erdkrümeln, die Frau Hagendorf bedrohte wie eine aufgerichtete Kobra. Gleichzeitig bekam sie das Bild des Welpens nicht aus dem Kopf. Eine üble Kombination. »Aber Sie sind doch bestimmt geimpft, oder?«

»Bitte?« Er sah verwirrt aus.

»Ich meinte Tetanus«, erläuterte sie hastig. Himmel, alle Gärtner sollten gegen Wundstarrkrampf geimpft sein. Dann holte sie tief Luft. »Vergessen Sie's. Ich bin Verena, die Pflegerin von Frau Hagendorf. Grüßen Sie die Köchin von mir. Am besten erwähnen Sie die verschwundenen Zeitungen nicht, sondern loben ihre Wurstbrötchen.«

Der Gärtner musste sie für total durchgeknallt halten. Kopfschüttelnd machte er einen Schritt rückwärts. »Das gibt's nicht!«, murmelte er fassungslos.

Die Bewegung half Verena, sich zu beruhigen, und sie wanderte weiter als beim letzten Mal. Der drohende Ärger mit Frau Hagendorf, weil sie während der Arbeitszeit fehlte, war ihr schnuppe. Sie hatte mit ihrem Arbeitgeber sowieso ein Hühnchen zu rupfen.

Ein kalkweißer Wasserlauf bummelte zwischen den Magerwiesen umher, ebenso trüb wie Verenas Stimmung. Dies musste der Bach sein, dem das Anwesen den Namen verdankte.

Ein Frosch sonnte sich auf einem Stein, hüpfte aber ruckzuck davon, als sie zu nahe kam. So viel zum Thema *Froschkönig*. Verena dachte an Amphibien, die zum Schutz giftigen Schleim absonderten ... Zu spät bemerkte sie, in welche Richtung die Überlegungen führten: Was genau tat Wolf eigentlich in seinem makellosen Labor? Wieso gab es einen verschlossenen Kühlschrank? Wohin war der Kerl gestern so unvermittelt verschwunden?

Sie machte sich auf den Rückweg. Im Haus erledigte Verena stumm alle Pflichten Frau Hagendorf gegenüber und reagierte nicht auf deren Spitzen, wo sie denn wieder gesteckt habe. Freundlich, aber unbeugsam, weigerte sie sich, vorzulesen.

Den Rest des Tages saß sie über den Büchern, lernte und grübelte abwechselnd. Wenn sie eine Pause brauchte, beschäftigte sie sich mit dem mitgebrachten Ausmalbuch und ließ den Kopf leerlaufen, wie die Stifte.

Wolf, den sie dringend sprechen wollte, schwänzte ausgerechnet heute das Abendessen. Verena war immer noch wütend, dennoch vermisste sie ihn.

Das führte dazu, dass sie später auf ihrem Zimmer alles andere als müde war, sondern nur ruhelos und nervös. So ging es nicht weiter! Sie musste die Aussprache suchen und entscheiden, ob sie blieb. Oder sie wurde hier verrückt.

Das Gewächshaus lag dunkel unter dem vollen Mond. Am Weiher und ums Haus herum suchte Verena vergeblich nach Wolf. Die Bibliothek mit ihren staubigen Büchern war leer. *Vielleicht sollte Gina lieber mehr putzen, als nur Rezepte abzufotografieren*, dachte Verena missmutig.

Also das Labor. Sie legte sich ein paar Sätze zurecht und vertraute auf den zwanglosen Umgang, der sich in Sidonies Abwesenheit zuverlässig zwischen ihnen beiden einstellte.

Der Flur war nahezu einladend erleuchtet. Niemand reagierte auf das Klopfen an der Labortür. »Wolf? Ich muss Sie sprechen!« Totenstille.

Das war der Tropfen, der das Fass zum Überlaufen brachte. Verena gab sich einen Ruck und beschloss herauszufinden, wohin Wolf gestern verschwunden war. Vielleicht durch eine verborgene Dienstbotentreppe, wie im Schauerroman? Es passte zu Weißenbachs düsterer Atmosphäre, und schließlich konnte Wolf sich kaum in Luft aufgelöst haben.

Sie nahm das Gemälde aus der ersten Nische in Augenschein: Weißenbach, mit einer älteren Fassade und ohne die Anbauten. Verena kam sich ein bisschen lächerlich vor, als sie gegen die Wand klopfte und am Bilderrahmen herumfingerte. Doch seit der Pflege einer dementen Patientin, die aus Angst vor Dieben Geldscheine überall im Wohnzimmer verteilt hatte, kannte sie sämtliche Verstecke.

Sie drückte sogar auf die doppelflügelige Eingangstür des gemalten Hauses und spürte den dicken Farbauftrag wie eine Kruste unter den Fingerspitzen. Aber falls es hier eine Lücke gab, passte höchstens eine Spinne hindurch.

Kopfschüttelnd eilte Verena zur nächsten Nische. Sie suchte allen Ernstes eine Geheimtür. Fehlten bloß ein spitzenbesetztes Nachthemd, Spinnennetze und ein Kerzenleuchter! Sie schmunzelte über die Auswüchse der eigenen Fantasie.

Dann verging ihr das Lachen. Das lebensgroße Bild gegenüber zeigte jemand in Kleidern einer längst vergangenen Epoche, und sie wurde von dem Gefühl überwältigt, in einen Spiegel zu schauen.

Trotz der altmodischen Kleidung und der Korkenzieherlocken-Frisur war die Ähnlichkeit zwischen ihr und der blutjungen Frau verblüffend.

Unmöglich, ich habe nie Modell gesessen.

Verena machte sich unter dem Blick des jüngeren Ebenbilds systematisch an die Arbeit. Ihr Herz klopfte heftig, und beinahe hätte sie das leise Klicken überhört, mit dem ihr eine Seite des vergoldeten Rahmens entgegenkam. Sie wich zurück, doch sie hatte nicht etwa das Bild von der Wand gerissen. Nein, dahinter öffnete sich eine geschickt verborgene *Tapetentür.*

Tina würde vor Begeisterung in Ohnmacht fallen.

Verena sah sich noch einmal um und trat ein, mit dem wachsenden Eindruck, buchstäblich in sich *selbst* hineinzugehen.

Eine funzelige Glühbirne erhellte die ersten Meter eines gemauerten Gangs, und Verena probierte den inneren Öffnungsmechanismus gleich aus, um nicht unverhofft eingesperrt zu werden.

Sie nahm einen tiefen Atemzug, und ihr Kehlkopf verkantete sich schmerzhaft. Das Licht vom Eingang verlor sich nach wenigen Schritten in den Ziegeltunnel. Wie gerne hätte Verena jetzt eine Lichtquelle, aber das Handy lag oben. Ihr wurde mulmig. Wenigstens schienen die Mauern solide und der festgetretene Erdboden trocken zu sein.

Verena atmete in den Bauch, um die Angst dort festzuhalten, ehe sie sich in ihr ausbreitete wie ein unerwünschter Gast.

Nur in den erleuchteten Bereich, versprach sie sich selbst und tastete mit ausgestreckten Händen beide Wände entlang. Sie musste bloß den Körper davon überzeugen, dass ausreichend Platz war. Ihr Verstand wusste das.

Dann blieb der Eingang hinter ihr zurück, und schlagartig erschien der Gang enger. Verena straffte sich. Nein, das gaukelte ihr nur die Angst vor.

»Wolf?«, rief sie, hörte jedoch nur das eigene Echo.

Irgendwo musste er stecken. Der Weg machte einen scharfen Linksknick und aus dieser Richtung wurde es heller.

Bei der Biegung hing eine einsame Glühbirne von der Decke. Dahinter verlor sich der Weg in Finsternis. Verena zwang sich zwei Meter weiter, fort von der Lampe, dann trat ihr der Schweiß auf die Stirn. Plötzlich ging nichts mehr.

»*Verena*«, wehte es an ihrem Ohr vorbei.

Sie vergaß die Furcht und hob den Kopf: »Wolf?«

Ihr Schatten huschte über die Erde, und Verena überredete sich zum Weitergehen, als spräche sie zu einem ängstlichen Kind: Der Keller des Hauses hatte bereits viele Jahre überdauert. Warum sollte er gerade jetzt nachgeben?

Sie setzte einen Fuß vor den anderen. Es wurde nicht bloß dunkler, sondern auch feuchter, und Verena schmeckte schwere Erdschollen in der Luft. Irgendein Schmier bedeckte ihre Fingerspitzen, die immer noch prüfend die Wände entlangstreiften. *Ziegelstaub oder ein Pilz*, dachte sie und schüttelte sich vor Ekel.

Bald konnte sie den eigenen Schatten nicht mehr vom Untergrund unterscheiden. In diesem Moment spürten ihre Finger, dass die Mauern enger zusammenrückten. Jede Faser in ihr brüllte: *weglaufen.*

Verena wirbelte herum. Ihre Schuhspitze bohrte sich in die Erde, steckte dort fest. Eine Sekunde darauf brach rumpelnd der Boden unter ihr weg. Verena griff in Panik nach allem, was sie zu fassen bekam, aber ihre Finger fanden am bröckeligen Rand der Grube keinen Halt. Sie rutschte ins Loch. Schutt und Staub regneten auf sie herab, und Verena riss die Arme über den Kopf.

Ihr Herz hämmerte im nackten Überlebensmodus. Erst als sie nachgiebigen Grund unter sich spürte, wurde ihr klar, dass sie höchstens zwei Meter gestürzt war. Dumpfer Erdgeruch umfing sie mit Fledermausschwingen. Modergeruch raubte ihr den Atem. Doch die Decke hielt.

Schritte ertönten, dann schob Wolf den Oberkörper über den Rand der Grube. »Mein Gott, Verena!«, sagte er heiser.

Sie war so froh, ihn zu sehen, brachte aber kein Wort heraus. Stattdessen stemmte sie sich hoch und streckte ihm die Arme entgegen.

»Alles in Ordnung?«, fragte er. »Du blutest.« Seine Aura war aufgewühlt.

»Nur Ziegelstaub.« *Und das verdammte Knie!*

»Bedeck dein Gesicht!«, befahl Wolf. Er trat lose Stücke vom Rand los, ehe er mit einem Satz zu ihr hinabsprang.

Dort zog er sie an sich. Seine Pupillen wurden riesig im Dämmerlicht. »Du hättest sterben können. Also wirklich, Verena, was hast du dir nur gedacht?«, flüsterte er.

Endlich duzte er sie und bekannte Farbe. Die unverstellte Sorge in seiner Stimme verriet ihr mehr über seine Gefühle, als die Worte selbst.

Verena drückte sich an ihn und sog Geborgenheit aus der Umarmung, eingehüllt in seinen Duft. Sie schloss die Augen und fühlte, wie sich seine Muskeln anspannten. Schließlich fanden Wolfs Lippen ihren Mund, schmolzen in kühler Süße an ihnen wie Schokolade.

Verena schwebte innerlich. Küsste Wolf sie immer noch, oder hob er sie schon aus dem finsteren Loch?

Kapitel 8

»Das sind größtenteils Abschürfungen«, meinte Verena. »Die Beine haben den meisten Teil abgefangen. Allerdings ist mein Knie seit einem Unfall empfindlich.«

Wolf schüttelte wegen ihres Leichtsinns mehrfach den Kopf. Er tastete Verena so geschickt ab wie ein Arzt. Erst nachdem sie ihm ein halbes Dutzend Mal versichert hatte, dass sie in Ordnung war, schlug seine Sorge in Ärger um. »Wie kommst du überhaupt hier herunter?«

»Ich habe dich gesucht, und auf dem Gang sah ich zufällig dieses Bild. Die Tür stand einen Spalt auf«, griff sie zu einer Notlüge, denn ganz geheuer war ihr der erwachende Zorn in Wolfs Raubtieraugen nicht.

Seine Miene ließ offen, ob er Verena glaubte. »Gehen wir.«

Er stützte sie auf dem Rückweg ebenso mühelos, wie er sie vorhin aus der Grube gehoben hatte.

Sie machten im Labor Station, wo er einen Erste-Hilfe-Kasten hervorzauberte. Erst in diesem eher klinischen Umfeld verlor Verena den letzten Rest Gänsehaut. Wolf reinigte schweigsam die Verletzungen und verpflasterte auch Verenas Stirn, wo sich ein kleiner Schnitt mit Blut gefüllt hatte. Er schob ihr einen Hocker unter das schmerzende Bein und legte einen Eisbeutel aufs Knie. Sie genoss die sparsamen Berührungen mehr, als sie ihn merken lassen wollte.

»Wie bist du auf den Gedanken gekommen, ich könnte – im Keller sein?« Er klang aufgebracht.

»Das Labor war leer. Und du hast wieder beim Abendessen gefehlt.« Sie schämte sich, doch die Neugier siegte. »Was hast du denn da unten getrieben?«

»Ganz schön naseweis«, sagte er. »Ich wollte eine Flasche Wein holen. Der alte Keller ist zwar baulich unsicher, aber die Lagerbedingungen für gute Tropfen sind dort optimal.«

Verena zupfte sich an der Unterlippe. Wolf wog viel mehr als sie. »Wieso ist der Boden ausgerechnet bei mir eingebrochen?«

»Ich kenne den Gang. Du kannst von Glück reden, dass der Tunnel heil geblieben ist. Sobald ein altes Gewölbe einmal in Bewegung gerät ...«

»Was macht die Grube da?«, beschwerte sich Verena aufgeregt. Der Modergeruch des kerkerdumpfen Lochs haftete überall an ihr.

Wolf lachte nun auf, und sein Zorn schien verraucht. »Das war bloß eine Erdmiete. Eine Art Vorratsraum für Gemüse. So etwas hat man vor zweihundert Jahren angelegt, als es keine Tiefkühltruhen gab. Ich nehme an, man hat sie beim Umbau einfach vergessen. Die alte Holzabdeckung wird mit der Zeit morsch geworden sein.«

»Ach.« Verena kam sich plötzlich lächerlich vor. Ein Sturz in einen faulen Gemüsehaufen war wirklich peinlich.

Leise brummte der Kühlschrank und füllte das Schweigen.

»Ich muss mit dir sprechen«, fing sie an.

»Was ist denn so wichtig, dass du dafür Kopf und Kragen riskiert hast?«

Verena seufzte. »Ich überlege, ob ich kündige. Deine Mutter ist seit einigen Tagen sehr anstrengend. Und ich rede nicht von der Pflege.«

Wolf nickte. »Sie hat erst vor einer Weile ihren Ehemann verloren, und das setzt ihr selbstverständlich zu.«

Seltsam, wie kühl er über den Tod des eigenen Vaters sprach. Irgendetwas lag da im Argen.

»Lautete sein Name Wolfgang? Oder Erich?«

Wolfs Blick glomm auf. »Wolfgang natürlich. Wie kommst du auf Erich?«

Das stimmte damit überein, was Sidonie über ihren Ehemann erzählt hatte. »Ich habe mitbekommen, wie ihr zwei von einem Erich geredet habt ...«

»So hieß ein früherer Freund der Familie. Das ist lange her.« Er fasste ihre Hände. »Wie kannst du auch nur darüber nachdenken, uns allein zu lassen? Mich allein zu lassen.«

Verena erschauerte. Sie wollte an Wolfs Seite bleiben. Wäre da nicht dieses Unbehagen im Haus ... Sidonies Bemerkungen. Die Heimlichtuerei. Die fehlenden Papiere und Unterlagen zu ihrer Krankheit.

Sie musste klaren Tisch machen. »Ich fühle mich unwohl. Beobachtet. Wie ein Eindringling, vor allem, wenn es um deine Mutter geht.«

»Schade!«, meinte Wolf leise. »Ich hatte den Eindruck gewonnen, dass du dich mit Gina angefreundet hast.«

»Ja, sie ist nett«, sagte Verena ohne echte Begeisterung, denn der kleine Streit stand ihr noch lebhaft vor Augen. »Doch im Haus herrscht generell eine so bedrückende Atmosphäre. Ich habe davon Albträume! Und beispielsweise dieses Gemälde vor dem Eingang zum Keller: Das Mädchen darauf ist mir wie aus dem Gesicht geschnitten. Ich dachte zuerst, ich träume!«

»Ja, das ist mir auch aufgefallen. Als ich damals dein Bild in der Zei...« Er stockte.

»*Zeitung gesehen habe*, wolltest du sagen? Leugnen ist zwecklos, Gina hat sich bereits verplappert.« Die gerechte Wut von heute Morgen kehrte zurück. Das war einer der Punkte auf der Liste zu klärender Dinge. »Du hast mit keinem Wort verraten, dass du weißt, was es mit der *Lumpensammler*-Geschichte auf sich hat. Das finde ich unfair.«

Er drückte ihre Hände fester. »Verena, ich wollte nur, dass du hier zur Ruhe kommst und von den schrecklichen Ereignissen Abstand gewinnst.«

»Aber zu diesem Zeitpunkt war ich eine Wildfremde für dich. Was hat das denn mit dem Zeitungsfoto auf sich?«

»Dir ist doch selbst die Ähnlichkeit zu dem Gemälde aufgefallen. Es zeigt eine Vorfahrin und ich dachte ...« Er verstummte, und seine Aura flackerte heftig. »Es traf mich wie ein Schlag, als ich dich in der Zeitung gesehen habe. Sidonies Halbbruder ist in der Nachkriegszeit verschollen, und der Familienzweig gilt als erloschen. Nun gleichst du dieser Frau ungemein. Verena, möglicherweise sind wir entfernt verwandt. Ich halte das sogar für wahrscheinlich.«

Sie war sprachlos. Er hatte sie wegen einer Familienähnlichkeit eingestellt?

Wolf löste seine Finger von ihren und verschränkte die Arme vor der Brust.

»Und damit du siehst, dass ich mit offenen Karten spiele, obwohl es schmerzt, darüber zu reden«, begann er nach einer kurzen Pause. »Meine Frau und meine Tochter kamen vor zehn Jahren bei einem Feuer ums Leben. Im Ausland. Und vor einigen Monaten erst starb mein Vater, so dass mir Sidonie als Einzige geblieben ist. Und als ich dieses Haus geerbt habe, war das wie ein Neuanfang ... Verstehst du?«

Sein Geständnis verwirrte Verena. Er sah in ihr ein verlorenes Familienmitglied? War das *alles*, was sie ihm bedeutete?

»Es tut mir leid, was deinen Lieben widerfahren ist.« Das musste eine schreckliche Erfahrung gewesen sein. Vermutlich war Wolf deswegen so zurückhaltend bei persönlichen Fragen. »Wenn ich das bloß früher gewusst hätte. Nun muss ich erst mal nachdenken.«

Wolf nickte. »Natürlich. Ich wäre dir dankbar, wenn du Stillschweigen über unser kleines Abenteuer bewahren könntest. Vor allem Weber gegenüber.«

»Also mir ist Klatsch egal.« Sie fühlte sich ihm noch stärker verbunden, weil sie ein ähnliches Schicksal teilten und schwere Verluste erlebt hatten.

Sein Ausdruck wurde weich. »Du musst dir um Weber keine Sorgen machen. Er steht seit langem im Dienst der Familie. Aber ich würde gerne verhindern, dass er den Weg zum Weinkeller erfährt. Du hast ja selbst gesehen, wie gefährlich das Gewölbe ist. Außerdem ...« Er hüstelte. »Er hat ein kleines Alkoholproblem. Als ich ihn vor Jahren in der Hafengegend von Marseille getroffen habe, war er ohne Arbeit und hing an der Flasche. Er ist zwar trocken, doch man sollte ihn nicht unnötig in Versuchung führen.«

Das leuchtete ein. Sie tippte sich auf die verpflasterte Stirn. »Und, was soll ich Gina und deiner Mutter sagen? Dass ich aus dem Bett gefallen bin?«

»Es wäre besser, diesen pikanten Begriff ganz zu vermeiden.«

Puh! Verena fühlte den Ärger des Tages aufwallen. »Deine Mutter denkt doch schon, dass wir uns in stillen Besenkammern herumdrücken.«

»Gerade deswegen. Du bist ein paar Stufen hinabgestürzt, das klingt plausibel. Wenn es dir recht ist, würde ich mich bei Gelegenheit gerne mit Mutter und dir zusammensetzen und Familiengeschichten austauschen.«

»Im Moment möchte ich lieber erst mal allein sein.« Das Wechselbad der Gefühle hatte Verena erschöpft.

»Ich bringe dich hinauf. Und bitte, Verena, meide den Keller. Ich würde verrückt bei dem Gedanken, dass dir dort etwas zustoßen könnte. Versprich es mir.«

»Gut«, sagte sie, wobei ihr das Zugeständnis nach dem schrecklichen Erlebnis leichtfiel. »Belassen wir es dabei. Aber warum schließt du mich so aus?«

»Mir wird jede Stunde lang ohne dich. Doch versteh: Vor meinem persönlichen Glück habe ich eine Aufgabe zu erledigen. Du hast selbst gesehen, dass Mutter viel kränker ist, als es den Anschein hat. Ich bin bei der Suche nach dem Heilmittel an einem kritischen Punkt angelangt und darf mich nicht ablenken lassen.«

Der letzte Teil der Bemerkung war ein direkter Stich in Verenas Herz. Somit waren die zwanglosen Unterhaltungen über Kunst, Pflanzen oder mittelalterliche Philosophie wohl vorbei. Aber sie war zu müde, um auf einen Platz in Wolfs Leben zu pochen.

Sie träumte.

Die mondbeschienene Heide lag so erstarrt vor ihr, als sei sie aus der Zeit gefallen.

Weißenbach war der einzige Bezugspunkt in der Einöde, die am Horizont nur von dem namensgebenden Bach begrenzt wurde. Die seitlichen Gebäudeflügel, ausgestreckt wie Pranken, unterstrichen seine Präsenz einer lauernden Raubkatze. Während Verena auf das schattenhafte Gebäude zulief, stand der Vollmond in ihrem Rücken. Er hätte eigentlich jede Einzelheit ausleuchten müssen, doch rings ums Haus herrschte tiefste Dunkelheit.

Von einer Sekunde zur nächsten wechselte Verenas Perspektive zu einem expressionistisch gekippten Blickwinkel, in dem Weißenbach eindimensional aussah.

Das scherenschnittartige Haus drohte wie eine Theaterkulisse vornüber zu kippen, und sie unter sich zu begraben.

Die einzige Lichtquelle bildete das Pfauenornament an der Fassade, das mit der Frequenz menschlichen Herzschlags pulsierte. Der Pfau präsentierte sein Rad, umgeben von bläulichem Licht wie ein zweiter Mond. Als er sich löste und von der Wand sprang, blieb ein Loch in der Seitenwand zurück, und etwas quoll heraus. Man hätte das Plätschern hören müssen, doch ringsum herrschte erfrorene Stille.

Der Pfauenmond wirbelte durch die Luft wie ein violettblauer Feuerkreis und vereinigte sich am Himmel mit seinem bleichen Vollmond-Bruder.

Ein Fenster riss von der Hauswand ab und trudelte in langen Schwüngen auf Verena zu, wie ein Herbstblatt. Panisch rannte sie weg, mit Traumbeinen, wie seit der Kindheit nicht mehr. Etwas verfolgte sie, und sie fürchtete sich davor, zurückzublicken. Schneller, schneller ... Angst umklammerte ihr Herz mit Eisenfingern.

Wie bei einem Kamerazoom rückte der Bach plötzlich an das Haus und versperrte ihr den Weg. Verena wäre beinahe über die eigenen Füße gestolpert. Ein Strom von Blut lief aus dem Gebäude heraus durchs Bachbett und die krautige Heide. Verena sah vertraute Formen im Wasser: Zwei junge Frauen trieben darin, bleich im Mondlicht wie Koi, nackt und blutleer. Lange Haare klebten über ihren Gesichtern wie Seegras.

Beide rissen zugleich den Mund auf. Aus den fischgleich geöffneten Lippen quollen stumme Schreie. Der scharlachrote Bach wurde schlagartig weiß wie Milch, als hätten die Frauen jede Farbe herausgezogen. Ihre Leiber wurden erst rosig, dann purpurn, und schließlich strömte Blut aus allen Poren über ihre Haut.

Verena wollte ihnen zur Hilfe eilen. Aber sobald der Bach um ihre Füße spülte, löste sich ihr eigenes Fleisch auf und wurde Teil der Flüssigkeit, die immer noch aus der Hausfassade blutete.

Ehe der Schmerz der Auslöschung ihren Verstand erreichte, wachte Verena auf.

Einige Momente lag sie desorientiert da. Bilder spukten durch ihren Geist, ehe sie endgültig verschwammen. Heute war Vollmond, erinnerte sie sich. Kein Wunder, wenn sie da unruhig schlief. Sie drehte sich auf die Seite, suchte den Schutz der Bettdecke, bis ihr Herz ruhiger schlug. Was für eine Nacht!

Alle schluckten die falsche Geschichte vom Treppensturz anstandslos und reagierten sehr rücksichtsvoll. Verena erholte sich, bis es ihrem Knie etwas besser ging. Gina, die sich wegen des Streitgesprächs in der Küche die Schuld an dem Malheur gab, brachte zur Teestunde eine Schale mit köstlich duftenden Haselnussplätzchen aufs Zimmer. Die Versöhnung fiel Verena leicht, da Gina ja nur auf Anweisung geschwiegen hatte.

»Was ist denn da unten los?«, fragte Verena dann. Es gab einige Unruhe im Haus.

»Die Telekomtechniker sind da«, berichtete Gina. »Sie messen jede Leitung durch. Gerade hat Weber murrend die halbe Rumpelkammer ausgeräumt, damit sie besser an die Verteilerdosen kommen.«

Verena freute sich bereits auf ein telefonisches Schwätzchen mit Tina, in dem sie die Probleme mit Wolf direkt ansprechen konnte. Doch am späten Nachmittag zogen die Techniker unverrichteter Dinge wieder ab. Es gab immer noch keine Telefonverbindung.

Also beschäftigte sich Verena in den Tagen anderweitig, holte das versäumte Lernpensum nach und schrieb einen weiteren Brief an Tina. Stoff dafür hatte sie seit dem Sturz im Keller und der Sache mit dem Porträt genug.

Weber hatte fürs Wochenende eine Tour nach Moldersen angekündigt, und diesmal würde Verena die Post eigenhändig einwerfen.

Am Samstagmorgen fühlte sich Verena ausgeruht und unternehmungslustig, mehr als bereit für eine Exkursion.

Nach dem Frühstück machte sie die Infusion für Frau Hagendorf fertig. Für alle Fälle steckte Verena selbst einen halben Streifen starke Schmerztabletten ein. Ihrem Knie hatten die Schontage gutgetan, aber man konnte ja nie wissen.

»Machen Sie sich keine Gedanken, bis zum Mittagessen komme ich ein paar Stunden ohne Sie aus«, sagte die alte Dame ganz handzahm. »Es ging ja die letzten Tage auch irgendwie. Sie haben sich den Ausflug verdient.«

Der Ansicht war Verena ebenfalls. Beschwingt machte sie sich zur verabredeten Zeit auf die Suche nach Weber, die Umschläge in der Hand, damit sie nur ja an die Briefe dachte. Sie fand den Fahrer in der Garage, fluchend unter dem Maybach.

»Stimmt etwas nicht?«, fragte sie in Richtung der zwei ausgestreckten Beine. Bestimmt nur eine Routinekontrolle. Eben das, was jeder Autobastler vor der Fahrt mit einem Oldtimer anstellte.

»Morgän erst mal, Frau Seiler«, kam es dumpf unter dem Fahrzeug her.

Verena konnte sich Webers grämliches Gesicht nur zu gut vorstellen. »Einen guten Morgen auch Ihnen«, grüßte sie zurück. »Gibt's Probleme mit dem Auto?«

»Kann schon sein.« Er brummelte etwas, das klang wie: *Bin ich Wahrsager?*

Unschlüssig ließ sich Verena auf einem Schemel nieder und stapelte die Briefumschläge von einer Hand in die andere. Und als ihr das langweilig wurde, versuchte sie ihr Glück mit dem Handy. Kein Empfang! Natürlich, wäre ja ein Wunder gewesen.

Begleitet vom hellen Klirren von Werkzeug auf dem Betonboden, Quietschen und Schimpfworten fuhrwerkte der Chauffeur am Wagen herum. Zehn Minuten später schob er sich auf dem Rollbrett unter dem Maybach hervor.

»Nanu, Se sind ja noch da.« Weber wischte die ölverschmierten Finger ab. »Ich hab Se gar nicht gehört.«

Wenn er auch permanent im Selbstgespräch herumbrummelte. »Wie lange dauert die Reparatur?«

Weber zuckte die Achseln. »Ich bin fertig. Entweder die Kiste läuft jetzt – oder ... Dann muss man weitersehen.«

Verena hätte gern die Augen gerollt.

Mit großem Getue warf er ein schmuddeliges Handtuch über den Ledersitz, ehe er sich mit dem dreckigen Overall ans Steuer setzte. Sie hörte, wie er das Auto anließ und gleich abwürgte, als ihm das Motorengeräusch missfiel.

»So wird das nix.« Er hustete in die hohle Hand. »Gehen Se ruhig rein und trinken Se ’ne Tasse Kaffee, oder was Krankenschwestern den ganzen Tag so machen. Ich hab ungern Zuschauer auf den billigen Plätzen.«

»Lassen Sie sich nicht stören.« Was für eine Frechheit. Verena zog ärgerlich ab. Der Tag fing ja wieder gut an.

Gina stand mit Wischleder und Staubwedel bewaffnet vor einem Haufen Antiquitäten, der den halben Flur versperrte. Sie wirkte so begeistert wie eine Ameise, die überlegt, ob sie zuerst das Maiskorn oder lieber die Nuss schultern soll. »Ich dachte, du wolltest in die Stadt.«

»Der Wagen zickt – und ich muss zugeben, ich habe dazu grade ebenfalls richtig Lust. Weber hat mich regelrecht rausgeekelt.«

»So ist er immer, wenn Papas Liebling nicht rundläuft. Die einzigen Manieren hat er bei der Fremdenlegion gelernt, und sogar da haben sie ihn rausgeworfen … Aber den Maybach kriegt er schon wieder hin. Bedauer lieber mich«, schloss Gina mit Leidensmiene.

Die Anspielung war sonnenklar, doch Verena fragte unschuldig: »Wieso?«

»Wegen der Telekom.« Gina ließ das feuchte Leder in der Luft knallen. »Zuerst wollten sie gleich Donnerstag wiederkommen. Deshalb habe ich das Gerümpel noch nicht zurückgeräumt. Aber jetzt ist bereits Samstag, und von den Technikern keine Spur. Wenn das die alte Hagendorf sieht, kriege ich eins auf den Deckel. Ich wette, Montag kommen die Heinis, und dann muss auf die Schnelle wieder alles freigeräumt werden.« Sie seufzte.

»Ich helf dir«, bot Verena an.

Gemeinsam machten die beiden sich daran, den Hausrat vom *Staub der Jahrhunderte* zu befreien, wie Gina es nannte.

Sie wühlten sich durch den Stapel wie Bergleute auf der Suche nach einer Goldader, wischten jedes handliche Stück unterwegs gleich ab, und trugen die schweren Teile zusammen zurück.

Verena dachte, sie hätte schon alles gesehen, was das Haus zu bieten hatte. Aber sie hatte wohl bisher erst an der Oberfläche gekratzt. Sie lachte mit Gina über gusseiserne Küchengeräte, fischte altmodische Kleidung heraus und bestaunte manchen Schatz. In einem großen Karton entdeckte Verena einige Leinwände. Sie zog sie hervor unter dem Vorwand, den Staub zu entfernen. In Wahrheit war sie bloß neugierig. Als sie einen Blick auf das erste Porträt warf, stockte ihr der Atem.

Es zeigte einen Mann mit hohem Vatermörderkragen. Der Künstler hatte kräftige Holztöne gewählt, was seinem Werk eine gewisse Erdenschwere verlieh. Verena drehte das Gemälde näher zur einsamen Flurlampe. Das Gesicht des Dargestellten war das von Wolf, unverkennbar auch mit Bart und anderem Haarschnitt. Sie sah dreimal nach der Signatur, bis sie glaubte, dass das Bild tatsächlich aus dem späten 19. Jahrhundert stammte.

Aufgeregt zeigte sie Gina den Fund.

Die Haushälterin winkte ab. »Ach, hier sind die gelandet. Letzten Monat wurde alles im kleinen Speisezimmer abgehangen, damit die Bilder neu gerahmt werden konnten.«

»Und anschließend hat man sie in der Rumpelkammer vergessen ...« Immer wieder schweifte Verenas Blick zu der bemalten Leinwand zurück, und in der Fantasie ergänzte sie Wolfs kräftige Aura zu den Herbstfarben. »Die Ähnlichkeit ist ja unglaublich.«

»Ist bei Adelsfamilien oft so«, pflichtete Gina bei. »In der Gemäldegalerie bei meiner ersten Stelle hatten alle Frauen den Riechkolben und die Männer die Dackelfalten geerbt. Zu viel Inzucht bei den Blaublütern.« Sie rümpfte die Nase.

»Ist eine Schande, dass das hier verstaubt«, fand Verena. »Er sieht doch ganz stattlich aus.« Sie merkte an der aufschießenden Wärme, wie sie rot wurde. Sie konnte also nicht einmal unbefangen ein Bild betrachten, ohne Wolfs Antlitz darin zu finden.

»Der neue Rahmen passt besser. Aber in diesen Ritzen, da sammelt sich der Staub besonders gern. Was das für Arbeit macht, ist den Herrschaften ja schnuppe. Dafür hat man *Personal*, wie die Alte mich immer spüren lässt. Als hätte ich nicht genug zu tun.«

»Mmhm.« Verena blätterte die Gemälde durch wie einen großformatigen Katalog. Nur ein weiteres Porträt stammte aus dem gleichen Jahr. Es zeigte eine Frau Mitte zwanzig hinter einer Kinderwiege. Ob darin ein Säugling lag, blieb offen. »Schau mal. Die zwei Bilder gehören wohl zusammen. Warum versauern die hier?«

»Vielleicht sollen die Gemälde mit nach Frankreich. Also, mich wundert in diesem Haushalt nichts mehr. Und ich bin in der Welt herumgekommen und habe schon eine Reihe komischer Leute kennengelernt!«

»Erzähl doch mal«, bat Verena. »Wie bist du denn zu deinem Job gekommen?«

»Ach, bei einem Job als Au-pair habe ich gemerkt, dass mir die Hauswirtschaft mit dem Drumherum Spaß macht, ich auf herumwuselnde Kinder aber verzichten kann. Und da habe ich mir die entsprechenden Arbeitgeber gesucht. Die Stelle in Weißenbach war auch ganz praktisch, weil die Hagendorfs wirklich gut bezahlen.«

»Sie haben sonst gar keine Familie mehr, richtig? Irgendwie traurig.« Verena kannte diese Einsamkeit gut.

Gina zuckte die Achseln. »Klar, das ist hart. Andererseits, viele Gutsituierte, bei denen ich angestellt war, haben den Nachwuchs ganzjährig auf Internate gesteckt. Da kann die Liebe auch nicht so groß sein.«

Eine dunkle, unbeschriftete Kladde stand ganz am Rand einer Kiste. Gina zog sie heraus, betrachtete den Einband und wollte sie in die Schürzentasche stecken.

»Hey, lass mich doch mal einen Blick riskieren.«

»Ach, Frau Hagendorf hat bestimmt nur einen ihrer Romane verbummelt«, wiegelte Gina ab.

Nun war es also wieder *Frau Hagendorf.* »Na, dafür hast du aber schnell zugeschnappt!« Verena zog ihr kopfschüttelnd das Buch aus den Händen.

Es war eine handschriftliche Sammlung von Rezepten in Sütterlin-Schrift.

»So was habe ich mal in der Vitrine der Hauswirtschaftsschule gesehen«, erklärte Gina, nachdem sie einige Seiten studiert hatte. »Die Schüler damals haben so ein Heft geführt. Sie las vor: ›*Die Köchin bereite die Buttercreme zu und schneide den abgekühlten Biskuitboden in drei Teile.*‹ Na toll.«

»Magst du keine Torte?«

»Doch. Aber das ist eines dieser Kochbücher, die du nur benutzen kannst, wenn du die kompletten Grundlagen intus hast. Da steht nicht, wie man den Biskuit oder die Buttercreme zubereitet, das wird halt vorausgesetzt. Ob die echte Buttercreme, mit reiner Butter und Puderzucker, oder die mit anteilig Pudding und Butter. Dabei ist die besonders schwierig, weil die Temperaturen aufeinander abgestimmt werden müssen, sonst gerinnt sie.«

»Da bekomme ich glatt Hunger.« An irgendetwas erinnerte Verena die Rezeptbeschreibung, aber es war definitiv nicht um Creme gegangen.

»Was möchtest du dann mit den ganzen Rezepten anfangen?«, wollte Verena wissen.

Gina wurde rot. »Also, es wäre ein echter Traum von mir, wenn ich einen kleinen Verkaufswagen hätte. Mit Gebäck, Torten und Kuchen im Mini-Format, die können Kunden gleich auf der Straße verzehren. So wie die Eiswagen früher! Aber dafür fehlt mir noch ein bisschen Kleingeld – und solange muss ich eben in fremden Haushalten schuften.«

Gina zückte ihr Handy und steckte das Buch ein. »Apropos – ich sollte mich mal ans Mittagessen machen. Ist schon zehn Uhr durch.«

»Du meine Güte!« Über den Aufräumarbeiten hatte Verena die Zeit vergessen. Ob Weber endlich fertig war? Sie schob enttäuscht die beiden Porträts in den Karton. Schließlich hatte sie auf eine Spur zum Bildnis ihrer Doppelgängerin gehofft. Vom Austausch der Hagendorf-Familiengeschichten war jedenfalls keine Rede mehr gewesen.

Die Motorhaube des Maybachs stand offen. Werkzeug und Autoteile lagen auf dem kalten Garagenboden verstreut, aber von Weber gab es nicht einmal eine Ölspur. Irritiert machte sich Verena auf die Jagd nach dem Chauffeur, doch sie lief stattdessen Wolf in die Arme.

»Da bist du ja«, sagte er. »Wolltest du nicht mit Weber nach Moldersen?«

»Gerade den suche ich ja!«

»Vor zwanzig Minuten habe ich das Automobil verschwinden sehen. Ich dachte, du säßest drin.«

»Welches *Automobil*? Der Maybach ist total ausgeweidet!« Verena gestikulierte wild.

Wolf fing ihre Hände ein. »Weber hat den Jeep genommen. Der steht in der anderen Garage.«

»Und das sagst du erst jetzt?« Sie zwinkerte Tränen der Frustration zurück und befreite sich. »Lass, meine Hände sind schmutzig.«

Wolf wischte ihr zart eine Staubflocke von der Wange und flüsterte. »Gott, bist du schön! So jung und lebendig.« Seine Augen glänzten hellbraun im Licht.

Sie erstarrte wie der Vogel in den Krallen der Katze.

Wolf beugte sich vor, er strich Verena übers Haar und barg ihren Hinterkopf in beiden Händen.

Sie schloss erwartungsvoll die Augenlider und spürte *beinahe* das sanfte Streicheln seiner Lippen. Aber der Kuss blieb aus. Stattdessen wanderten Wolfs Finger zu ihrem Nacken.

Sie lehnte sich an ihn. Ihre Gefühle tanzten Tango.

Mit einem tiefen Seufzer verharrte Wolf und tätschelte ihr dann den Rücken. Heiser sagte er: »Weber wird alles erklären, sobald er zurück ist. Darum kümmere ich mich persönlich.«

Der Themenwechsel half Verena, den zärtlichen Bann abzuschütteln.

»Wer weiß, wann«, brach es aus ihr heraus. »Ich wollte nur mal telefonieren und Briefe wegbringen. Samstags hat die Post schließlich nicht unbegrenzt auf. Ich könnte platzen.«

Verena löste die Finger aus den Ärmeln seines Laborkittels und trat einen Schritt zurück. »Was machst du eigentlich hier? Sonst vergräbst du dich doch im Labor.«

»Ich brauche eine Blutprobe von Mutter. Die Ärmste muss dieser Tage viel über sich ergehen lassen. Du kannst mich gern begleiten.«

Verena wollte nicht mit ihm zu seiner kranken Mutter gehen. Als seien ihre Sinne von Wolfs Kuss in dem feuchten Kellerloch geschärft, erfüllte sie jede Zuwendung zwischen Mutter und Sohn mit Eifersucht. Sie hatte den Eindruck, dass Sidonie sie in Wolfs Gegenwart misstrauisch beäugte.

»Ich kann die Blutabnahme für dich erledigen«, schlug sie vor. »Wie es aussieht, habe ich ja sowieso nichts Besseres vor.«

»Danke. Ich warte dann im Labor auf die Probe. Den Weg kennst du ja«, sagte er und es klang fast wie Ironie.

Zurück im alten Trott, dachte Verena.

Sie nahm sich vor, mehr Abstand zu Wolf zu halten, denn ihr Stolz ließ nicht zu, dass sie für ihn bloß eine ›Ablenkung‹ darstellte.

Nachmittags klopfte Gina an die Tür des Studierzimmers und brachte eine Kanne Assamtee. Verena war so in ihre Bücher vertieft, dass sie regelrecht aufschreckte. Wenigstens hatte sie endlich die Lerneinheit abgeschlossen.

»Weber ist wieder da.« Gina stellte die Teekanne auf einem Beistelltisch mit heller Intarsienverzierung ab und deckte eine Tasse daneben. Leise klingelte der Löffel auf dem feinen Porzellan. »Ich hab ihn gehört, als ich den Teesatz auf den Komposthaufen gebracht habe.«

»Ach«, sagte Verena bemüht beiläufig.

»Herr Hagendorf nimmt ihn gerade ins Gebet.«

Verena ließ den Stift fallen und stand auf. »Ich habe mit Weber auch ein Hühnchen zu rupfen.«

»Ich dachte mir, dass dich das interessiert.« Gina grinste.

Mit jeder Stufe, die Verena zurücklegte wuchs ihre Entschlossenheit. Und das war gut so, weil sie unterwegs auf Wolf traf. Er lehnte lässig im Türrahmen und blockierte den Durchgang zur Garage. Trotz aller Vorsätze ging Verenas Atem in seiner Gegenwart schneller.

»Lässt du mich bitte durch?« Sie drückte die Schultern angriffslustig vor, denn sie wollte sich nicht *jedes* Mal wie ein verliebter Teenager benehmen. »Ich muss das mit Weber klären.«

»Ich sollte dich vorwarnen. Du tust dem armen Kerl Unrecht.«

Es brachte Verena noch mehr in Rage, dass Wolf den Fahrer in Schutz nahm. »Was hat er zu seiner Verteidigung vorgebracht?«

»Sarkasmus steht einer so jungen Frau schlecht zu Gesicht, Verena.«

»Das möchte ich selbst entscheiden, aber *Danke* für deine *moderne* Einschätzung.« *Verdammter Chauvi!*

»Er hat mit dem Jeep Ersatzteile für den Maybach besorgt, in der Hoffnung, das Auto rechtzeitig fertigzustellen. Das hat länger gedauert, weil er sich noch um deine Briefe gekümmert hat, die du in der Werkstatt liegengelassen hast.«

Die Briefe. »Ich, äh ...«, stotterte sie, »hab sie wohl auf dem Schemel vergessen.« Dafür konnte sie ihm kaum einen Vorwurf machen.

»Weber hat es nur gut gemeint«, beteuerte Wolf.

Verena fühlte sich wie ein Ballon, aus dem jemand alle Luft gelassen hatte. »Zumindest hätte er ein Wort über den Jeep verlieren können. Ich wäre ja mitgefahren.«

»Das ist ein ausgemustertes Armeefahrzeug ohne richtiges Dach, nur mit zugigem Verdeck. Weber wollte dir die Tour in dem klapprigen Wagen ersparen.«

»Das wäre gar kein Problem gewesen!« Ein halboffenes Auto war Verena lieber als ein geschlossenes Fahrzeug. Doch es ging nicht um persönliche Schwächen wie ihre Klaustrophobie. »Na, wenn das alles war …«

»Natürlich ist es das!« Wolf blickte sie an, wie ein Kind, das etwas Dummes gesagt hatte. »Glaubst du, er hat das extra getan, um dich zu ärgern?«

Ja, verschluckte Verena. Sie traute dem Griesgram einiges zu. Weber hätte wenigstens fragen können, ob sie sich die abenteuerliche Fahrt im Jeep zutraute.

»Vielleicht wollte er mich nicht dabeihaben, sondern Moldersen von vorneherein lieber allein unsicher machen.«

»Du verrennst dich da in etwas«, sagte Wolf. »Was sollte er denn gegen dich haben?«

»Keine Ahnung. Da du ja auch die Heimlichkeit schätzt, wie soll ich da noch wissen, was ich glauben kann?«

Damit ließ sie ihn einfach stehen.

Später brachte sie das leere Teegeschirr in die Küche zurück. Gina füllte dort gerade eine Gewürzsalzmischung zum Durchziehen in luftdichte Gefäße.

Verena berichtete von dem Gespräch mit Wolf. Inzwischen war ihr ein Gedanke gekommen. »Könnte es sein, dass Weber die Ausflüge nutzt, um sich einen zu zwitschern?«

»Was? Das ist mir neu.«

»Wol… – ich meine, Hagendorf, hat mir gegenüber mal so was angedeutet.« Nun war es zu spät für Skrupel. »Er soll dem Alkohol nicht abgeneigt sein.«

Gina ließ den Trichter los, mit dem sie das Gewürz portionierte. »Ich hab Weber noch nie was Hochprozentiges trinken sehen. Er wollte nicht einmal zu meinem Einstand einen Grappa mittrinken. Es fehlt auch kein Küchenwein. Vielleicht hat er ja eine Liebste in Moldersen, von der niemand erfahren soll«, spekulierte sie.

»Klar, ein Boxenluder für den Autoschrauber.« Verena schlug zwar einen heiteren Tonfall an, trotzdem wuchs ihr Unbehagen.

Es klang, als hätte der Chauffeur seine Sucht bestens im Griff. Natürlich konnte sie die psychische Komponente der Abhängigkeit nicht beurteilen, Webers Leber-Aura jedenfalls war für Verenas besonderen Blick relativ unauffällig.

Vielleicht war sein Alkoholproblem ja auch bloß ein Vorwand gewesen, damit niemand im Haus Fragen über den Sturz im Geheimgang stellte, am wenigsten Sidonie. Und wenn Wolf wegen des Kellers gelogen hatte, was verschwieg er noch?

Der Jäger

Er hatte sich wieder herausgeschlichen, um dem inneren Drang nachzugeben, der seine wachen Stunden beherrschte. Viel zu lange war er schon eingesperrt, erst recht, seit er in einer dunklen Kiste gereist und woanders aufgewacht war. Nur wartete dort nicht die erhoffte Freiheit, sondern auch nur ein Gefängnis, mit einem erzwungenen Dasein so fade, wie der Geschmack des zerkochten Fleischs, der einzigen Nahrung, die er verdauen konnte.

Die zubereitete Speise, manchmal mit Spuren von Pulver, das der Meister darüber streute, sättigte, doch sie brachte keine Befriedigung. Es war, als würde er nur die Schatten der Dinge verspeisen, anstatt das warme Fleisch und salzige Blut von Beute zu schmecken.

Dann war da noch seine persönliche Suche nach dem ganz besonderen Opfer!

Sein Weg heute führte ihn fort von den Lampen und den lauten Maschinen in ein Waldgebiet, frisch und voll verlockender Gerüche. Die geweiteten Nüstern fingen jedes kleine Aroma auf. Der Jäger rannte um gestürzte Bäume herum, setzte über die Stämme und zerquetschte bei der Landung am Boden Pilze, die sich von den Überresten des faulen Holzes ernährten. Er schnupperte an Vogelfedern und Wildpfaden, denn seine geschärften Sinne nahmen einen Duft noch nach Stunden und aus großer Entfernung wahr. Doch das nützte nichts, hier gab es keine Spur der Frau, die ihm letztens entkommen war.

Mondlicht fächerte durch den Wald, als die Krallen des Jägers im Lauf die duftende Erde aufrissen. Mit einem Mal füllte ein fettiger Geruch seine Nase, überrollte die komplette Wahrnehmung und gab ein Ziel vor. Sein Körper richtete sich instinktiv in diese Richtung aus, er schwelgte im Duft trockener Kräuter und Gras, gewürzt mit Kot und Leben. So viel Leben.

Als der Bewuchs um ihn herum nachließ, wurde er schneller. Niemand brauchte ihm zu verraten, dass er sich gegen den Wind über die Heide bewegen sollte.

Doch die Beute witterte ihn bald genug, und sein Geruch ließ keinen Zweifel daran, was er war.

Die Tiere mit den weichen Rücken drängten sich bereits im hintersten Teil der Weide am Zaun zusammen. Angstvolles Blöken, das Getrappel vieler scharfkantiger Füße, als die Herde wie ein einziges Wesen vor ihm zurückwich, noch ehe er mit einem Satz über die Einfriedung sprang.

Er rannte mitten hinein, und sie stoben vor seinen Fängen auseinander. Ein paar Tiere stießen mit gebogenen Hörnern nach ihm. Er war von der Wucht überrascht, die hinter den dicken Schädeln steckte, die ganz und gar nicht so weich waren wie der Rest der Körper.

Aber seiner Größe und den scharfen Krallen hatten die Tiere wenig entgegenzusetzen: Er riss links und rechts Hälse auf und badete im Blut.

Schließlich, als das Töten langweilig wurde, drehte er um und machte sich auf den Heimweg, voll und satt von Eindrücken und Todesschreien.

Kapitel 9

Verena schreckte in der Nacht mehrfach aus dem Schlaf. Doch die wirren Träume, düsterbunt schillernd wie Ölspuren auf nassem Asphalt, lösten sich jedes Mal beim Erwachen auf. Sie erinnerte sich nur an die mysteriösen Frauengestalten, die wirkten, als wollten sie ihr etwas mitteilen. Und für den Moment an der Schwelle zwischen Schlummer und Wachen, wusste sie auch, was.

Wortfetzen spukten durch ihren Geist, Namen.

Verena ließ sich das Duschwasser fast kochend über den Kopf rinnen, um ihr Hirn auf Trab zu bringen. Da war mehr gewesen, aber sie kam nicht darauf. Dampfwolken wogten durchs Bad, und die Abzugsanlage kam kaum nach.

Während Verena sich vor dem Spiegel die Haare föhnte, gaukelte ein Lichtreflex ihr ein anderes, ganz ähnliches Gesicht vor. Sie starrte sekundenlang starr hin, dann beschlug das Glas vollständig.

Puh! Sie brauchte dringend einen starken Kaffee.

Ihre Pflichten endeten eher als erwartet. Frau Hagendorf fühlte sich zu kraftlos und stand diesen Sonntag überhaupt nicht auf. Selbst im Schlaf zeigte ihre Aura eine nie dagewesene Verwüstung.

Wolf besuchte seine Mutter zweimal am Krankenbett. Er sah so elend aus, als er wortlos an Verena vorbeiging, dass sie ihn gerne getröstet hätte. Vermutlich war es angesichts von Frau Hagendorfs Zustand lächerlich, dass sie ihm immer noch grollte. Zumal sich die

Aura der Patientin aufhellte und Verena sehen konnte, dass es ihr nach Wolfs Besuchen jedes Mal besser zu gehen schien.

Aber obwohl sie mehrfach zu einer Entschuldigung ansetzte, saß die Kränkung zu tief. Und so kam sie nicht dazu, das Porträt, das ihm so ähnelte, anzusprechen.

In mancher Hinsicht wirkte Wolf wie jemand aus dem vorletzten Jahrhundert, und diesmal meinte Verena das nicht positiv. Er machte auf der einen Seite Komplimente für Selbstverständlichkeiten und maßte sich auf der anderen an, alles für Verena zu regeln, als sei sie ein Kind. Oder eine zarte Blüte, die der geringste Windstoß auseinanderzupfte. Was war das für ein Frauenbild?

Doch immer wieder schimmerte mit der Sorge um seine Mutter Wolfs Verletzlichkeit durch, Beweis genug, wie sehr er zu tiefen Gefühlen und familiärer Verantwortung in der Lage war.

Sie seufzte. Ihr Arbeitgeber war wie ein Geschenk in dickem Einwickelpapier, das jedes Mal, wenn man es entfernt hatte, eine neue Verpackungsschicht enthüllte. Vielleicht lag der Schlüssel zum Geheimnis der Familiengeschichte ja hier in Weißenbach.

Verena erstellte auf kariertem Papier einen Plan des Gebäudes und zeichnete sogar den Kellerdurchgang und den vermuteten Verlauf des Geheimgangs mit der Erdgrube ein.

Was würde Wolf gegen die brüchigen Fundamente unternehmen? Er konnte ja schlecht Weber damit beauftragen, die Einsturzstelle abzudecken. Vorausgesetzt die Geschichte mit dem Weinkeller und dem Suchtproblem stimmte.

Verena lief die Korridore des Kerngebäudes ab und studierte alle Gemälde in der leisen Hoffnung, weitere Hinweise auf familiäre Gemeinsamkeiten zu finden. Aber es gab sonst keine Porträts, nur unsignierte Stillleben von Blumen und altem Kinderspielzeug, sowie Ansichten der Heide.

Dafür entdeckte sie ein Kinderzimmer sowie ein dunkel getäfeltes, ehemaliges Kontor mit Stehpulten und Sekretären. Vorhänge bedeckten die blinden Fenster wie staubige Erinnerungen an eine Zeit, da sie noch Sonnenlicht gesehen hatten.

Das Haus war so still. Verena hörte nur eine einsam pfeifende Heizung und das Geräusch der eigenen Schritte. Wie hielten die anderen es in dieser verschachtelten Gruft nur aus? Und wie leise würde Weißenbach erst sein, wenn die alte Dame starb?

Abgesehen von ihr bliebe Wolf dann keine lebende Verwandte mehr. Heute Abend hatte er so angespannt ausgesehen, so unendlich müde. War es nur die Sorge um Sidonie, oder generelle Überarbeitung?

Verenas Entschlossenheit geriet ins Wanken. Sie hatte Wolf ihr Herz geschenkt, doch er betrachtete sie anscheinend als verlorene Großcousine. Dabei hatte er sie geküsst, und das war kein Küsschen unter Verwandten gewesen ...

Irgendwo scharrte etwas. Verena blieb stehen und fragte: »Gina?« Arbeitete die Haushälterin noch so spät?

Keine Antwort. Das Gefühl, beobachtet zu werden, das sie in Blankenrain zurückgelassen glaubte, kehrte mit Macht zurück. Aber da war niemand, bloß die Geräusche des Hauses, von Balken und altem Mauerwerk. Stammte das Rascheln von Mäusen oder anderen

Tieren in der Zwischenwand? Verena blickte auf dem Weg zum Zimmer schaudernd über die Schulter.

Frau Hagendorf verfiel immer weiter. Das Violett um ihren Körper nahm langsam den pflaumenartigen Farbton einer satten Prellung an, und auch das hauchdünne Gelb direkt über der Haut bekam einen Grünstich, der wie dunkler Eiter wirkte.

Verena half ihr, sich im Bett zu waschen, da die alte Dame zu geschwächt zum Aufstehen war. Gleichwohl hatte sie vor dem Handspiegel Schminke aufgelegt. Es war ein wenig zu viel. Das maskenhafte *Make-up* schuf einen zu starken Kontrast zu den zerbrechlichen Vogelknochen des mageren Körpers. Sie musste in den letzten Tagen an Gewicht verloren haben. Frau Hagendorfs Haut war dadurch schlaff, selbst für ihr gesetztes Alter. Wie viele Jahre ihr Schützling zählte, wusste Verena nicht. Noch so eine Sache, über die sie im Dunkeln gehalten wurde, genau wie Arztberichte und Diagnosen. Die Verschwiegenheit war nahezu krankhaft! Zum ersten Mal kam Verena der Gedanke, ob Wolf in kriminelle Machenschaften verstrickt sein könnte. Manchmal erschien ihr seine altmodische Wohlerzogenheit wie eine Fassade, hinter der sich mehr verbarg.

Unvermittelt ging die Tür auf. Wolf war schon im Zimmer, als Verena sich reflexhaft vor die halbnackte Patientin schob, den feuchten Waschlappen noch in der Hand. »Können Sie nicht anklopfen?«

Wolf machte wortlos kehrt und verließ den Raum.

Verena wandte sich wieder dem Bett mit der aufgeschlagenen Decke zu.

»Ich weiß Ihre Bemühungen um meine Sittsamkeit zu schätzen«, sagte Frau Hagendorf trocken. »Aber wissen Sie, Wolf hat mich durchaus schon so gesehen.«

»Oh.« Verena hatte für den Augenblick vergessen, dass er sie einige Zeit gepflegt hatte.

»Jetzt würden Sie ihm am liebsten hinterherlaufen und um Verzeihung betteln, oder?« Sidonies grellrote Lippen glichen einer entzündeten Wunde, aus der die boshaften Worte wie Eiter hervorquollen. »Machen Sie ruhig, ich komme hier zurecht.«

Verena hatte sich wohl verhört. »Bitte?«

»Sie können mir nichts vormachen, meine Liebe. Jemand, der so lange gelebt hat wie ich, kennt die Anzeichen. Das zarte Erröten, der Griff zum Haar ...« Sie machte ein hustendes Geräusch, und Verena erkannte erschrocken, dass es ein Lachen war.

»Ich weiß, dass Sie sich Wolf an den Hals geworfen haben. Aber vergessen Sie niemals: Die Männer unserer Familie binden sich wie die Schwäne nur an eine einzige Gefährtin auf Lebenszeit. Selbst nach ihrem Tod, gibt es nie eine andere Liebe.«

»Ich, also ...« Verena schossen die Tränen in die Augen.

»Mein armes Kind«, fuhr Frau Hagendorf mitleidlos fort. »Er hat sich schon vor langer Zeit für eine Frau entschieden. Wenn ich einen Rat geben darf, wahren Sie die *Contenance*. Wolf hat Ihnen vielleicht gesagt, dass er Sie ganz besonders schätzt. Aber ich kenne ihn besser als jeder. Er ist ein sehr ehrgeiziger Mensch, vergessen Sie das nie.«

Er hat mich schon geküsst, hätte sie am liebsten herausposaunt und wischte die Tränen ab. »Er verbringt wie ein Besessener Tag und Nacht mit der Suche nach einem Heilmittel für Sie. Sie sollten froh über seinen Ehrgeiz sein«, sagte sie mit bebender Stimme. *Denn ihre Tage sind gezählt. Und meine Zeit mit Wolf hat gerade erst begonnen.*

Die alte Dame sank zurück in das Kissen. »Das bin ich, Fräulein Seiler, das bin ich.«

Wolf entschuldigte sich beim Mittagessen und brachte so den abgebrochenen Dialog wieder in Gang. »Es war gedankenlos von mir, einfach ins Zimmer zu platzen. Das wird nicht mehr vorkommen, Verena. Aber ich hatte etwas herausgefunden, dass ich Mutter unbedingt mitteilen wollte.«

Verenas Ärger schmolz dahin. »Ich weiß, dass deine Besuche ihr viel bedeuten. Da wäre allerdings noch eine Sache, die ich mit dir besprechen will. Wir hatten das ja schon bei meiner Ankunft geklärt. Ich finde, es wird Zeit, einen Arzt heranzuziehen. Ihr geht es schlecht, und deine Mutter sollte ins Krankenhaus.«

Wolf legte die Serviette ab, mit der er sich gerade den Mund abgetupft hatte. »Genau das habe ich ihr mehrfach vorgeschlagen. Ich habe sie regelrecht angefleht, doch Mutter weigert sich. Den letzten Arzt hat sie als Quacksalber beschimpft und von Weber zur Tür eskortieren lassen.«

»Es gibt andere Wege ...« Verena ließ den Satz ausklingen.

»Möchtest du etwa vorschlagen, dass wir gegen ihren Willen handeln und Sidonie unter Vormundschaft stellen? Dagegen verwehre ich mich.« Sein Ausdruck wurde eisern. »Ich respektiere Mutters Entscheidung.

Außerdem wird es nicht zum Äußersten kommen. Ich habe in den letzten Tagen gewaltige Fortschritte errungen.«

Der Preis dafür war hoch gewesen. Wolf sah regelrecht abgehärmt aus.

»Das freut mich, ehrlich. Ich sehe ja, wie ihre Schwäche an dir nagt.« Sein Einsatz verriet, was Sidonie ihm bedeutete. »Aber wir müssen alle mal gehen«, erinnerte ihn Verena an die Tatsachen von Geburt und Tod. Nicht ganz uneigennützig.

Wolfs Augen glommen auf, und seine Stimme wurde heiser. »Das werde ich verhindern. Es sind schon zu viele ...«, er verstummte. »Sie ist die Einzige, die von meiner Familie übrig ist.«

»Du hast doch mich!« Verena war egal, wie pietätlos das klang.

Eine Reihe von Emotionen blitzte in Wolfs Zügen auf. Das Mienenspiel wechselte so rasch, dass Verena die Gefühle dahinter verborgen blieben.

Und dann wandte er den Kopf ab. »Nicht!«, bat er gequält, und sie ließ das Thema fallen.

Bald verabschiedete er sich.

Verena würde es noch einmal bei der Patientin persönlich versuchen. Und wenn Wolf sie nicht ins Vertrauen zog, musste sie eben auf eigene Faust mehr über den Tod seiner Familie herausfinden!

Nachdem Wolf an die Arbeit gegangen war, stöberte Verena in den verlassenen Zimmern Fächer und Schreibtische nach Dokumenten, Briefen, Fotos oder Zeitungsausschnitten durch. Eine klemmende Schublade steckte voll tintenverklebter Füllfederhalter. In einer anderen stieß sie auf zwei ledergebundene Fotoalben und ein abgegriffenes Gesangbuch. Staub wirbelte auf, als Verena hineinblätterte.

Sie musste niesen, und prompt rutschte ihr das Album aus der Hand und prallte gegen die Rückwand der Lade. Dort sprang eine Leiste verlockend heraus.

In dem Gefühl, die Zeit selbst hielte den Atem an, öffnete Verena das Geheimfach und fand eine alte Garnrolle, eine grüne und eine blaue Murmel und einen glitzernden Stein – kindliche Schätze, versteckt vor einer halben Ewigkeit.

Sie fühlte sich wie ein Eindringling. Daher sichtete sie schnell die übrigen Möbel und entdeckte eine Mappe voller Rechnungen an einen gewissen Wilhelm Thaddäus, einen früheren Eigentümer von Weißenbach. Für heute war das genug. Verena nahm die Ausbeute mit, um sie bei besserem Licht auf dem Zimmer durchzusehen.

Die verblassten Schwarzweiß-Aufnahmen zeigten fast ausschließlich Landschaften: Zedernwälder, Strandszenen und scharf kontrastierte Stillleben, als hätte jemand mit dem damals neuen Medium experimentiert. Personen waren meist in der Rückansicht zu sehen.

Alle Werke strahlten eine gewisse Melancholie aus, und auf Dauer wirkten die Motive ermüdend. Verena gähnte, und ihre Augen brannten.

Gegen Ende des zweiten Albums wendete sie fast mechanisch die schwarzen Pappseiten um, da stieß sie auf eine Besonderheit.

Das dünne Trennblatt mit dem Spinnwebmuster klebte über der kompletten Seite. Jemand musste sehr großzügig mit dem Klebstoff umgegangen sein. Und ausgerechnet bei einer Reihe Porträtaufnahmen. Verena drückte das knisternde Transparentpapier herunter und erkannte wie hinter Milchglas das Fräulein aus dem Labortrakt. Daneben befand sich das Foto eines kleinen Mädchens. Die beiden ähnelten sich, vielleicht handelte es sich um Schwestern. Darunter war mehrfach ein Paar zu sehen, eine Frau in mittleren Jahren und der Mann von dem Ölbild, der Wolf so sehr glich.

Alle Personen hielten die Augen geschlossen, was den Bildern eine unheimliche Intensität verlieh.

Verena las den mit weißer Tusche geschriebenen Namen unter dem Foto des Fräuleins. »*Elfriede.*« Gerade entzifferte sie den Anfangsbuchstaben beim Nebenbild, ein L oder J, da riss die Kleine die Augenlider auf. Ihr Schädel ruckte vogelgleich umher, bis sie schließlich Verena fixierte, die unter dem Blick des grünblauen Augenpaars erstarrte. Blankes Entsetzen erfasste sie bei der Erkenntnis, dass zwei Murmeln als Augäpfel in den Augenhöhlen steckten. Die Farbpartikel wirbelten wie winzige Galaxien und drohten sie zu verschlingen.

Ein Ruck, dann erwachte Verena keuchend mit dem Kopf auf dem Lederalbum. Für einen Moment wusste sie nicht, ob sie lachen oder weinen sollte, so unglaublich erleichtert war sie.

Manchmal kehrte im Schlaf die Erinnerung an Dinge zurück, die man unbewusst wahrgenommen hatte. Also blätterte Verena abermals beide Alben durch. Aber eine Seite mit Fotos der Mädchen und Wolfs

Doppelgänger existierte nicht. Es war auch kein Blatt herausgetrennt worden. Wo konnte sie die Bilder nur gesehen haben? Oder hatte ihr Unterbewusstes die Gemälde von letztens und das heutige Album zusammengewürfelt?

Später im Bett wagte Verena kaum, sich dem Schlaf anzuvertrauen, aus Angst vor weiteren Albträumen. Sie fürchtete die wispernden Stimmen, die sich neuerdings in stillen Momenten in ihre Wahrnehmung schlichen. Erlitt sie in diesem Haus der Schatten einen Nervenzusammenbruch?

Oder war das immer noch eine Folge der traumatischen Ereignisse im Park, die erst langsam verarbeitet wurden?

»Hast du mein Handy gesehen?«, fragte Verena Gina am Dienstag in der Küche.

»Mir ist kein herrenloses Telefon aufgefallen. Wo hast du es denn zuletzt gehabt?«

»Samstagmorgen in der Garage, denke ich.« Sie überlegte. »Ja sicher, ich hatte es für Moldersen dabei. Danach haben wir ja Möbel gerückt. Hoffentlich liegt es nicht unter dem Haufen in der Rumpelkammer.«

Sie sackte unwillkürlich zusammen und schoss gleich darauf hoch, weil es an der Haustür klingelte.

»Machst du bitte auf, ehe die Alte wach wird?«, bat Gina. »Meine Nuss-Hörnchen müssen jeden Moment aus dem Ofen.«

Achselzuckend machte Verena sich auf den Weg. Vor der Tür wartete niemand, also blockierte sie diese mit der Fußmatte und sah sich draußen genauer um.

Das grüne Auto von *Gartenbau Engerlich* parkte auf dem Platz. Von dem Gärtner war nichts zu sehen, nur der Gehilfe stiefelte das Wacholderspalier entlang.

»Hallo! Kann ich Ihnen helfen?«

Der junge Mann schrak zusammen. »Ach Sie sind's!« Er kam rasch auf sie zu und blickte sich angespannt um. »Ich habe nicht viel Zeit«, sagte er leise. »Sie sind hier in Gefahr! Wir müssen reden.«

Verenas Herz pochte schneller. Er wollte ihr etwas erzählen – wenn das mal kein Reporter-Trick war. »Am Gartentor.« Sie zeigte auf den Weg ums Haus.

Gut, sie würde sich mit ihm unterhalten – mit zwei Meter hohen Eisenstangen zwischen ihnen.

»Was ist denn hier los?«, hörte sie Weber rufen, während sie selbst durchs Gebäude zur Hintertüre eilte, die in den heckenumfriedeten Kräutergarten führte.

Der Gärtner wartete auf der anderen Seite des Gartentors.

»Gleich wird jemand kommen«, behauptete Verena aus Selbstschutz. »Also gut, was wollen Sie?«

Er drängte sich ans Gitter. »Ich bin Leon Fechner. Sie haben nichts von mir zu befürchten«, beteuerte er. »Im Gegenteil.«

»Was machen Se hier?« Weber klang aus der Ferne wie eine wütende Bulldogge, und seine Schritte beschleunigten sich rasant.

»Seien Sie vorsichtig! Wir müssen uns treffen«, sagte Fechner leise zu Verena. Er steckte ein zusammengerolltes Papier zwischen die Stäbe, kaum dicker als eine Zigarette.

Dann tippte er sich grüßend an die Mütze und rief Weber zu: »Ich habe einen Termin wegen des Gartens.«

»Unfug. Ich weiß nichts davon, und Herr Hagendorf überlässt mir diese Dinge.«

Immer noch hing die kleine Papierrolle im Gitter, genau über der Darstellung eines Phönix. Flammen umzüngelten seine ausgebreiteten Schwingen.

»Bitte!«, flüsterte der junge Mann, so eindringlich, als würden die geschmiedeten Feuerzungen gleich auf das Papier übergreifen und es vernichten.

Verena rüttelte mit der einen Hand am Tor, zog mit der anderen unauffällig das Röllchen heraus und ließ es in der Faust verschwinden. Sie hatte das Gefühl über einer klaffenden Grube zu schweben.

Umhüllt von Maschinenölgeruch schnaufte Weber wie eine Dampfwalze heran. »Da können Se lange rütteln.« Er zeigte einen Schlüsselbund, klimperte demonstrativ damit und steckte die Schlüssel danach seelenruhig in die Tasche.

Das Papier in Verenas Hand knisterte. Sie sah Fechner in die Augen. Er hielt der Musterung stand.

»Es tut mir leid, dass Se sich umsonst herbemüht haben«, sagte Weber gehässig. Es blieb offen, ob er Verena oder den Gärtner meinte. »Ohne Auftragsbestätigung muss ich Ihnen den Zutritt zum Anwesen verwehren.«

Der junge Mann kratzte sich am Kopf. »Acht Uhr, Rasenpflege, Grundstück der Hagendorfs, das stand heute auf dem Plan. Unsere EDV lügt nicht.«

Nach Verenas Einschätzung versuchte er wenig glaubwürdig, einen verwirrten Arbeiter darzustellen.

Weber baute sich am Tor auf wie ein Burgherr, der hinter der hochgezogenen Zugbrücke seine Feinde verhöhnt. »Verschwinden Se besser, ehe wieder alte Zeitungen aus Ihrem Auto verlorengehen.«

»Ist ja nicht meine Arbeitszeit!«, murmelte der Gärtner. »Schönen Tag noch!«

Er sah Verena ein letztes Mal an. Dann machte er auf dem Absatz kehrt und stieg in den Wagen. Mit aufheulendem Motor wendete das schwere Fahrzeug und rumpelte davon.

Beim Geräusch der gequälten Maschine zuckte Weber zusammen wie vom Schlag getroffen. Er musterte Verena aus verkniffenen Igelaugen und schlenderte ins Haus zurück.

Sie brannte darauf, die Papierrolle zu öffnen.

Kapitel 10

Morgen 20 Uhr am Mergelsteiner Aussichtsturm.

Der Satz war mit Bleistift auf ein altes Kuvert gekritzelt, darunter stand eine Telefonnummer. Verena war kaum schlauer als zuvor.

Selbst wenn sie anrufen wollte, die Festnetzverbindung war immer noch gestört, und ihr Handy verschollen. Sie würde sich nicht mit diesem Fremden treffen. Wozu auch? Er hatte bloß melodramatische Warnungen ausgestoßen, ohne weiteres zu verraten.

Ob das eine schräge Anmache sein sollte? Unwillkürlich dachte sie an Wolf. Es konnte keinen größeren Unterschied zwischen dem gebildeten Edelmann und dem welpenhaften Leon geben. Welpen besaßen zweifellos Charme, aber da brauchte es schon mehr, um Verena in die Heide zu locken. Wahrscheinlich war der Kerl ein findiger Reporter, der sie aufgespürt hatte. Durchaus möglich, wenn es vor Kurzem einen weiteren Lumpensammler-Mord gegeben hatte.

Kopfschüttelnd schob sie das Papier in die Hosentasche und ging an den Frühstückstisch, wo Gina inzwischen ofenfrische Nuss-Hörnchen gezaubert hatte. Die Haushälterin hatte das komplette Drama überhört. »Was war denn los? Weber scheint ja richtig gute Laune zu haben.«

»Der Gärtner hatte sich wohl im Termin vertan, deshalb hat Weber ihn weggeschickt.«

»So viel Aufregung am Morgen!« Gina gähnte. »Der Engerlich ist doch sonst nicht so begriffsstutzig.«

»Ach, das war nur der Gehilfe.« Verena biss von ihrem Hörnchen ab, und Krümel rieselten auf den Teller. Gedankenverloren fuhr sie mit dem Finger hindurch und stoppte jäh, als sie bemerkte, dass sie ein J hineingemalt hatte.

Als wäre sie durch die unverhoffte Begegnung aus dem Takt geraten, kam Verena den ganzen Tag nicht wieder in den gewohnten Rhythmus.

Da war es nahezu eine Erleichterung, als ihr Frau Hagendorf eine Liste von Romanen reichte, die sie vor langer Zeit gelesen hatte und gerne hören würde. Langsam fühlte sich Verena mehr wie eine Gesellschafterin als eine Pflegerin. Allerdings mochte sie der alten Dame angesichts ihres kritischen Zustands den Wunsch nicht abschlagen. Das Leben floss aus Sidonie heraus wie Wein aus einem löchrigen Schlauch. Vielleicht war sie nach dem Vorlesen ja zugänglicher für den Vorschlag, einen Arzt hinzuzuziehen.

Verena wälzte also eine geschlagene Stunde antike Bücher, stieg auf Stühle, um staubige Bände aus den obersten Reihen zu ziehen.

Auf einen der gesuchten Titel wurde sie nur deshalb aufmerksam, weil ein Lesezeichen zwischen den vergilbten Seiten herausragte. Sie blies den ärgsten Staub herunter und legte das abgegriffene Werk zu den anderen. Geschafft.

Als sie mit dem Bücherstapel das Krankenzimmer betrat, saß Wolf am Bett. Er hielt die Hände seiner Mutter und schien ihr Trost zu spenden.

Verena bedauerte, in diesen innigen Moment zu platzen, doch mit den Armen voller Bücher war Anklopfen unmöglich.

Wolf schaute auf und lächelte sie an. »Dann will ich nicht weiter stören.«

Sidonie ließ ihn keine Sekunde aus den Augen. Ihr Gesicht blieb Wolf zugewandt, der Blick folgte ihm auf dem Weg hinaus wie eine Blume der Sonne.

»Holen Sie mir bitte einen sauberen Morgenmantel aus dem Schrank?«, bat die Patientin. »Der da muss in die Wäsche!«

Anders als der Kleiderschrank in Verenas Zimmer war dieser gut gefüllt. Da sie einen extra Kleiderbügel suchte, schob Verena mit nahezu sinnlichem Vergnügen die Kleidungsstücke umher. Seide und Samt liebkosten ihre Haut, Spitze raschelte unter ihren Fingerspitzen. Bei den kräftigen Farben und modernen Mustern konnte es sich nicht um Sidonies Kleidung handeln. Das war sicher die Garderobe von Wolfs verstorbener Ehefrau.

»Gefallen Sie Ihnen?«, fragte Frau Hagendorf, die das wohl bemerkt hatte. »Ich fürchte, Ihnen sind sie zu groß. Da fehlen leider die rechten Kurven, denken Sie nicht auch?«

Die unterschwellige Beleidigung hätte von Mrs Danvers aus dem Mystery-Klassiker ›Rebecca‹ stammen können.

Sidonie schien es schlecht zu verkraften, dass sich eine Frau für ihren Sohn interessierte, und wollte Verena auf ihren Platz verweisen.

»Ich begeistere mich nicht für Mode«, gab Verena zurück. »Das ist doch alles in allem sehr oberflächlich.«

»Wenn Sie meinen! So ist das mit sauren Trauben.«
Sidonie lachte trocken und tippte mit einem knochigen
Finger auf den obersten Band: ›Das Blut der Wahrheit
Kunde trägt‹. »Fangen wir bitte gleich an! Und holen Sie
sich ein Glas Wasser, sonst wird Ihre Stimme so rau.«
Sie deutete auf das französische Mineralwasser.

Beiläufig zog Verena das gefaltete Blatt heraus, das als
Lesezeichen gedient hatte, und steckte es in den Kittel.

Das Mittagessen verbrachte sie mit Wolf allein.
Er speiste schweigsam in der üblichen, abgelenkten
Weise.

»Ich hab da eine Frage zu der Verwandtschaft«,
machte Verena den Anfang. »Wer ist Elfriede?«

Wolf spannte sich an. »Wie kommst du auf diesen Namen?«

»Ich glaube, ich habe ihn in einem der Bücher deiner
Mutter entdeckt«, sagte sie betont unschuldig. Die
kleine Lüge erschien glaubwürdiger als eine fantasti-
sche Traumgeschichte mit Geisterfotos.

»Das passt«, antwortete Wolf bedächtig. »Elfriede war
– Moment mal – ja, eine Urgroßtante Sidonies.«

Verena sah blitzartig das alte Album vor sich, und das
erinnerte sie, was im Traum bei dem Foto des Mädchens gestanden hatte.

»Josefine«, sagte sie langsam.

Ihr Gegenüber zuckte zusammen wie unter einem
Fausthieb.

»Kennst du sie?« Verena vergaß, dass sie bloß von einem Albtraum sprach.

Wolfs Blick wurde leer, er wirkte, als habe er sich
gänzlich aus dem Hier und Jetzt zurückgezogen.

Tränen glänzten in seinen Augen. »Josi hieß meine kleine Tochter.«

»Das tut mir leid. Ich wollte dir nicht weh ...«

Wolf hob die Hand. »Es geht gewiss um eine andere Josefine. Der Name wird in unserer Ahnenreihe seit langem weitergegeben.« Er fasste ihre Hand. »Sieh mal, ich freue mich, dass du dich für die Familiengeschichte interessierst. Aber ... versteh bitte, ich ertrage den Gedanken kaum, weil der Verlust so schmerzhaft ist. Mach es mir nicht noch schwerer.«

Er appellierte an ihre Schuldgefühle, und das zog tatsächlich. Doch wie konnte sie ihm helfen, wenn er sie dauernd zurückstieß? Wolfs Verschlossenheit verletzte sie, und es ließ ihn kalt.

Wolf wischte sich mit der Serviette den Mund und stand mit entschuldigendem Lächeln auf. »Die Arbeit ruft!«

Verena blieb mit ihren Gedanken im Speisezimmer zurück. Sie hatte die Mahlzeit kaum angerührt.

Obgleich Licht brannte, schienen die Wände des Raums die vorhandene Helligkeit aufzusaugen. Verena nahm alles wie durch einen Rußschleier wahr. Angst kroch an ihr hoch.

Solange sie abgelenkt war, während des Vorlesens oder der Unterhaltungen mit den Hausbewohnern, konnte Verena die Zweifel verdrängen. Aber in jeder ruhigen Minute kehrten sie zurück.

Als die Uhr im Speisesaal schlug, schrak Verena so sehr zusammen, dass sie Holundersaft auf ihren Kittel kleckerte. »Mist!«

Seit Tagen fuhr sie bei jedem Knacken im Gebälk herum und erwartete weitere verborgene Türen, aus denen das Grauen kroch wie im Horrorfilm. Drohte ihr tatsächlich Gefahr, wie Fechner behauptet hatte?

Seine Worte fachten ihr Unbehagen an, und Furcht legte sich wie schattengewobene Spinnweben auf ihr Gemüt.

Sie hielt es hier allein nicht mehr aus. Verena trug den Teller nach unten in die leere und kalte Küche. Dort lief nur das Radio mit dem Bericht über eine Überschwemmung.

Ziellos stromerte Verena durchs Haus, die Sorge stets auf den Fersen.

Schließlich fand sie Gina im Wäschekeller, wo sie Kleidungsstücke aufhängte.

»Ich mache grade den letzten Schwung vor der Reise fertig. Wenn du ’was zu waschen hast, leg es mir raus«, bot die Haushälterin an und tippte dann gegen die roten Flecken auf Verenas Ärmel. »Den auch.«

Verena leerte eilig die Kitteltaschen und warf das Kleidungsstück in die Maschine.

»Du bekommst den Morgen sauber wieder«, versprach Gina. »Mit extra Bügelfalte für unseren Dragoner.«

Der Raum war rappelvoll mit Wäscheleinen. »Gibt es im Keller denn keine andere Gelegenheit zum Trocknen?«, fragte Verena.

Gina zuckte die Achseln. »Nicht im begehbaren Bereich. Die Zugänge zum Rest des Untergeschosses sind zugemauert, weil der Keller baufällig ist.«

Davon kann ich ein Liedchen singen, dachte Verena.

Gina summte vor sich hin und zupfte ein Kleidungsstück an der Leine gerade. »Na, bald darf Weißenbach ja zurück in den Dornröschenschlaf.«

Verena blieben noch zehn Tage, um wegen Wolf ins Reine zu kommen.

»Ich bezweifele, dass aus den Reiseplänen etwas wird«, gab sie zu bedenken. »Frau Hagendorf ist ziemlich geschwächt. Wir sollten längst einen Arzt dazuholen.«

»Ach, der Sohnemann ist doch selber Doktor ... Und wie heißt es, Unkraut vergeht nicht.«

»Ich bin froh, wenn das vorbei ist!«, meinte Verena unvermittelt. »Langsam geht mir das Haus auf die Nerven.«

»Man kommt in dem Kasten auf die verrücktesten Ideen. Und dann die Hagendorfs. Zu Anfang fand ich's gespenstisch, wie sie miteinander umgehen. Als könnten sie Gedankenlesen.«

»Ja. Richtig unheimlich.«

»Vielleicht spukt es hier ja. Wusstest du, dass in der Nähe ein Kind ertrunken ist?«, fragte Gina.

Ein Schauer überlief Verena, und sie dachte an den Teich, doch Gina redete bereits weiter.

»Im Radio lief neulich ein Feature, aber ich hab leider die Hälfte verpasst. Vor mehr als hundert Jahren soll ein Mädchen vom Bach mitgerissen worden sein.«

Unwillkürlich baute sich Spannung in Verenas Kiefergelenk auf. »Wieso sollte der Geist ausgerechnet hier umgehen?«, wies sie die Idee laut von sich. Doch gerade jetzt im klammen Wäschekeller erschien ihr ein Geisterkind nicht so abwegig. Vor allem, wenn sie an den Albtraum der lautlos schreienden Frauen dachte ...

Gina klaubte nichtsahnend neue Wäscheklammern auf. »Es hatte damals so viel geregnet, dass die Leute von Sintflut sprachen. Fast wie das Wetter heute. Hältst du bitte mal?«

Verena zog den Hemdzipfel über die Wäscheleine, damit Gina die Klammer darüberschieben konnte. »Und, was ist passiert?«

»Das Mädchen hatte am Bach gespielt und war wie vom Erdboden verschluckt. Man hat nur noch die Schürze auf der Höhe von Mergelstein gefunden, nicht einmal die Leiche. Und der Ort liegt nur ein paar Kilometer von hier.«

»Apropos«, unterbrach Verena die Schauermär und bemühte sich um einen unverfänglichen Plauderton. »Warst du schon mal am Mergelsteiner Aussichtsturm?«

»Du meinst den Ex-Flugtower des alten Stützpunkts?«

Verena verstand jetzt nicht genau, daher erklärte Gina: »Der wurde zum Café umgebaut, oben ist eine Aussichtsplattform zum Vogelbeobachten. Seit das Militär weg ist, sind auf dem verwilderten Gelände nämlich seltene Vögel heimisch geworden. Raubwürger, heißen die.«

»Raubwürger«, wiederholte Verena. Musste hier auf der Heide denn wirklich alles irgendwie gruselig sein? »Du bist gut informiert.«

Gina legte spöttisch den Kopf schief. »Ja, glaubst du, ich löse in der Zeitung nur die Sudokus?«

Die Haushälterin schien viel mehr mitzubekommen, als man dachte, und so, wie sie stets in alten Unterlagen auf Rezeptesuche war ...

Gina streckte sich, um ein Hemd aufzuhängen. »Was soll die Frage? Willst du mit den Piepmätzen Kaffee trinken? Meiner schmeckt besser, und der Kuchen ist gratis.«

»Nur so«, wiegelte Verena ab. »Wenn ich Tina erzähle, dass ich sechs Wochen hier war und nicht eine Sehenswürdigkeit vorzuweisen habe, erklärt sie mich für verrückt.« Schnell wechselte sie das Thema. Schließlich ging ihr noch mehr im Kopf herum.

»Weißt du eigentlich etwas über Hagendorfs verstorbene Frau und seine Tochter Josi? Die sind wohl vor zehn Jahren bei einem Feuer ums Leben gekommen.«

Gina sah auf. »Davon höre ich zum ersten Mal. Die hohen Herrschaften besprechen solche Dinge nicht mit dem Dienstpersonal. Du scheinst einen besseren Draht zu haben.«

Verlegen schaute Verena zu Boden.

»Vielleicht findest du etwas in der alten Familienbibel!«, schlug Gina vor. »Die muss hier irgendwo sein.« Sie beschrieb ein großformatiges, schwarz eingebundenes Buch. »Dicke Seiten und vorne ist eine Eidechse drauf. Sag Bescheid, wenn du drüber stolperst!«

Auf Ginas Anregung hin schaute Verena gleich in der Bibliothek vorbei und durchsuchte ein Regal mit großformatigen Bänden. Die schwarzen Rücken waren unbeschriftet, aber nach dem Aufschlagen sah sie sofort, womit sie es zu tun hatte. Gebundene Ausgaben der ›Gartenlaube‹, na toll. War in den letzten Jahren überhaupt ein aktuelles Buch hergelangt?

Ein leises Fiepen ließ sie zusammenzucken. Sicher wieder die Heizung, dachte sie und schob Uromas

Illustrierte zurück. Da war es erneut. Definitiv kein Heizkörper. Es klang weniger schrill, sondern irgendwie hohl. Ein Frösteln lief ihr den Rücken herunter. »Ist da jemand?«

Dann raschelte auch noch etwas. Misstrauisch spähte sie hinter das Bücherregal. Wenn sich hier Nagetiere eingenistet hatten ... Verena guckte im ganzen Zimmer, besonders den Ecken, und erwartete jeden Moment, eine Ratte aufzustöbern. Plötzlich wurde ihr schummrig vor Augen. Sie hatte sich wohl einmal zu tief gebückt. Oder zu wenig gegessen. Oder zu schlecht geschlafen. Erzähl mir was Neues und viele Grüße an den Kreislauf.

Erst mal hinsetzen, riet die innere Krankenschwester und Verena ließ sich in dem klotzigen Lesesessel nieder. Das Geraschel wurde zu einem Knistern, und für einen Augenblick roch Verena Rauch. Sie richtete sich auf und schnupperte. Brannte es etwa?

Ihr Blutdruck schoss nun in die Höhe, aber die Beine wollten nicht gehorchen. Es war wie in einem dieser Albträume, in denen man lief und lief, ohne vorwärtszukommen. Verenas Kopf wurde klar, und ihr Blick fokussierte sich auf die Wand vor ihr.

Die eiserne Kaminabdeckung stand ein Stückchen offen und schwang leise quietschend im Luftzug. Da war der Übeltäter! Verena schob zur Bestätigung die Klappe mit dem Fuß auf. Wie eine schwarze Rose lag ein halb verkohlter Papierball in der Feuerstelle.

Sie wunderte sich, dass der Kamin überhaupt betrieben wurde. Gerade in einem Zimmer voller Bücher, wo jeder umherfliegende Funken eine Katastrophe auslösen mochte.

Im leichten Zug aus dem Rauchfang rollte das Papierknäuel knisternd hin und her. Jetzt war Verena klar, was sie gehört hatte. Und noch etwas fiel ihr ins Auge: Stand da auf dem halbverkohlten Papier etwa ein handgeschriebenes Wort?

Schon klaubte sie das Knäuel aus dem Kamin und faltete es behutsam auseinander. Das Feuer hatte drei Viertel des Blatts verzehrt, sodass auf dem geschwärzten Rand nur wenige Buchstaben lesbar waren. Doch die Seite war zweimal zerrissen worden, und dadurch hatten die Flammen einen Streifen im Inneren der Papierkugel verschont.

Es war ein Schreiben in ihrer eigenen Handschrift. Die Verfasserin dankte für Martinas letzten Brief und berichtete, wie wohl sie sich in Weißenbach fühle. Die Arbeit mit der Patientin sei leicht und befriedigend.

Nur hatte Verena eine solche Antwort nie geschrieben. Es war Papier aus dem Collegeblock, ihr Stift, ihre Schrift. Sogar eine ähnliche Wortwahl. Aber die Zeilen stammten auf gar keinen Fall von ihr. Sie hätte sich schon gar nicht für Briefe bedankt, die sie nie erhalten hatte.

Verenas Knie fingen an zu zittern.

Jemand fälschte ihre Briefe. Oder war sie inzwischen so durcheinander, dass ihr entfallen war, was sie letztens geschrieben hatte?

Und wie kam das Schriftstück halbverbrannt in den Kamin?

Ihr erster Gedanke war, damit zu Wolf zu gehen. Aber der Impuls versickerte wie Regentropfen in der Wüste. Vielleicht war er ja sogar dafür verantwortlich.

Eine Weile hockte Verena wie ein Häuflein Elend in der Bibliothek. Dann barg sie die erhaltenen Teile des Briefs in einem Buch und steckte es ein. Die restliche Asche schob sie zusammen, bis sie nach dem verbrannten Papierknäuel aussah.

Sie fühlte sich wie eine Aufziehpuppe, unwirklich, ferngesteuert.

Paranoia, Angst und geistige Aussetzer, das alles waren ernstzunehmende Anzeichen eines seelischen Zusammenbruchs.

Furcht senkte sich auf sie, und mit ständigen Blicken über die Schulter floh sie in ihr Zimmer.

Alles passte zusammen, aber nichts ergab einen Sinn. Verena wollte, ja, sie musste, endlich mit jemandem reden! Doch wem im Haus konnte sie trauen? Gina? Oder sollte sie Wolf direkt mit den Überresten des gefälschten Briefs konfrontieren? Und wenn er selbst das falsche Schreiben aufgesetzt hatte?

Am liebsten hätte Verena Weißenbach einfach verlassen. Aber der distanzierte Teil von ihr wirkte beruhigend auf sie ein. Sie hatte kein Ziel, kein Fahrzeug, und die Flucht würde spätestens enden, sobald ihr Knie versagte. Und das konnte bei unebenem Gelände schnell der Fall sein. Bis nach Moldersen waren es rund zwanzig Kilometer.

Und wenn sie doch verrückt war und sich alles einbildete? Die Phantome im Spiegel. Die wispernden Stimmen ...

Nein, sie war medizinisch gebildet, sie bekam das in den Griff. In einer anderen Umgebung und mit Hilfe eines neuen Blickwinkels vielleicht.

Und nachdem sie den ganzen Tag um die Idee herumgeschlichen war wie die Katze um den heißen Brei, fasste sie einen Entschluss.

Sie musste herausfinden, wo der Aussichtsturm lag und eine Route dorthin auskundschaften. An einem öffentlichen Ort konnte ihr nichts geschehen. Und wenn der Gärtnergehilfe nervte, würde sie sich ein Handy borgen, um Tina anzurufen oder gleich ein Taxi bestellen.

Zuerst wollte Verena sich zum Abendessen entschuldigen, vor lauter Angst, dass man ihr anmerkte, wie durcheinander sie war. Doch sie ging trotzdem, um Informationen zu sammeln.

Es gab Reste-Auflauf zu Roastbeef. Wolf erkundigte sich zwischen zwei Bissen nach dem Befinden seiner Mutter.

Verena schluckte. »Ich habe den Eindruck, dass sie von Stunde zu Stunde dahinschwindet. Es tut mir leid, falls das überdramatisch klingt, aber es sieht für sie nicht gut aus.«

»Sie hat doch keine Schmerzen, oder?«

Verena schüttelte den Kopf. »Nur das, was in ihrem Alter normal ist, und was wir mit Medikamenten regeln können, solange die Nieren mitmachen. Ich denke trotzdem, du solltest vor der Abreise den Arzt konsultieren.«

Wolf reagierte mit keiner Silbe oder auch nur einem Nicken, und es kam Verena vor, als spräche sie gegen eine Wand.

Morgen Abend würden die Karten ohnehin neu gemischt. Wenn sie nach Weißenbach zurückkehrte, dann in Begleitung eines kompetenten Kollegen, um die unverantwortliche Fahrt mit einer Sterbenden noch zu verhindern. Und jetzt musste sie unauffällig ein anderes Thema anschneiden, um an Informationen zu gelangen.

»Hast du von der Überschwemmung gehört? Es sollen etliche Keller vollgelaufen sein.«

»Mh«, brummte Wolf zustimmend und schob das Gemüse auf dem Teller herum.

»Der Rasen schwimmt beinahe weg. Auch der Teich ist randvoll, und ich schätze, der Bach ebenfalls. In welchen Fluss mündet der Leichenbach eigentlich?«

Wolf schaute alarmiert hoch. »Was?«

Verena hüstelte peinlich berührt, aber der Versprecher hatte ihr immerhin seine volle Aufmerksamkeit gebracht.

»Der Weißenbach«, stellte sie richtig und presste die Fingernägel in den Daumenballen, um sich zu konzentrieren. Diese verdammten Albträume spukten dauernd durch ihren Geist. »Kommt er aus Richtung des Naturschutzgebietes Mergelstein?«

Wolf war bleich geworden und legte das Besteck beiseite. »Ja. Du brauchst dir allerdings keine Sorgen wegen nasser Füße zu machen. Der Teich hat einen Überlauf, und der Bach ist weit genug vom Haus entfernt.«

»Habt ihr hier öfter Dauerregen?« Verzweifelt hielt Verena die tröpfelnde Konversation im Gang.

»Dafür gibt es einen besonderen Grund«, erklärte Wolf. Endlich hatte sie den Eindruck, zu ihm durchzudringen. »Der Mond regelt die Gezeiten und ist der Herrscher über das nasse Element. Wir haben in diesem Kalendermonat sogar zwei Vollmonde. Da ist es kein Wunder, wenn er das Wetter durcheinanderbringt.«

Trotz der Wochen zurückliegenden Unterhaltung über Alchemie hätte Verena Wolf nicht für einen Esoterik-Anhänger gehalten. Ihr Kontakt zur Szene war kurz und schmerzlos verlaufen, als sie sich mit der herkömmlichen Deutung von Auren beschäftigt hatte. Aber es war das ideale Thema, um von der Frage nach dem Naturschutzgebiet und dem Versprecher abzulenken. »Ich wusste gar nicht, dass so etwas überhaupt vorkommt.« Sie dachte an die Planeten-Maschine zurück. »Dann ist Astronomie auch ein Hobby von dir?«

Er schmunzelte. »Ertappt. Die englischsprachige Welt nennt das Phänomen übrigens Blue Moon. Ursprünglich wurde nur der überzählige Vollmond einer Jahreszeit als Blue Moon bezeichnet, was wesentlich seltener ist, diesmal in der kommenden Woche aber ebenfalls zutrifft. Der Erdtrabant als solcher ist ein wahres Faszinosum, und aufgrund seiner wechselhaften Erscheinung ranken sich auch so viele Legenden um ihn!«

Er riss einige der Geschichten an, was eigentlich interessant war. Doch Verena beschäftigte sich in Gedanken nur mit dem morgigen Vorhaben. Und zur Abwechslung verabschiedete sie sich zuerst.

Die Garage roch nach kalten Abgasen und Motoröl. Verena lief um den Maybach herum und guckte darunter. Sie fegte sogar mit dem Besen unter dem Fahrzeug.

»Wie Gina sehen Se aber nicht aus!«, drang eine Stimme an ihr Ohr, gerade als sie sich maximal verrenkte, um zwischen die Räder schauen zu können. Verena schoss hoch.

»Wollen Se sich als Kammerkätzchen ʼwas dazu verdienen?« Weber war auf leisen Sohlen durch die Seitentüre getreten und stand feixend vor ihr.

Verenas Herz hämmerte vor Schreck. »Ich suche
mein Handy.«

»Dann sollten Se mal im Haus oder im Garten gucken.
Ich sag ja immer, die Dinger sind zu klein heutzutage.«
Statt der üblichen Karohemden trug er jetzt ein T-Shirt
über der Hose. Sein Freizeitdress ließ ihn noch massiger wirken. Was man sah, waren größtenteils Muskeln
und nur wenig Fett.

»Da war ich bereits. Ich hab mein Telefon hier am
Samstag das letzte Mal gesehen.«

»Da hätten Se ruhig fragen können, ehe Se rumwühlen. Ich wohne gleich nebenan.«

Gut zu wissen, dachte sie.

Weber bot nicht an, bei der Suche zu helfen, sondern
stand die ganze Zeit nur herum, während sie hinter die
Werkzeugkisten und angekippte Benzinkanister
spähte. »Passen Se auf, das ist schwer!« oder »Vorsicht,
der Seitenspiegel« kommentierte er bloß gehässig.

Er würde sie nie alleine in der Garage lassen. Aber Verena hatte bereits eine interessante Entdeckung gemacht.

»Übrigens erledigt Gina gerade die Wäsche«, sagte sie.
»Sie sollten Ihre Sachen am besten direkt in die Waschküche bringen.«

Sie wies auf die Ecke mit den schmuddeligen Handtüchern. »Also, die könnten sicher eine Reinigung vertragen. Das ist ja richtig unhygienisch.« Verena schob die
zusammengeknüllten Lappen auseinander.

»Nichts da!« Katzengleich sprang Weber an ihre Seite. »Die brauche ich alle für was anderes.«

»Ja, ja!« Verena hatte längst gesehen, dass das Handy nicht darunter versteckt lag, doch sie machte viel Aufhebens darum, die Handtücher zurückzulegen.

Gleichzeitig schob sie mit der Linken die schmale Plastikmappe mit Faltplänen unter den Pulli in den Hosenbund.

Weber war noch damit beschäftigt, knurrend die Lappen wieder nach dem jeweiligen Verschmutzungsgrad und der Art der Schmierstoffe zu trennen. Sie sah ihn das erste Mal ohne Handschuhe oder ölbefleckte Finger. Seine Handknöchel waren ganz schön vernarbt, wie die eines Boxers, und die kobaltblaue Aura darüber verriet Zerstörungen tief im Gewebe. Waren das Kriegsverletzungen? Sie mussten ihm dauerhaft Schmerzen bereiten. Kein Wunder, dass Weber stets schlecht gelaunt herumlief.

Im Zimmer leerte Verena die Taschen der weißen Hose auf den Schreibtisch. Im Anschluss packte sie Geld, Papiere, den halbverbrannten Brief und einen Streifen Schmerztabletten mit einer Flasche Mineralwasser in die Handtasche. Ihr Pfefferspray verstaute sie griffbereit in der Jacke. Wenn nötig, konnte sie an einem anderen Tag die Koffer und Bücher mitnehmen.

Auf der Autokarte, die sie aus der Garage stibitzt hatte, war das Naturschutzgebiet leider nur am Rand eingezeichnet. Bis dahin waren es drei Kilometer Luftlinie.

Für alle Fälle steckte sie Taschenlampe und Ersatzbatterien ein. Aber da sie zuerst dem Bach und später der Straße folgen wollte, konnte sie den Weg auch im Dunkeln nicht verfehlen. So hoffte sie zumindest.

Auf dem Tisch lag nur noch das zusammengefaltete Lesezeichen, das Verena in dem alten Buch gefunden hatte. Wie lange war das her, zehn Stunden? Es kam ihr wie zehn Tage vor. Sie ließ sich gegen die Stuhllehne sacken. Langsam wurde es Zeit zum Schlafen, und morgen würde sie alle Kräfte brauchen. Leider fühlte sie sich kein bisschen schläfrig. Seelisch ausgelaugt und erschöpft ja, aber nicht körperlich müde.

Halb neugierig, halb gelangweilt griff sie nach dem Lesezeichen. Das Papier war an der Stelle vergilbt, wo es aus dem Buch geragt hatte. Es war so brüchig, dass es sich beinahe von alleine auffaltete. Die spinnenbeinartige Schrift kam ihr bekannt vor, daher hielt Verena die Zeilen zuerst für eine Einkaufsliste der alten Hagendorf. Doch es war ein Brief.

Liebe Frieda,

wir sind gestern aus der Sommerfrische zurückgekehrt. Ich hoffe, du hast unsere Grüße erhalten. Die Ostsee ist wunderschön zu dieser Jahreszeit.

Verena folgte den Worten mit dem Finger, denn das Lesen der altertümlichen Handschrift war gar nicht so leicht. Die Schreiberin berichtete von Ferienaktivitäten, die sich aus heutiger Sicht relativ unspektakulär lasen. Am Ende lud sie ihre ›theuerste Schwägerin‹, die anscheinend ein Pensionat für höhere Töchter besuchte, für den Herbst zu einem Besuch nach Weißenbach ein. Auch die kleine Josefine würde sich freuen, hieß es in einem PS.

Verena schluckte. Ihr Blick wanderte zur Datumszeile, dann zurück zu der Unterschrift.

Der Brief aus dem Jahre 1869 war von ›deiner treuen Sidonie‹ verfasst worden. Es konnte sich unmöglich um Sidonie von Hagendorf handeln.

Bestimmt lag die Ähnlichkeit der Schrift nur in den altertümlichen Buchstaben begründet. Die Namensgleichheit musste ein Zufall sein.

Sidonie, Josefine … wiederholte sie stumm. Seltsam, dass sie hier gleich auf zwei bekannte Namen stieß, nachdem sie sich kürzlich mit Wolf darüber unterhalten hatte. Die Namen waren tatsächlich lange in der Familie bewahrt worden.

Verena stopfte kurzentschlossen das Blatt noch zu den anderen Dingen in die Handtasche und machte sich bettfertig.

Dabei brach sie mit ihren Prinzipien und nahm eine Schlaftablette. Es war nichts gewonnen, wenn sie jetzt grübelnd auf den Kissen lag. Und so kam sie vielleicht auch um die Albträume herum.

Doch kaum lag sie eingekuschelt unter der Decke, griff Morpheus mit sanften Fingern nach ihrem Geist. Im Halbschlaf hörte sie leises Weinen …

»Papa, nein! Bitte nicht!« Eine Kinderstimme. Verena wollte aufwachen, aber sie sank nur tiefer ins Traummeer.

Kälte. Dumpfer Kellergeruch. »Hier ist es so dunkel.« Ein stechender Schmerz am Arm. »Ich will …«

»… ich will nicht«, schluchzte Verena und erwachte. Die Anspannung brach in einem Tränenschwall aus ihr heraus. Ihr Leben barst in Stücke wie ein zerschmetterter Spiegel. Und wie Scherben trudelten Hoffnung und Liebe durch die Nacht und stürzten ins Finstere. Die Qual war fürchterlich, die Einsamkeit, die Ungewissheit ...

Aber dann tat die Droge die ersehnte Wirkung, und sie nickte ein.

Kapitel 11

Sidonie quittierte Verenas Zerstreutheit am folgenden Tag mit scharfen Kommentaren. Nur die Aussicht auf die baldige Flucht ließ Verena die Beherrschung bewahren.

Mittags aß sie sich zum Platzen voll und steckte für später einige Toastscheiben ein. Zum Abendessen entschuldigte sie sich wegen Unpässlichkeit, in der Hoffnung, dass ihre Abwesenheit frühestens am nächsten Morgen auffiel. Die Patientin hatte sie schließlich noch nie nachts gebraucht. Fechner schien gut über die Abläufe im Hause Hagendorf Bescheid zu wissen.

Gegen 18 Uhr schlich sich Verena hinaus, und prompt setzte Regen ein.

In der Theorie hatte alles leicht ausgesehen. Aber als Verena neben dem flüsternden Bach herlief und das Herrenhaus hinter ihr zurückblieb, stieß sie gleich auf Probleme. Der Weißenbach bot Orientierung, doch er schlängelte sich einfach an Hindernissen vorbei, die Verena anderweitig bewältigen musste. Und das Laufen im Gelände strengte deutlich mehr an als auf Asphalt. Zäune zwangen sie zu Umwegen, und zweimal blieb ihr nichts anders übrig, als über Stacheldraht zu steigen. Auf der Weide drängten sich Schafe vor dem Regen unter dem Schutzdach zusammen. Sie hatten es warm und trocken, und darum beneidete Verena die Tiere.

Die drei Kilometer Luftlinie zum Naturschutzgebiet mochten durch diesen Zickzackkurs leicht auf vier oder fünf anwachsen. Vorsorglich hatte sie die doppelte Zeit eingeplant, aber es wurde dennoch knapp.

Beim Laufen schüttelte Verena Wassertropfen von den Grasbüscheln. Schuhe und Hose waren längst durchweicht. Doch noch beflügelte sie die Energie des Aufbruchs.

Inzwischen war es dunkel. Sie sah auf ihre Uhr und nahm nach einer Dreiviertelstunde die erste Schmerztablette mit ein paar Schlucken Wasser. Das hochdosierte Mittel war nicht für den Dauergebrauch geeignet, aber für den Abend würde es helfen.

Gegen halb acht hörte der Regen auf und öffnete den Blick auf die Landstraße. Verenas Waden waren taub vor Kälte, genauso wie Ohren und Nase. Sie tröstete sich mit dem Gedanken an eine Tasse heiße Schokolade beim Aussichtsturm. Mit extra viel Sahne!

Alle paar Minuten rauschte ein Auto vorüber. Das Marschieren am Straßenrand fiel zwar etwas leichter, als querfeldein, aber langsam sickerte Müdigkeit in ihre Muskeln.

Verena lag inzwischen so weit hinter dem Zeitplan zurück, dass sie sich zu einer Entscheidung durchrang. Sie brauchte eine Transportmöglichkeit!

Saß eine Frau am Steuer, streckte Verena den Daumen heraus und lüpfte die Kapuze der Regenjacke, damit man sah, dass sie eine harmlose Passantin war. Kurz vor zwanzig Uhr hielt ein PKW. »Sie sind ganz schön spät zu Fuß draußen«, grüßte die Fahrerin und räumte einige Mappen beiseite.

Als Verena sich in den Sitz fallenließ, versuchte sie, das Polster mit ihrer schlammbespritzten Hose so wenig wie möglich zu beschmutzen. »Ich bin am Mergelsteiner Turm verabredet. Fährt hier irgendwo ein Bus in die Richtung?«

»Da kann ich leider nicht weiterhelfen. Ich bin eingefleischte Autofahrerin.«

»Schade.« Ihr Magen zog sich zusammen, als der Wagen beschleunigte. Eine Woge Übelkeit stieg in Verena auf, und sie kontrollierte den Tacho doppelt und dreifach.

Nun fing auch noch ihre Nase an zu laufen. »Können Sie mir dann den Weg erklären?, fragte sie und suchte ein Taschentuch, hauptsächlich zur Ablenkung vom wachsenden Unwohlsein.

Die Frau nickte. »Ich war letztens beruflich im Gewerbepark Mergelstein, von da ist es nicht weit zum Aussichtsturm.«

»Was machen Sie denn?«, wollte Verena wissen. Sie hatte auf der obersten Mappe das Signet eines Erlenmeyerkolbens erkannt, über dem ein Feuersalamander schwebte.

»Ich bin Pharmareferentin, da klappere ich natürlich alle Adressen der Gegend ab. Ich nehme Sie gern bis zu meiner Abfahrt mit, aber wir kommen leider genau auf der falschen Seite vorbei.«

»Vom Gewerbepark?«

»Ich rede vom Naturschutzgebiet mit dem Aussichtsturm. Der ehemalige Stützpunkt ist nur von einer Straße aus erschlossen, daher erreicht man das Restaurant bloß auf diesem Korridor.«

Der Wagen hielt nach etwa zehn Minuten. »Von hier aus müssen Sie sich allein durchschlagen. Ich würde Sie gerne weiter bringen«, versicherte ihr die Frau, »doch der Babysitter wartet schon.«

»Immerhin hab ich mich ein bisschen aufgewärmt«, bedankte sich Verena und stieg aus. Sie atmete auf.

Die Fahrerin zögerte. »Sie haben noch ein gutes Stück vor sich. Vielleicht rufen Sie besser ein Taxi ... ich meine, wegen der Morde!«

Verena ließ den Blick über das Gelände schweifen. Tannenspitzen stachen vor ihr aus einer Senke. Dahinter blinkte ein Licht in einigen Metern Höhe unregelmäßig durch die Äste. Es sah nicht besonders weit aus und war bestimmt der Aussichtsturm. Schon nach zwanzig Uhr!

»Danke! Ich würde lieber bei meinem Bekannten anrufen, dass ich mich verspäte. Könnte ich Ihr Handy benutzen?«

Die Frau reichte ihr das Telefon, ließ den Motor weiterlaufen. »Solange es schnell geht!«

Verena wählte hastig die Nummer, die auf dem Zettel stand. Aber der Teilnehmer war nicht erreichbar.

Wenn sie jetzt ein Taxi rief, musste sie erst auf den Wagen warten und danach das Gelände umfahren, anstatt mittendurch abzukürzen.

Sie gab das Handy zurück. Doch als die Rücklichter des Autos verschwanden, wünschte Verena, sie hätte den Termin sausenlassen und wäre einfach in die nächste Ortschaft mitgefahren.

Hoffentlich brachte dieser Fechner Geduld mit. Selbst schuld, schließlich hatte er den abgelegenen Treffpunkt ausgewählt.

Nach der erleuchteten Straße kam ihr die Landschaft besonders dunkel vor. Warum gab es hier keine Wanderwege? Sie kramte die Taschenlampe hervor und fand einen Einschnitt im Gestrüpp der Böschung.

Ihre Beine fühlten sich geschwollen an, das Knie stach bei jedem Schritt. Zeit für ein Erfolgserlebnis – oder eine weitere Numarin.

Was tat sie überhaupt im Nirgendwo? Bestimmt hatte sich der Kerl einen Scherz mit ihr erlaubt. Sonst wäre sein Telefon ja wohl eingeschaltet gewesen!

Sie presste vor Ärger die Zähne zusammen. Wut war gut, sie half dabei, warm zu bleiben.

Verena stapfte auf den Lichtpunkt zu. Besser hier in der freien Natur als in Weißenbach, diesem doppelten Sarkophag!

Fast einundzwanzig Uhr. Verena war bisher nicht angekommen. Der Weg zerfaserte einfach auf der Heide. Von nun an musste Verena im Gelände auf Wurzelfußangeln und Kaninchenlöcher achten. Und dann, bei einem Blinzeln, verschwand auch noch das Leuchten, das ihr die Richtung gewiesen hatte.

Sie fluchte. Die Taschenlampe reichte kaum weit genug, um andere Landmarken auszumachen. Wo war nur dieser Turm?

Sie hockte sich frustriert auf die Fußballen, entlastete die brennenden Zehen und versuchte, das dumpfe Drücken im Fuß zu ignorieren, den der Unfall damals zerschmettert hatte.

Sie nahm einige Schlucke Wasser und die nächste Tablette. Damit hatte sie die Tagesdosis des Schmerzmittels intus. Jetzt kehrte die vage Furcht zurück, die

die Bemerkung der Autofahrerin angestoßen hatte. Hatte der Mörder sie in diese Einöde bestellt, um sie aus dem Weg zu schaffen? – *Unsinn!* Sie musste weiter. Inzwischen war sie halb verhungert. Mit etwas Glück wirkte die Tablette bei leerem Magen schneller. Das war bitter nötig. Andererseits säße sie mit *etwas Glück* jetzt im Restaurant.

Dann und wann blitzte der Mond durch die aufgerissene Wolkendecke, und in dem unbeständigen Leuchten machte Verena endlich einige kompakte Schatten aus. Gebäude, sogar ein Weg. Sie fasste frischen Mut.

Der mit Splitt befestigte Pfad endete an einem drei Meter hohen Zaun vor einem Maschendraht-Tor.

Schäferhund-Club. Zutritt nur für Mitglieder.

Neben den Baracken sah Verena eine *Agility*-Hindernisstrecke für Vierbeiner. Sie eilte auf das benachbarte Gebäude zu, in dem Licht brannte.

Auf dem Briefkasten klebte ein Schild mit der Aufschrift:

Cave Canem – Futtermittel und Zuchtmischungen.

Komischerweise gab es keine Klingel oder eine Sprechanlage hier draußen.

Verena lief außen um den Zaun herum. Irgendwo rumste es, als springe ein großes Tier gegen eine Tür.

»Hallo?«, rief Verena. »Ist da jemand?«

Sie vernahm ein tiefes Grollen, das bis in den Magen reichte. Vielleicht gehörte das Gebäude ja auch dem Hundeclub. Wo es einen Hund gab, da waren bestimmt

Menschen. »Ich habe mich verlaufen und suche ein Telefon.«

Sie erhielt nur ein helles Jaulen, fast ein Schrei, zur Antwort. Verena bekam eine Gänsehaut am ganzen Körper. Der enervierende Ton endete mit metallischem Kreischen. Das Licht im Fenster erlosch, und ein nervenzerfetzendes Belfern setzte ein.

Die Geräusche verunsicherten Verena derartig, dass sie schnell weiterging, bis die unheimlichen Laute hinter ihr verklangen.

Cave Canem: ›Vorsicht vor dem Hund‹. Wie passend!

Es fühlte sich an, als marschierte sie schon eine halbe Ewigkeit durch die Nacht.

Schließlich gelangte sie um den Gewerbepark herum bis zu einer menschenleeren Straße: den Korridor zum Herzen des ehemaligen Militärgeländes. Im Licht der spärlichen Laternen fand Verena ein Schild »Zum Aussichtsturm Mergelstein«.

Es war nach zweiundzwanzig Uhr. Sie wollte sich beeilen, aber sie war seit vier Stunden unterwegs und konnte beim besten Willen nicht schneller. Auf der anderen Seite des Rollfelds mit den zersprungenen Asphaltplatten, das die Natur langsam zurückeroberte, lag der alte Flugtower.

Der Aussichtsturm mit dem Cafébetrieb schloss um einundzwanzig Uhr, und das Gebäude war verlassen. Niemand wartete in einem Auto oder beim Restaurant. Vom Gärtnergehilfen fehlte jede Spur.

Verena ließ sich erschöpft auf die Bank am Aussichtsturm sinken. Sie trank ihr letztes Wasser mit einer weiteren Tablette, obwohl die Dosis kritisch wurde und Bewusstseinstrübungen hervorrufen konnte.

Zeit für eine Bilanz. Fechner war nicht da. Er war nie hier gewesen, sonst wäre er ans Telefon gegangen.

In ihrer Verzweiflung spielte Verena mit dem Gedanken, in das Café einzubrechen, um Hilfe zu holen. Sie quälte sich einmal um den Turm herum, um nach einem Einstieg zu suchen. Doch eine Eisentür versperrte den Eingang, und der Sockel des Towers bestand aus glattem, fensterlosen Beton. Die Aussichtsplattform lag in fünf Metern Höhe, was die ganze Idee zum Scheitern verurteilte.

Also gut! Verena zog die Karte heraus und verglich die Entfernungen. Die direkte Zufahrtsstraße zum ehemaligen Flughafen schien tatsächlich doppelt so lang zu sein wie ihre Abkürzung!

Entweder schlug sie hier die restlichen Stunden bis zum Morgen tot und ertrug die Kälte der nassen Herbstnacht. Oder sie kämpfte sich zurück zum Gewerbegebiet und weiter zur Straße. Je länger sie wartete, desto unwahrscheinlicher wurde es, dass sie dort jemanden antraf.

Verena ließ die leere Flasche auf der Bank liegen und hinkte los. Die letzte Tablette hatte dem Schmerz die Spitze genommen, trotzdem spürte sie jeden Schritt auf qualvolle Weise. Was würde sie für ein Fahrrad geben!

Diesmal näherte sich Verena den Baracken von der anderen Seite. Es regnete wieder, was den Trampelpfad neben dem Zaun zur reinsten Schlammrutsche machte.

Nahezu hypnotisch glitt der Draht mit den glitzernden Tropfen an ihr vorbei, aber von einem Moment zum nächsten drehte sich die Welt um sie. Verena krallte sich im Maschendraht fest, bis der Schwindel verging.

Sie wagte ein paar zögerliche Schritte und schwankte dabei wie eine Betrunkene. Das verdammte Numarin war ihr zu Kopf gestiegen! Es fühlte sich an, als müsse jeder Gedanke einen Schwamm passieren, ehe er in ihr Bewusstsein sickerte.

Verena holte tief Luft. Sie hakte abwechselnd die linke und rechte Hand ins Drahtgeflecht und quälte sich auf diese Weise ein paar Meter vorwärts, bis eine Zaunecke nachgab. Verena wäre deswegen fast gestürzt.

Jemand hatte den Maschendraht unten und seitlich am Pfosten losgeschnitten, so dass man ihn unbemerkt auf- und zuklappen konnte. Wie praktisch.

Verena kicherte, obwohl die Situation verfahrener kaum sein konnte. So fühlte sich also ein Numarin-Rausch an.

Sie zauderte nicht lange, sondern kletterte durch die Lücke. Das Tier vorhin war eindeutig in den Baracken eingesperrt gewesen und alles, was sie brauchte, war ein leicht erreichbares Fenster.

Mit den Röhren, Balken und Hindernissen sah der angrenzende *Agility-Parcours* aus wie ein verwaister Abenteuerspielplatz.

Regen stäubte in winzigen Tropfen umher und ließ die Nacht im Dunst verschwimmen. Irgendwo knackte es. Verena zuckte zusammen. »Hallo? Ist hier jemand? Ich brauche Hilfe!«

Sie bemerkte ein Huschen am Bretterstapel bei der Lagerhalle. Ihr Arm mit der Lampe schnellte hoch. Bewegte sich da eines der Bretter?

Der Geschmack von Rost und Regen füllte ihren Mund. Verena wischte sich die Feuchtigkeit aus dem Gesicht und lauschte. Das Wassergurgeln von den Fallrohren der Hallen übertönte die meisten Geräusche.

Erneut eine verstohlene Bewegung: Jemand schlich umher, kaum zwanzig Meter entfernt. Und das war kein Hund, sondern ein Zweibeiner. Er wähnte sich im Schatten sicher, aber Verena erkannte seine Aura mit dem nebulösen blauen Schimmer, der wie elektrische Funken um den geduckten Körper lief. Der *Lumpensammler* hatte sie gefunden.

Adrenalin jagte durch ihre Adern, spülte die Numarin-Betäubung fort. Verena wandte sich zur Flucht. »Hilfe, Mörder!«, brüllte sie.

Ihre Knie wurden zu Gummi, und sie schien auf der Stelle zu laufen. So würde sie die Lücke im Zaun nie wiederfinden. Sie brauchte einen Unterschlupf. Verena stolperte zum Hundeplatz, auf den offenen Unterstand zu. Ein Bewegungsmelder tauchte die Anlage schlagartig in grelles Licht. Sie riss im Vorbeilaufen eine Holzkeule aus der Tonne mit Bällen und Apportierhilfen.

Die raue Oberfläche war übersäht von Zahnabdrücken, aber das war wenigstens eine Waffe. Kampflos gab sie sich nicht geschlagen.

Verena spähte nach einem Versteck, schaltete die Taschenlampe aus und humpelte los. Unterwegs erlosch auch das Licht des Unterstands. Sie patschte panisch durch Pfützen und verschwand hinter einer Holzbohlenwand. Ihr eigenes Keuchen machte sie taub für Umgebungsgeräusche. Verena wog die Holzkeule in der Hand und drückte sich gegen die Bohlen. Es war stockfinster. Aufgeputscht sicherte sie nach links und rechts, damit er sie nicht überrumpelte. Egal, von welcher Seite er kam, seine Aura würde ihn verraten.

Wo bleibst du?

Da sprang eine Gestalt von oben auf sie herab, riss Verena um und landete auf allen Vieren. Krallen bohrten sich in ihren zur Abwehr erhobenen, linken Arm. Verena schrie vor Schmerz und Schreck auf. Neben ihr eine Kapuze, der Geruch nach Schweiß und Verfall. Der Mörder war ganz nah.

Verena stemmte sich auf ein Knie hoch und schlug ihm die Keule gegen den Kopf. Der Hieb entlockte dem *Lumpensammler* ein ersticktes Keuchen, worauf er zwischen die Aufbauten glitt.

Schock setzte ein, und Verena fing an zu zittern. Der Gegner war problemlos von der steilen Bohlenwand gesprungen. Zu was war er noch in der Lage?

Schaudernd erinnerte sie sich an die verstreuten Leichenteile im Park. Die Angst, zusammen mit den frischen Wunden und den Schmerzen in Knie und Fuß, überwältigte Verena beinahe. Sie musste ein Versteck finden, ehe ihre Beine versagten. Oder der Kreislauf schlappmachte.

Ein Stück weiter lag eine Trainingsröhre, für Hunde gedacht. Aber für Verena wäre sie schmal genug, und vielleicht konnte ihr der *Lumpensammler* nicht hineinfolgen.

Doch unterwegs kam ihr eine bessere Idee, als sich in der Röhre vor dem Angreifer zu verbergen. Also duckte sie sich und klapperte mit der Holzkeule die Rippen der Kunststoffröhre lang, damit es klang, als krieche sie hinein. Sie wollte den Kerl anlocken.

Verdammt noch mal, wo steckt er?

Verena ging hinter einem Gerüst gleich neben der Röhre in Deckung. Wenn er sich näherte, würde sie ihn mit der Lampe blenden und ihm nochmal eins über den Schädel ziehen.

Da griff von außerhalb ihres Gesichtsfelds etwas nach ihr. Verena ließ die Keule hinabkrachen, doch im selben Augenblick schleuderte ein Hieb sie gegen das Metallgerüst.

Alle Luft wurde aus ihrem Brustkorb gepresst. Rippen knackten. Verena knickte vor Schmerz ein und verlor Waffe und Lampe.

Sie stützte sich mit letzter Kraft ab, während sich der Mörder vor ihr aufbaute. Verena blinzelte verwirrt, als eine zweite Silhouette ihr von der anderen Seite entgegensprang.

Es war das Ende.

Verena war wie vom Donner gerührt. Fassungslos starrte sie von einer abgerissenen Gestalt zur anderen. Zwei, es waren zwei Männer? Ungeheuer? Sie trugen identische Kapuzenjacken, und beider Auren knisterten vor blauen Funken.

Diesen grauenvollen Anblick würzte ihre von Medikamenten überreizte Fantasie auch noch mit einem Dröhnen, das heranfegte wie ein Orkan.

Die Gestalten strafften sich. Verena wollte zurückweichen, doch das Gerüst versperrte ihren Weg. Sie tastete nach dem Schlüsselbund, als letzte Möglichkeit, sich zu wehren. *Moment mal.* Das Pfefferspray! Wie konnte sie das bloß vergessen?

Verena fasste die beiden *Lumpensammler* ins Auge.

Der aufheulende Motor wurde lauter, und Autoscheinwerfer durchschnitten die Dunkelheit. Das war ihre Chance.

Verena jagte eine Ladung Pfefferspray ins fratzenhafte Gesicht des linken Kapuzenmannes, der schmerzerfüllt aufjaulte und einen Schritt rückwärts taumelte.

Die Angst verlieh ihr nie gekannte Kräfte, und Verena flüchtete durch die entstandene Lücke am zweiten Angreifer vorbei und nebelte auch ihn mit dem Spray ein. *Laufen!*

Jeder Satz fühlte sich an, als stauche ein Kompressor ihr Knie zusammen. Sie rutschte mehrfach im Schlamm aus, rappelte sich immer wieder hoch, weiß Gott wie.

Ein Jeep brauste jenseits des Drahtzauns auf sie zu. Verena winkte, aber das Auto stoppte nicht. Im Gegenteil, es beschleunigte.

Sie würde es nie im Leben rechtzeitig über den Zaun schaffen. Der Motor röhrte, und Verena erstarrte. Das war Wolf im Wagen. Er durchbrach den Zaun und walzte dabei den Maschendraht einfach nieder. Wolf hupte, wendete abrupt, wirbelte das Heck herum. Eine Schlammfontäne spritzte hoch, als der Jeep um die eigene Achse schleuderte und neben ihr zum Stehen kam. Verena taumelte zur Türöffnung.

»Rein mit dir!«, brüllte Wolf und zerrte Verena einhändig auf den Beifahrersitz, ehe er Gas gab.

Erschöpft sackte sie zusammen.

Verena wurde bei der wilden Fahrt hin- und hergeschleudert. Die geprellten Rippen versetzten ihr grelle Stromstöße, doch schließlich fanden ihre bebenden Finger das Gurtschloss, und sie schnallte sich an.

Das Holpern auf der Buckelpiste hielt Verena wach, aber sobald der Jeep die Straße erreichte, nickte sie weg. Verena erwachte erst wieder, als jemand den Gurt löste und ihre Jacke herunterzog.

Wolf hockte vor dem Autositz. Er machte ihr keine Vorwürfe, stellte keine Fragen, sondern schaute sie nur unergründlich an.

»Verena«, flüsterte er und legte ihr zart den Finger ans Kinn. »Wenn ich dich verloren hätte, so kurz vor ...«

Zu mehr als einem gemurmelten *Danke* kam sie nicht. Wolfs Lippen streiften ihren Amorbogen, und seine Zunge erforschte ihren Mund. Er schob die Hände unter ihren Pullover und streichelte sie sanft. Seine Atemzüge wurden schwer, als er die Kurven ihrer Hüften und ihrer Brüste nachfuhr. Die Finger waren angenehm warm auf ihrer eisigen Haut, dennoch ging Verena alles zu schnell.

Es fühlte sich falsch an und sie drückte ihn fort.

Wolf stieß einen enttäuschten Laut aus. Er holte tief Luft, dann fasste er fester zu und trug sie aus der Garage.

Der ausgestandene Schreck, die Kälte und Entkräftung forderten ihren Tribut. Verena zitterte am ganzen Leib, als Wolf ihren Arm verarztete. Schließlich übergab er sie Gina, die ihr ein heißes Bad einließ und ihr

danach ins Bett half. Als habe das Badewasser ihre
letzte Energie aufgesogen, schlief Verena augenblicklich ein.

Kapitel 12

Verena durchlebte im Fieber die schrecklichsten Momente der Nacht erneut. Die albtraumhaften Geschehnisse flossen in ihrer Erinnerung ineinander.

Wolf organisierte ihre Pflege, versorgte sie mit Medikamenten und brachte sogar eine Schale Brühe vorbei.

»Eigentlich bin ich hier doch die Krankenschwester«, sagte Verena nach einem Hustenanfall peinlich berührt. »Mach dir keine solchen Umstände.«

Er winkte ab.

»Das ist das Mindeste, was ich tun kann, nachdem Mutter dich aus dem Haus gegrault hat.«

»Wie bitte?« Sie ließ den Löffel sinken.

Wolf zögerte. »Ich weiß nicht, ob ich dich damit belasten soll.«

Verena setzte sich ein Stück aufrechter und spürte bei der Bewegung jede der geprellten Rippen. »Was meinst du?«

»Ich rede von dem gefälschten Schreiben an deine Freundin Martina. Gina hat deine Handtasche zum Trocknen leergeräumt, und dabei sind wir auf den halbverbrannten Papierfetzen gestoßen. Ich nehme an, du bist deswegen weggelaufen.«

»Ich bin nicht – weggelaufen«, log sie und schämte sich gleichzeitig. »Nachdem ich diesen Brief gefunden habe, wollte ich mir etwas die Beine vertreten, um einen klaren Kopf zu bekommen. Ich war länger unterwegs, als geplant, und irgendwann bin ich wohl falsch abgebogen und im Naturschutzgebiet gelandet«, rechtfertigte sie sich. Obwohl es gute Gründe für die Flucht gegeben hatte, brachte Verena es nicht über sich, Wolf die Wahrheit zu verraten. Wie dumm sie gewesen war, sich von einem Fremden in die Einöde locken zu lassen! Es hätte sie beinahe das Leben gekostet. Wie konnte sie *das* Wolf gegenüber zugeben, ohne das Gesicht zu verlieren?

Wolf schien die Ausrede zu glauben. Er nahm ihre Hand. »Ein schrecklicher Gedanke, dass du im Dunkeln herumgeirrt bist. Vor der nächsten Querfeldeinwanderung, gib bitte jemandem im Haus Bescheid. Auf der Heide kann man leicht verlorengehen. Außerdem leben hier inzwischen sogar wieder Wölfe.«

»Wie steckt also deine Mutter da drin?«, unterbrach sie, ohne auf seine Worte einzugehen und nahm noch einen Löffel Suppe. Die heiße Brühe tat ihrer gereizten Kehle gut.

»Ich habe den Brief in ihrem Nachttisch entdeckt und sie deswegen zur Rede gestellt. Sie hat zugegeben, dass sie sich deine Handschrift abgeguckt hat und das falsche Schreiben aufsetzte. Gleichzeitig hat sie Weber bestochen, deine Nachrichten zu unterschlagen, damit nichts ›Unangemessenes‹ nach außen dringt.«

»Gibst du mir nun Recht, was ihre eingeschränkte Urteilskraft angeht?«, schnappte Verena gleich doppelt empört, weil sich ihr Verdacht gegen den Chauffeur bestätigte.

»Soweit würde ich nicht gehen. Sie ist eine alte Frau und hatte Angst.«

Verena drehte sich der Magen bei der Vorstellung um, dass Sidonie, oder gar Weber, in ihren privaten

Zeilen an Tina herumgestöbert hatten! *Gottseidank*
hatte sie nichts allzu Verfängliches über Wolf geschrieben. »Dann hätte ich gerne mein Handy zurück, falls
das auch zu den Dingen gehört, die sich Weber unter
den Nagel gerissen hat!« Sie hustete ein paar Mal.

Wolf seufzte. »Du hast jedes Recht, verärgert zu sein.
So einen Vertrauensbruch hätte ich beiden nicht zuge-
traut. Aber versteh bitte: Sidonie wollte verhindern,
dass du schlecht über sie sprichst. Deswegen hat sie
sich in diesem unseligen Brief für dich ausgegeben. Ich
habe ihn sofort im Kamin verbrannt.« Er ließ den Kopf
hängen. »Leider nicht sorgfältig genug, sonst wäre es
gar nicht eskaliert!«

»Mh!«, stieß sie hervor. Von ihrer Seite aus war das
Verhältnis zu Sidonie endgültig zerstört. Wenn sie bis
zur Abreise der Hagendorfs blieb, geschah das nur Wolf
zuliebe. »Wie bist du überhaupt darauf gekommen,
mich zu suchen?«

»Ich wollte nach dem Abendessen mit dir etwas wegen Mutters Therapie abstimmen. Ich bin auf einen
vielversprechenden Kräuterextrakt gestoßen. Auf dem
Zimmer warst du nicht, und als ich Gina gefragt habe,
hat sie sich an euer Gespräch über den Aussichtsturm
erinnert. Und wir hatten ja ebenfalls über das Gebiet
gesprochen. Deine Jacke fehlte, und ich habe mir darauf einen Reim gemacht. Erst als es immer später
wurde, wuchs dann meine Sorge. Gegen zweiundzwanzig Uhr bin ich schließlich in Richtung Naturschutzgebiet gefahren. Glücklicherweise ist mir beim Aussichtsturm gleich die Flasche aufgefallen. Das Mineralwasser
wird extra für uns importiert, daher musste sie von dir
stammen.«

»Weil das Restaurant geschlossen war, habe ich im Gewerbegebiet ein Telefon gesucht.« Wieder hustete Verena. »Aber, da …«

»Was ist dort geschehen?«, fragte Wolf angespannt.

»Ich wurde von einer Kreatur angegriffen. Und plötzlich standen da zwei von der Sorte. Du musst sie auch gesehen haben!«

Wolf räusperte sich. »Du hast so etwas im Schlaf gemurmelt, aber …« Er klang skeptisch, also wollte Verena wissen: »Ist dir nichts aufgefallen?«

»Ich habe nur auf dich geachtet. Das Gelände war sehr unübersichtlich. Als du panisch angerannt kamst, dachte ich an einen tollwütigen Hund!«

»Es waren aber …« Verena streckte den verbundenen linken Arm aus, mit den vier parallelen Schnitten, die langsam abheilten. »Sieht das nach einem *Hund* aus?«

»Ich denke, es sind die Krallenspuren eines großen Hundes. Es gibt böse Menschen, die Tiere abrichten und ihre Krallen schärfen.«

»Ich weiß, was ich gesehen habe!« Hatte sie sich seine Annäherungsversuche im Auto etwa auch eingebildet?

Wolf sah sie eindringlich an. »In deiner Handtasche lag ein leerer Streifen Numarin. Du weißt sicher, dass das Medikament verschreibungspflichtig ist, weil es zu Halluzinationen führen kann.«

»Es war der *Lumpensammler*«, beharrte sie. »Wie der Kerl in Blankenrain, nur in doppelter Ausführung.«

»Es wäre doch möglich, dass dir deine Fantasie einen Streich spielt«, meinte er kopfschüttelnd. »Vielleicht hast du einen Landstreicher mit seinem Hund aufgeschreckt. Oder zwei Halbwüchsige, die noch spät unterwegs waren.«

»Ich weiß schließlich, was ich gesehen habe!« Aber wusste sie das wirklich?

Wolf streichelte ihre Wange, als müsse er sich vergewissern, dass sie in Sicherheit war. »Lass uns darüber nicht streiten, Verena. Du bist erschöpft, und mir ist nur wichtig, dass du das Abenteuer gut überstanden hast.«

Er reichte ihr einen kleinen Dosierbecher mit dickflüssigem Inhalt. »Bitte«, sagte er.

»Was ist das?«

»Hustensaft. Du möchtest doch heute Abend gut schlafen, oder?«

Sie schluckte die Medizin, denn bei der Erkältung würde sie sonst tatsächlich nicht viel Ruhe finden.

Mit einem »Gute Besserung!« verließ Wolf das Zimmer.

Verena bettete den Kopf zurück ins Kissen. Die Präsenz des Hauses legte sich auf sie wie ein pelziger Belag und erstickte jeden Versuch, nachzudenken und die Dinge in die richtige Reihenfolge zu bekommen.

Die Genesung ließ auf sich warten, aber Verena war bald zu schwach, um sich darüber aufzuregen. Der vermeintlich harmlose Atemwegsinfekt steigerte sich stündlich, und ihre Kehle wurde wund. Sie war erschöpft bis auf die Knochen, richtig schlafen konnte sie wegen des Fiebers jedoch nicht. So dämmerte sie ohne Zeitgefühl im Halbschlaf dahin.

Die verzerrten Gesichter von Josefine und Elfriede tanzten um sie wie Spukgestalten. Träumte sie? Ihr Körper wurde schwerelos und sank wie ein Phantom durch Weißenbachs Zimmerdecken, Böden und Keller.

Sie fand sich in einer Art Verlies wieder. Schwere Eisen-Manschetten fesselten ihre Glieder, fixierten ihren Arm. Ein gesichtsloser Schatten beugte sich über sie, eine Lanzette in der Hand. Die Stahlklinge glänzte gegen die rußige Schwärze der Wand, als sie eine Ader an ihrem Arm öffnete.

Ihr Herz raste vor Angst. »Nicht«, flehte sie, »Bitte. Lass mich frei. Ich werde nichts erzählen. Niemals.«

Sie zerrte an der Fessel, um den anderen Arm freizubekommen und instinktiv die Wunde abzudrücken. Vergeblich.

Blut quoll in dicken Tropfen hervor, und zugleich tröpfelte das Leben aus ihr heraus. Ihr wurde kalt, so kalt.

»Verschon' doch wenigstens die Kleine!«, bat sie. »Was hat sie denn getan?«

Was redete sie da? Sie war in diesem Keller, verfolgte das Geschehen aber gleichzeitig aus einer schwebenden Perspektive.

Der Arm brannte. Etwas darin hielt den Schnitt offen. Ihr Herz klopfte stärker, dumpf wie eine Kesselpauke, versuchte das Blut zu pumpen, das längst schon in die Schale zu ihren Füßen rann. Sattroter Lebenssaft. Ihr Körper verkrampfte sich, wurde nur von der Eisenschelle in Position gehalten.

Keuchend schreckte Verena hoch.

Sie lag schweißgebadet im Bett, doch als sie sich bewegte, spürte sie einen Widerstand am Arm und schrie leise auf.

Eine mit Mullbinde befestigte Kanüle steckte darin, die sie im Halbschlaf wohl für eine Fessel gehalten hatte. Ein Schlauch lief zu einem Gestell mit Infusionsbeutel neben ihr.

Verena wollte gerade die Nadel herauspflücken, da regte sich jemand im Hintergrund. »Ganz ruhig, Verena.« Wolfs Stimme.

»Was soll das?«, krächzte sie und deutete aufgebracht auf ihren Arm. Das Entsetzen des Traums hallte noch nach.

Wolf trat an ihre Seite. »Du hattest einen Rückfall.«

Ungläubig und verwirrt starrte Verena ihn an. Traumfetzen geisterten durch ihr Bewusstsein. »Wann? Ich habe ...«

Er zog einen Stuhl heran. »Gestern fand Gina dich bewusstlos im Bett, und es war keine Zeit zu verlieren. Du standest kurz vor dem Kreislaufkollaps. Wie mir scheint, habe ich den Infekt unterschätzt.«

Geschickt zog er die Kanüle aus ihrem Arm und klebte ein Pflaster über den Einstich. »Ich musste Dr. Schneider zur Hilfe holen. Sei unbesorgt, du bist schon auf dem Wege der Besserung. Die Elektrolyte und Vitamine schlagen gut an.«

Verenas Schädel schwirrte. »Ein Arzt war hier, sagst du? Ich habe nichts mitbekommen.«

Jedenfalls nicht bewusst. Hatten die Fieberfantasien das Anlegen der Infusion in einen Albtraum verwandelt? Aber wie passten die Mädchen dahinein?

Wolf nickte. »Schneider ist ein Studienkollege von mir. Ich habe ihn gebeten, Sidonie ebenfalls zu untersuchen. Es wird dich freuen zu hören, dass sie etwas stabiler ist.«

»Du siehst grauenhaft aus!«, entfuhr es Verena. »Geht es dir denn gut?«

Wolfs Gesicht wirkte eingefallen, Bartstoppeln unterstrichen seine Hohlwangigkeit noch.

»Ja.« Er rieb sich die Augen. »Ich habe endlich den nötigen Durchbruch erzielt. Das ist hundert durchwachte Nächte wert.«

»Das sind tolle Neuigkeiten«, antwortete sie pflichtschuldig. Nach dem, was Sidonie sich geleistet hatte, fiel Verena das Mitgefühl schwer. Seine Mutter würde für Wolf immer an erster Stelle stehen, soviel war klar.

»Jetzt musst du bloß weitere Kräfte sammeln«, sagte er strahlend, ohne zu ahnen, worüber sie sich den Kopf zerbrach. Seine Aura flammte so feurig auf, als wolle sie Verena verschlingen. »Ich muss zurück an die Arbeit. Es sind noch so viele Vorbereitungen für das Große Werk zu treffen.«

Vorbereitungen, wofür?, wollte sie fragen, doch die Tür klickte und sie war wieder allein.

Verena dachte an das Halsweh und die Blutdruckprobleme, die sie seit Tagen geplagt hatten. Ob sich da die Krankheit schon angebahnt hatte? Das war die vernünftige und logischste Erklärung für die Erlebnisse der letzten Woche.

Realistischer jedenfalls als der Gedanke, dass ihr Verstand ihr Streiche spielte und sie Dinge sah und hörte, die nicht da waren.

Oder steckten dahinter die Versuche der alten Frau und ihres Handlangers, Wolf und sie auseinanderzubringen? Skrupellos genug schien Sidonie zu sein.

Aber die Frage blieb offen, wie um alles in der Welt Sidonie Verenas Träume beeinflussen konnte.

Am folgenden Tag kam Gina herein, die Arme voller Gerätschaften. Sie stellte Wasserkocher und Teepackung auf den Tisch. »Na, du machst ja Sachen.«

»Dabei hatte ich wenig mitzureden«, sagte Verena und setzte sich auf. »Manchmal schaltet der Körper wegen Überlastung einfach auf Notbetrieb um.« Sie stopfte sich das Kissen in den Rücken. Immer noch war ihr leicht übel, wie oft bei Kreislaufbeschwerden. Sie hatte vorhin ein bisschen gemalt, aber sogar das strengte sie zu sehr an.

»Ich möchte mich verabschieden«, kündigte Gina an.

»Was? So bald bin ich hier nicht weg.«

»Nicht du, ich.« Gina lachte.

»Oh«, brachte Verena nur heraus.

»Morgen früh reise ich ab. Die Hagendorfs brauchen in den letzten Tagen niemanden mehr, ich habe ein paar Menüs vorgekocht.« Gina rümpfte die Nase. »Obwohl bloß Weber ordentlich zulangt, was kein Kompliment für die Köchin ist.«

»Ich wünschte, ich könnte mitkommen«, sagte Verena impulsiv.

»Na, bald hast du es ja überstanden! Und vielleicht ist es halb so schlimm, weil der Hausherr und du dann mehr Gelegenheiten für Gespräche habt. Seid ihr beide ...?«

Verena strich sich verlegen das Haar aus der Stirn. Also war die Schwärmerei doch aufgefallen! »Wolf Hagendorf hat herausgefunden, dass ich über drei Ecken zur Familie zähle. Und zwar ausgerechnet zu Sidonies Linie!«

Gina gab ein mitfühlendes Geräusch von sich. »Na, es geht mich ja überhaupt nichts an. Aber du hast im

Fieber von Verwandtschaft gesprochen. Es klang nicht, als würde dir das gefallen!«

»Was man so für verrückte Fieberträume hat!« Träume, die in mancher Hinsicht realer als die Wirklichkeit schienen.

»Ich backe dir noch ein Blech Haselnuss-Brocken, damit du mich in guter Erinnerung behältst. Und keine Sorge, falls du mal klönen möchtest, kannst du dich ja melden.« Gina reichte Verena ein Visitenkärtchen, und die Telefonnummer darauf bestand aus vielen aufeinanderfolgenden Ziffern, leicht zu merken.

»Sobald ich wieder ein funktionierendes Telefon habe«, versprach sie. »Vielleicht kommt es dann ja auch zur Begegnung von Gina mit Tina.« Es wäre schön, wenn sie aus diesem Auftrag mehr mitnehmen könnte als ein wehes Herz.

Ginas Blick fiel auf das Malbuch, das sie zum Trocknen mit dem Holztablett offenhielt. »Na, was ist das denn?«

»Ich hab mir ein bisschen die Zeit vertrieben. Und ehe du fragst, die bunten Linien gehören zu meinem persönlichen Stil.«

»Ich rede davon.« Gina wies auf die Symbole, die Verena gedankenverloren in die freien Flächen über den Figuren gekritzelt hatte: alchemistische Zeichen und skizzierte Motive aus dem alten Folianten.

»Das sind irgendwelche mystischen Darstellungen von Planeten und so. Die muss ich im Halbschlaf gemalt haben. Sie stammen aus einem antiken Buch von Hagendorfs Onkel.«

»Hast du das in der Bibliothek entdeckt?« Gina klang neugierig.

»Nein, ich bin nur zufällig dazugekommen, als Wolf drin geblättert hat.«

»Darf ich das fotografieren? Vielleicht steckt dahinter ja eine geheime Schatzkarte!« Gina machte mit dem Handy rasch eine Aufnahme der Seite.

»So, damit dir nicht langweilig wird.« Gina räumte danach das Malbuch beiseite und stellte das Küchenradio hin, ihr Allheilmittel gegen alle Beschwerden. »Übrigens gab es neulich einen Fall von Vandalismus im Mergelsteiner Schutzgebiet. Das war die Top-Meldung beim Lokalsender. Hast du davon bei deiner Wanderung irgendwas mitbekommen?«

»Nein, was denn?«, spielte Verena die Ahnungslose.

»Jemand hat den Zaun von einem Hundeverein plattgewalzt. Letztens erst sind ein paar Schafe abgeschlachtet worden. Ehrlich, wer macht solche Sachen?«

Gina klang so betroffen, dass Verena überlegte, ob sie die Einzelheiten ihres nächtlichen Abenteuers tatsächlich nicht kannte oder sich unwissend stellte? Hatte sie noch mehr im Fieber geredet?

Jetzt seh' ich schon überall Gespenster!

»Keine Ahnung«, log sie. »Ich war das jedenfalls nicht.«

Hatte Wolf überhaupt die Polizei darüber informiert, dass der *Lumpensammler* gesichtet worden war? Unwahrscheinlich, er bezweifelte ja den Wahrheitsgehalt ihrer Wahrnehmung. Wegen des Zauns schien er sich schon mal nicht gemeldet zu haben.

»Ach, ich hab da noch was.« Gina legte ein abgegriffenes Album zu den Teeutensilien.

»Ein *Best of* der alten Rezepte von hier: Ginas Gaumenfreuden?«

Gina schüttelte den Kopf. »Rate mal!«

»Ich hab nicht den leisesten Schimmer.«

»Es handelt sich um *Das geheime Tagebuch des Dienstmädchens Elisa*«, verkündete Gina dramatisch. »Das ist mir vorhin beim Packen in die Finger geraten. Ich wollte es dem Hausherrn übergeben, aber ich bin mir nicht sicher, ob ich den flüchtigen Wolf noch zu sehen bekomme.«

Wolf wirkte in der Tat, als arbeite er gegen eine Stoppuhr. Plötzlich fiel Verena etwas ein. »Bist du eigentlich dem Arzt begegnet? Doktor Schneider?«

»Nö!« Gina zuckte die Achseln. »Aber ich bin seit Tagen mit Reisevorbereitungen beschäftigt und muss alle Möbel mit Bettlaken abdecken. Wenn keiner mehr die Spinnweben wegmacht, sieht es hier bald aus wie im Geisterschloss.«

Somit hatte Verena allein Wolfs Wort für die Anwesenheit eines Mediziners. Sie konnte den Finger nicht darauf legen, doch sie misstraute der Aussage. Hatte er sie einfach selbst behandelt? So zurückgezogen, wie die Hagendorfs lebten, war ein Studienkollege, der im rechten Moment auftauchte, überaus seltsam.

Verena ließ sich von Gina ins Bad helfen und kroch kurz unter die Dusche. Die Haushälterin war vielleicht keine Krankenschwester, aber sie war die einzige Verbündete, die Verena hier gehabt hatte. Und das machte ihr den Abschied schwer.

Die Stille im Haus nahm überhand, als Gina endgültig fort war. Verena war noch wackelig auf den Beinen, doch sie bestand darauf, aufzustehen. Für ihren Kreislauf war es gut. Das geschundene Knie hatte sich durch das fieberbedingte Liegen erholt. Es knarrte gelegentlich wie ein schlechtgeöltes Scharnier, tat aber kaum weh.

Das aufgewärmte Essen schmeckte nicht besonders, und nach den Mahlzeiten fühlte Verena sich immer so müde. Überhaupt erschien ihr alles ein wenig gedämpft und wie durch Nebel. Verena brühte Tee auf, in der Hoffnung, klarer denken zu können. Während das Getränk zog, blätterte sie im alten Tagebuch. Die Lektüre gewährte Einblick in den harten Alltag eines Dienstmädchens aus dem neunzehnten Jahrhundert. Es war bezeichnend, dass Elisa über die Arbeitsbedingungen nicht einmal klagte, sondern den Dienst rund um die Uhr als selbstverständlich hinnahm. Ein halber Samstag und ein ganzer Sonntag an einem anderen Wochenende im Monat waren alles an Freizeit, was dem Personal zugestanden wurde.

Hinten im Büchlein stieß Verena auf alte Zeitungsausschnitte. ›*Familientragödie*‹ stand auf den vergilbten Seiten, und zwei Namen sprangen ihr direkt ins Auge. Ihr Blick raste von einem Wort zum nächsten, und langsam entfaltete sich das komplette Drama.

Die achtjährige *Josefine* war in den Weißenbach gefallen und in dem von Hochwasser angeschwollenen Gewässer ertrunken. Zu dem schrecklichen Verlust kam für die Familie noch die Ungewissheit, denn Josefines Leiche wurde nie gefunden. Der nächste Schicksalsschlag folgte auf dem Fuße. Josefine war in der Obhut ihrer jungen Tante *Elfriede* gewesen, als das Unglück geschah.

Die Polizei konnte Elfriede aber nicht zu dem Unfallhergang befragen, weil das unverheiratete Fräulein ebenfalls verschwunden war.

Verena las ungeduldig weiter. In einer Notiz hieß es, jemand habe Elfriede am Bahnhof gesehen, in Herrenbegleitung. Die Zeitung verbot sich gewisse Vermutungen. Elisa dagegen war nicht so zurückhaltend.

Deshalb glaube ich, dass Fräulein Frieda geflohen ist, von der Macht des Schuldgefühls getrieben, um den gramgebeugten Eltern nicht gegenübertreten zu müssen, weil doch die kleine Josefine ertrunken ist.
Die Köchin erzählte mir von einer heimlichen Liebschaft des Fräuleins mit einem Herrn. Edda meint, Elfriede sei mit ihrem Galan weggelaufen.

Verena war wie vor den Kopf geschlagen. Waren das die beiden Mädchen, die sie im Traum auf den Fotos gesehen hatte? Auf einer Seite, die im Album eigentlich nicht vorkam. Ihr wurde kalt. Sie blätterte weiter und fand eine Anmerkung Elisas, dass die Behörden die verschollenen Familienmitglieder schließlich für tot erklärt hatten.

Zwei Hausbewohner waren verschwunden, ohne dass man sie hatte begraben können. Wie grauenhaft.

Verena hatte während der Lektüre bei den Haselnussplätzchen so sehr zugeschlagen, dass sie den Großteil des bitteren Rübstiel-Eintopfs stehenließ, den Wolf zum Abendessen brachte.

Sie war bei weitem nicht so müde wie die letzten Tage, nickte aber nach dem Essen dennoch ein.

Im Halbschlaf schwebte Verena neben zwei durchscheinenden Gestalten, die kaum mehr Substanz aufwiesen als Schatten im Wasser. Josefine und Elfriede. Verena empfing ein Gefühl der Dringlichkeit von ihnen.

Sie wollte mit den beiden sprechen, doch da schob sich das Bild ihrer Schwester Marion über das der kleinen Josefine. Die Haare klebten über ihrem Gesicht, verbargen das Blut der tödlichen Wunde. Im Traum weinte Verena, und sie erwachte tatsächlich mit nassen Augen, innerlich zurückgezerrt in die furchtbare Zeit nach dem Unfall.

Damals hätte sie alles gegeben, noch einmal mit ihren Eltern und Marion zu reden und ihnen zu versichern, dass sie nicht vergessen waren, sondern geliebt wurden. Sie hatte darum gebetet, gehofft, Nächte durchwacht, sich auf Fotos konzentriert, um Kontakt zum Jenseits herzustellen. Nur für einen Abschied.

Aber am Ende blieb es dabei: Sie hatte ihre Liebsten verloren und dafür bloß eine unheimliche Fähigkeit gewonnen. Und obwohl sie durch ihr Aura-Auge anderen bei der Heilung helfen konnte, trug Verena selbst eine schmerzende Narbe im Innersten, die sie stets an den eigenen Verlust erinnerte.

Erinnerungen und Träume, bevölkert von Verstorbenen und in Verenas Geist konserviert, waren ihr einziger Weg in die Vergangenheit gewesen.

Moment!

Verena wurde klar, dass sie erst seit dem Sturz im Keller bizarre Albträume von diesen fremden Mädchen plagten. Das konnte kein Zufall sein.

Die letzte Schläfrigkeit verschwand, und im Licht der jüngsten Erkenntnis ordnete Verena die Geschehnisse der vergangenen Wochen neu. Nachdenklich legte sie den Finger auf die Lippen, drehte und wendete die Ereignisse gedanklich. Dann schluchzte sie vor Erleichterung auf. Sie wurde nicht verrückt. Im Gegenteil.

Nach dem Autounfall war ihr *Drittes Auge* mit der visuellen Wahrnehmung verknüpft gewesen. Doch wenn Verena an die wispernden Stimmen und das Pfeifen dachte, das sie in Weißenbach zu verfolgen schien, gab es dafür eine Erklärung. Ihre Gabe hatte sich erweitert, möglicherweise bedingt durch den traumatischen Kellersturz! Oder sie selbst hatte sich weiterentwickelt, sodass sie nun auch auf einer anderen Ebene Dinge erlebte. Das erklärte die seltsamen Phänomene.

Weißenbachs doppelte Mauern bargen die Erinnerungen an Josefine und Elfriede. Die Mädchen tauchten in Verenas Träumen als Gespenster auf, weil sie deren Lebensspuren auf übernatürlichem Weg wahrnahm ...

Allerdings starben die Menschen früher viel häufiger daheim. Es hatte im Laufe der Jahre gewiss verschiedene Todesfälle in Weißenbach gegeben. Andere Leben, andere Schatten, andere Spuren. Aber Verena stieß immer nur auf die beiden Mädchen, und dafür musste es einen Grund geben.

Die Leichen der Verschwundenen waren nie aufgetaucht. Und das bedeutete, sie hatten womöglich das Haus nie verlassen!

Kapitel 13

Verena sortierte die Fakten und brachte sie in eine sinnvolle Reihenfolge wie Spielsteine auf dem Scrabble-Brett. Irgendwie hingen ihre Erlebnisse in Weißenbach mit dem Schicksal der verschwundenen Frauen zusammen, daran gab es für sie keinen Zweifel mehr. Das erste Mal hatte sie nach dem Vorfall im Kellergang von den beiden geträumt.

Verena war überzeugt, dass im Haus, speziell im Keller, etwas nicht mit rechten Dingen zuging, also stieg sie aus dem Bett und zog sich an. Falls sie sich von den Stimmen leiten ließ, fand sie vielleicht den Grund für Wolfs merkwürdiges Verhalten.

Diesen Ausflug plante sie besser. Sie hüllte sich in warme Kleidung, zog ein Paar feste Schuhe an und hinterließ für alle Fälle einen Zettel mit ihrem Ziel auf dem Kopfkissen. Damit sie nicht das Zeitgefühl verlor, streifte Verena die Uhr mit dem Metallband übers Handgelenk. Wegen der noch nicht ganz verheilten Verletzung ausnahmsweise am rechten Arm. Zuletzt tastete sie reflexhaft nach den restlichen Numarin.

Daraufhin schlich sie in die Werkstatt und holte Webers schwere Stablampe, denn ihre eigene Taschenlampe war ja auf dem Hundeplatz geblieben.

Verena drängte die unterwegs aufkommenden Zweifel zurück. Sie hatte das ganze Haus mit Ausnahme des geheimen Kellers erkundet. Wenn sie den Träumen

glaubte, dann war im Fundament von Weißenbach ein
Verbrechen geschehen.

Immerhin lauert hier nicht der Lumpensammler,
dachte sie mit einem Anflug von Galgenhumor, *und
schlimmstenfalls lande ich bloß im Weinkeller.*

In der Nische erschien es, als lächele das Mädchen auf
dem Gemälde ermunternd (es musste Elfriede sein, sie
wusste es einfach), und Verena schlüpfte durch die dahinter verborgene Tür. Im Licht der Taschenlampe tra-
ten die rötlichen Ziegelmauern deutlich hervor. Das un-
gleichmäßig gefärbte Mauerwerk ließ das Gewölbe or-
ganisch aussehen und erweckte in Verena den Eindruck, sie liefe geradewegs durch Weißenbachs Adern.
Sie schmeckte die feuchte, nach Erde riechende Luft,
und ihr Magen verkrampfte sich.

Erinnerungen fluteten über sie hinweg, und sie mas-
sierte sich mit der freien Hand die Stirn, um sie fortzu-
drücken. Nur der Wille trieb sie weiter.

Ihr Puls wurde schneller, und Schatten zogen an ihr
vorbei. Senkte sich etwa die Decke herab? Verena
keuchte.

Und dann stand sie vor der alten Erdmiete.

Wolf hatte eine Planke über die eingestürzte Stelle gelegt, aber das schmale Holzbrett ließ die Grube umso
tiefer aussehen. Beim Anblick des klaffenden Erdlochs
und der Erinnerung an den Schreck war es um Verenas
Selbstbeherrschung geschehen. Ihr wurden die Knie
weich. Jetzt ging es weder vor noch zurück. Sie atmete
schneller, doch sie bekam kaum Sauerstoff und klang
wie eine Dampflok.

Verena zwang sich zur Bauchatmung, zählte die Sekunden bei jedem Atemzug, bis das Pfeifen aus der

Luftröhre einem gleichmäßigen Rauschen wich. Die Krise war vorerst abgewendet!

Da erklangen Geräusche aus dem Keller. Ein Klirren, kurze, abgehackte Schritte ...

Staubte Wolf seine Weinflaschen ab?

Verena neigte den Kopf, um besser lauschen zu können. Da hallten vom anderen Ende des Korridors gedämpfte Tritte herüber. Jemand kam aus Richtung der geheimen Eingangstür heran! Sie knipste die verräterische Taschenlampe aus.

Hier gab es kein Versteck. Allein der Gedanke, sich in dem dumpfen Loch zu verbergen, trieb Verena den Angstschweiß auf die Stirn. Sie hockte im Gang, wie ein Kaninchen zwischen Adler und Schlange. Die Schritte kamen näher, wurden aber kaum lauter, als gäbe sich jemand Mühe unentdeckt zu bleiben. Wer immer so verstohlen heranschlich, hatte gewiss nichts Gutes im Sinn. Sie musste sich in Sicherheit bringen.

Verena schob sich auf allen Vieren zentimeterweise auf dem Brett über die Grube und vermied krampfhaft, dabei nach unten zu sehen.

Sie erreichte die andere Seite keine Sekunde zu früh. Ein wandernder Lichtkegel zitterte über die Ziegelmauer, wurde heller, schrumpfte auf einen gleißenden Punkt, und jemand erschien bei der Biegung. Eine Gestalt im Kapuzenpullover.

Verena stockte der Atem, als sie Leon Fechner erkannte, der sie zu einem einsamen Turm gelockt hatte. Er steckte mit dem *Lumpensammler* unter einer Decke, war er es vielleicht selbst?

»Er ist da hinten«, stieß der Gärtnergehilfe bei ihrem Anblick gehetzt hervor. »Kommen Sie mit, schnell!«

Damit du mich besser fressen kannst? Aufgepeitscht vom Adrenalin zog Verena das Brett ganz auf ihre Seite. Die eingebrochene Erdmiete würde den Kerl nicht lange aufhalten.

»Was soll das?«, fragte Fechner ungläubig. Er sprang mühelos ins Loch, und es knirschte unter seinen Füßen. »Ich bin gekommen, um Sie mitzunehmen. Sie sind in Gefahr.«

»Wegen Ihnen!«, rief Verena. »Verdammter Mörder.«

Fechner winkte hektisch und versuchte, auf ihrer Seite herauszuklettern. »Wir müssen leise ...«

Verena hieb ihm kurzerhand die Stablampe auf den Schädel. Langsam bekam sie Übung darin, Leute niederzuschlagen.

Der junge Mann kippte ächzend gegen den Grubenrand und sackte benommen zusammen.

Von der Geheimtür näherten sich Schritte, und Weber bog um die Ecke. »Die Alarmanlage!«, brüllte er. »Jemand ist eingedrungen.«

Aus der entgegengesetzten Richtung tauchte nun Wolf auf. »Was ist ...«

Weber deutete mit einem befriedigten Ausdruck auf Fechner. »Na bitte!«, bemerkte er. »Ich wusste, das ist ein fauler Hund!«

»Moment mal.« Verena ging ein Licht auf. »Woher kennt Weber diesen Gang?«

Doch da hatte Wolf sie schon gepackt, ihr die Lampe entwunden und sie ohne Rücksicht auf die Rippenprellungen mit sich gezerrt. Sie grub die Finger in seinen Arm, aber er lief ungerührt weiter.

»Du tust mir weh!« Verena wehrte sich nach Kräften, machte sich künstlich schwer, doch Wolfs Griff war unerbittlich.

»Schaff den Kerl in die kleine Kammer, Weber«, befahl er und hatte nicht mal einen Blick für sie.

»Wolf, rede mit mir.« Verena stieß empört den freien Arm gegen seine Brust, doch sie hätte genauso gut einen Baum schlagen können, so gering fiel die Reaktion aus.

Das gemauerte Gewölbe wich bald nacktem Fels, einer natürlichen Höhle aus grauem Gestein. Ein brenzliger, irgendwie chemischer Geruch erfüllte die Luft, ganz wie in den Träumen.

Das war – übel! Verena wollte sich losreißen. Aber sie landete doch in einer Seitenkammer mit tiefhängender Decke. Weber schleifte den desorientierten Fechner hinein und nahm ihm das Telefon ab.

Wolf drückte die Tür bis auf einen Spalt zu. Er sah Verena in die Augen und reagierte endlich auf die Vorwürfe. »Es tut mir leid, dass es dazu kommen musste, Verena.«

»Bist du noch bei Trost?«, fuhr sie ihn an.

Wolf wirkte unendlich müde. »Ich wollte das nicht. Du hättest die letzten Tage friedlich auf deinem Zimmer verbringen sollen. Dafür habe ich dir mit dem Essen sogar Beruhigungsmittel verabreicht. Ich mag dich wirklich. Mehr, als gut für mich ist.« Er seufzte. »Aber sei ohne Furcht, am Ende wirst du immer bei mir sein.«

Verena verstand kein Wort. Doch als er die Tür von außen verschloss, wurde Verena klar:

Der Wolf zeigte endlich sein wahres Gesicht. Und sein Maul war voller Zähne.

Die Höhle war keine zwei Meter hoch und eher schmal. Sie diente wohl als Lagerraum für das französische Mineralwasser, größtenteils leere Getränkekästen standen an der hinteren Wand und schränkten den Platz noch mehr ein. Eine Glühbirne leuchtete die Höhle aus, und das Licht hielt Verenas Angst in Schach. Wenigstens war sie nicht mutterseelenallein, auch wenn mit ihrem Mitgefangenen im Moment kaum etwas anzufangen war.

Fechner stammelte konfuses Zeug und rutschte zu Boden. Was Verena bei eingehender Musterung feststellte, sah nach einer leichten Gehirnerschütterung aus. Die gelbgoldene Linie um den Kopf wirkte aufgewühlt, wenig verwunderlich, aber der Knochen war unverletzt. Kein Anzeichen für innere Blutungen.

Zur Sicherheit tastete Verena so vorsichtig wie möglich Fechners Schädel ab. Ja, da wuchs eine anständige Beule.

Nachdem sie die direkte Gefahr für den Gärtnergehilfen ausgeschlossen hatte, traf der Schock der jüngsten Ereignisse sie selbst wie ein Schlag.

Wolf hatte sie eingesperrt und zu allem Übel auch noch in einem engen unterirdischen Raum! Was hatte das zu bedeuten? Am liebsten hätte Verena sich ganz klein gemacht, um unter der Türritze hindurch zu fliehen. Sie fing an zu zittern, trotz der warmen Kleidung.

Nach einer Stunde brachte Weber Decken. Bis dahin hatte Verena sich weit genug erholt, um Forderungen zu stellen.

»Ich brauche ein Erste-Hilfe-Set«, meinte sie mit einer Geste auf den schlafenden Fechner. »Und ich muss dringend zur Toilette. Das kann ich wohl kaum hier drin erledigen.«

Weber reagierte nur mit einem Grunzen. Doch nach einer Weile brachte Wolf das Gewünschte. Er holte sie höchstpersönlich ab und schob sie in einen abgeteilten Winkel mit Sidonies Toilettenstuhl. *Wie entwürdigend.* Aber besser als die Alternative.

»Ich warte draußen.« Wolf verschwand hinter dem Vorhang. Es gab hier keine sonstigen Ausgänge, Verstecke oder Gegenstände, die als Waffen getaugt hätten.

Nachher führte er Verena mit eisernem Griff und ohne ein überflüssiges Wort zurück in die Steinzelle.

Sie durchwühlte den Auto-Verbandskasten und stellte das Nötigste für einen polsternden Kopfverband zusammen. Die vertraute Tätigkeit beruhigte Verena. Eine Schere gab es nicht, doch als echter Profi riss sie das Pflasterband mit der Hand ab.

Obwohl Verena darauf achtete, ihn so sanft wie möglich zu berühren, wurde Fechner wach.

»Verzeihung!«, entschuldigte sie sich und meinte mehr als nur den Ausrutscher beim Verbinden. »Es tut mir so leid.«

»Was ist passiert?«, fragte er stockend.

Jetzt wurde Verena verlegen. »Ich ...«

Seine Mundwinkel hoben sich einen Millimeter. »Ich meine, nachdem Sie mir das Ding über den Schädel gezogen haben.«

Peinlich berührt berichtete sie, was geschehen war. Fechner zog abwesend eine Wasserflasche hervor und trank.

Sein Schweigen machte Verena nervös. Inzwischen war ihr klar geworden, dass sie die Situation falsch eingeschätzt hatte. Bestimmt war ihr Zellengenosse nicht gut auf sie zu sprechen.

»Tut es sehr weh?«, fragte sie. »Ich habe eine Tablette.«

Fechner winkte ab. »Solange ich mich nicht rühre, geht's. Jetzt sitzen wir ganz schön in der Patsche.« Er wickelte sich in eine Decke, und Verena folgte seinem Beispiel.

»Nun«, setzte sie zu einer Erklärung an. »Ich dachte, Sie wären der *Lumpensammler*. Mit Kapuze und allem.«

Fechner machte große Augen. »Sind Sie deswegen nicht beim Aussichtsturm aufgekreuzt?«

»Ich war da! Wieso sind *Sie* nicht ans Telefon gegangen?«, gab Verena pikiert zurück. »Ich wollte wegen einer Verspätung Bescheid sagen. Aber bis ich den alten Flughafen endlich gefunden habe, war das Restaurant schon geschlossen. Und auf dem Rückweg ...« Sie beschrieb die Begegnung auf dem Hundeplatz. »Und wäre Wolf nicht rechtzeitig aufgetaucht, hätten die zwei Hackfleisch aus mir gemacht. Ich habe in Blankenrain mit eigenen Augen gesehen, was der *Lumpensammler* mit seinen Opfern anstellt.«

»Ja, klar!«, sagte Fechner. »Der ehrenwerte Wolf von Hagendorf hat Sie gerettet. Wie edel.«

Verena wollte zu Wolfs Verteidigung ansetzen. Doch wieso eigentlich? Verzweiflung überwältigte sie. »Ich weiß nicht, was ich noch glauben soll.«

»Vielleicht kann ich einige Fragen beantworten. Also zuerst, mein Telefonakku war an dem Abend leer. *Sorry!*« Er beugte sich vor, zuckte aber bei der Bewegung schmerzerfüllt zusammen.

»Sie sollten besser schlafen«, riet Verena trotz aller Neugier auf Fechners Rechtfertigungen.

»Ich brauch nur ein bisschen ...«, murmelte er und schloss die Augen. Kurz darauf gingen seine Atemzüge ruhiger.

Der Bemerkung wegen des Telefons war er auf denkbar einfachste Weise ausgewichen. Hatte er etwas zu verbergen? Immerhin wusste er anscheinend einiges über Wolf – nein, *Hagendorf* – korrigierte sich Verena, um so viel innere Distanz wie möglich zu schaffen. Er hatte sie belogen, verraten und ausgenutzt.

Der Gedanke an ihre eigene Gutgläubigkeit tat weh, aber oft verheilte ein sauberer Schnitt schneller als eine gezackte Wunde, die immer wieder aufriss.

Etwa zwei Stunden später schreckte Leon hoch. Für Verenas Aura-Auge sah er schon kräftiger aus.

»Wie sind Sie in diese Sache geraten?«, fragte sie, nachdem er wieder ein bisschen zu sich gekommen war.

»Es sollte ein Stammbaum für meinen Onkel zum 80. Geburtstag werden. Über die Ahnenforschung zu meinen Vorfahren wurde ich auf die Hagendorfs und damit auf Sie aufmerksam. Sie waren für mich lange Zeit nur ein Eintrag in einem verzweigten Stammbaum. Als dann diese Sache mit dem Leichenfund rumging, hat irgendwer Ihren kompletten Namen bei Instagram geteilt. Und damit fand ich auch ein Foto von Ihnen.«

Sie stöhnte auf. Der verfluchte Morgen im Park!

Ihr Gegenüber sah sie eindringlich an. »Jetzt muss *ich* Sie wohl um Verzeihung bitten. Ich bin Ihnen damals gefolgt. Erinnern Sie sich an den Abend bei der Klinik? Der Trick mit dem aufgehängten Kittel war gut.«

»Sie haben mir eine Höllenangst eingejagt!«

»Ich sagte ja, ich entschuldige mich«, meinte Leon zerknirscht. »Ich wollte bloß mit Ihnen sprechen, aber Sie waren nach dem Zeitungsbericht von der Bildfläche verschwunden. Nicht mal Ihre Nachbarin wollte mir weiterhelfen. Daher habe ich bei der Klinik gewartet.«

Womit sich also auch Frau Holms unheimliche Begegnung aufklärte. Die Initialen stimmten. Nur stand L. F. nicht für L. Fichte, sondern für Leon Fechner.

»Und das alles haben Sie von Moldersen aus erledigt, zwischen Heckenschneiden und Rasenmähen?« So schnell würde Verena keinem Fremden mehr glauben.

»Ich bin gar kein Gärtner.«

Darum war er so ungeschickt mit dem Rechen. »Und was machen Sie dann?«

»Ich studiere Geschichte, daher meine Begeisterung für Genealogie. Bei der Durchleuchtung der Verwandten stieß ich in einer Nebenlinie auch auf die Hagendorf'sche Familie. Über einhundert Jahre lang tauchten dort immer die gleichen Namen auf. Ähnliche Lebensumstände. Doch Sterbeurkunden oder Geburtsvermerke blieben äußerst vage oder waren in den Kriegswirren des letzten Jahrhunderts verschollen.«

»Hagendorf behauptet, dass die Vornamen durch die Generationen weitergegeben werden.«

»Ja. Tatsächlich wurden Kinder damals oft nach den Paten getauft. Doch ich bin noch auf andere Ungereimtheiten gestoßen. Auf ungelöste Vermisstenfälle, die mit diesem Haus zusammenhängen.«

Das sollte Leons Gesichtsausdruck zufolge jetzt wohl der große Knüller sein.

»Ja, Elfriede und Josefine«, warf Verena ein. Dass sie glaubte, deren Geister hätten sie in den Keller gelockt, behielt sie lieber für sich.

»Ich sehe, Sie sind im Bilde. Die Geschichte hat mich auch nicht losgelassen, und ich beobachte das Haus schon seit einer Weile. An den Wochenenden und zuerst aus der Ferne.«

Normale Menschen würden einfach klingeln und das bei einer Tasse Tee mit den Bewohnern besprechen, dachte sie. »Und dann haben Sie sich als Gärtner eingeschlichen. Gut gemacht, Sherlock! Sogar der Haushälterin ist Ihre fehlende Berufserfahrung aufgefallen.«

In dem Moment näherten sich Schritte und die Tür ging auf. *Hagendorf und sein Lakai.*

»Wie lange willst du uns hier festhalten?«, fragte Verena forsch, um die Angst zu überspielen.

Wolf würdigte sie keiner Antwort. Er sah vom Türrahmen aus ungerührt zu, wie Weber Leon hochzerrte. Der junge Mann verhedderte sich in der Wolldecke und stolperte. Er stöhnte vor Schmerz auf.

Verena sprang auf. »Vorsicht!«, fuhr sie Weber an. »Er ist verletzt.«

Weber musterte sie wie eine Kakerlake und schob Leon grob vorwärts. »Der hat nicht mehr lang Probleme.«

Verena zog eine Plastikflasche aus dem Kasten und wollte den Flaschenhals in Webers Niere stoßen, doch Hagendorf rief eine knappe Warnung, und der Chauffeur fuhr rechtzeitig herum. Die Flasche prellte ihr aus den Fingern.

»Lass das, Verena!«, sagte Wolf eiskalt. »Sonst stirbt er sofort.« Er zeigte eine Pistole, die bösartig im Licht der einsamen Lampe glänzte.

Unfassbar. Jetzt bedrohte er sie sogar mit einer Schusswaffe. Verena schüttelte die Lähmung ab und versuchte, Leon am Gürtel zurückzuziehen.

Weber boxte daraufhin mit voller Wucht gegen ihren Arm. Verenas Bizeps wurde augenblicklich taub, und sie musste loslassen.

Der Handlanger schubste Leon hinaus.

»Brutalitäten sind überflüssig«, tadelte ihn Wolf, ehe er die Tür wieder verschloss.

Tränen liefen Verena über die Wangen. So hilflos hatte sie sich ewig nicht mehr gefühlt.

Die Zeit kroch dahin, doch Verena tat kein Auge zu. Sie lauschte auf Schreie, Schüsse oder rettende Sirenen in letzter Minute. Ihre Uhr vertickte laut die Sekunden, und es war das einzige Geräusch im Raum. Sie zupfte nervös an dem sperrigen Uhrenarmband, das kalt wie eine Fessel um ihr Handgelenk lag.

Zwei Uhr morgens durch. Irgendwann drehte sich der Schlüssel im Schloss.

Jetzt bin ich dran. Verena schluckte und ballte die Fäuste. Doch die Gefangenenwärter ließen sich nicht blicken, nur Leon taumelte blutend herein. Glücklicherweise war der Raum schmal genug, dass er sich mit den Armen abfangen konnte.

Er wirkte geschwächt, und die Aura sah mitgenommener aus als vorher.

Verena trug Mitschuld an seinem Zustand. Wenige Stunden zuvor hatte sie ihn niedergeschlagen, weil sie ihn für einen Serienmörder gehalten hatte. Und jetzt war er ihr einziger Verbündeter.

Sie half Leon beim Hinsetzen. »Was haben sie mit dir angestellt?« Angesichts der Lage kam das *Du* ihr leicht über die Lippen.

»Geredet«, murmelte er und fuhr sich durchs zerzauste Haar, wobei er die Verletzung aussparte. »Nicht ganz freiwillig.«

Hatte Hagendorf ihn eigenhändig gefoltert oder das Weber überlassen, wie jede Schmutzarbeit? Ihr Magen zog sich zusammen. »Worüber?«

»Was ich hier mache.«

»Und was hast du erzählt?«

Leon schaute auf. »Die Wahrheit. Ich bin über den Stammbaum auf den Nebenzweig der Familie aufmerksam geworden. Und ich wollte dich retten.«

»A... aber«, stammelte Verena.

»Nachdem ich letztens mitbekommen hatte, dass du in Weißenbach arbeitest, musste ich dich wenigstens warnen.«

Und das wohl nicht zu unrecht. »Du hättest im Garten ruhig mal deutlicher werden können.«

»Ohne Beweise? Ich wollte erst herausfinden, wie du zu der Familie stehst. Hagendorf führt etwas im Schilde. Ich glaube, er betreibt illegale Versuche, vielleicht sogar mit Menschen.«

Verena winkte ab. Das klang nach einer kruden Verschwörungstheorie. »Er ist Pharmazeut. Die machen andauernd Experimente.«

»Wie viele Wissenschaftler mit Schusswaffe und Leibwächter-Chauffeur kennst du? Hagendorf ist mehr als ein Forscher! Es gibt Hinweise ...«

»Welche?«

Leon sah aus wie das personifizierte schlechte Gewissen. »An dem besagten Nachmittag, als du mich ins Haus gelassen hast, steckten meine Taschen voller Wanzen. Die von der technischen Sorte. Und Minikameras. Die Geräte habe ich in den Korridoren verteilt.«

Verena rückte von ihm ab. »Du hast mich ausspioniert?« Daher rührte also das Gefühl des Beobachtet-Werdens. Keine Ölschinken mit Gucklöchern in den Augen wie ›Anno dunnemals‹, sondern *Hightech*-Überwachung.

»Nicht dich«, stellte Leon richtig, »die Hagendorfs. Und glaub mir, die haben Dreck am Stecken. Deshalb war ich ziemlich besorgt, als ich dich die letzten Tage überhaupt nicht mehr gesehen habe. Ich musste das Schlimmste befürchten!«

»Ich war krank!«, erklärte sie. »Deshalb lag ich im Bett! Glücklicherweise war mein Zimmer ja noch überwachungsfreie Privatsphäre.«

»Sei froh, dass ich dich vorhin hinter dem Gemälde hab verschwinden sehen ...« Er bewegte sich zu hastig, ächzte und kippte beinahe um.

»Hinlegen und zudecken!«, befahl sie in bester Oberschwesternmanier. Sie richtete ein Deckenlager ein, so gut wie unter den beengten Verhältnissen möglich. »Wie kommst du auf die Idee mit dem verrückten Wissenschaftler? Im Haus gibt es nicht den geringsten Hinweis auf dergleichen.«

»Außer den unklaren Familienverhältnissen, meinst du? Wolf oder vielmehr *Wolfgang* Hagendorf verschwindet mehrmals am Tag im Keller, er verbringt die halbe Nacht dort. Dazu die obskuren Paketsendungen

– die Reste hab ich im Altpapier entdeckt. Giftpflanzen im Garten, die man mit bloßen Händen gar nicht anfassen darf, wie mir der Gärtner erklärt hat. Und einige davon kannte sogar der Engerlich nicht, und ich habe sie erst per App identifiziert.«

»Das ist alles? Er sucht ein Heilmittel für seine todkranke Mutter«, hielt Verena dagegen.

»Ach ja, Sidonie und er sind echt ein schräges Paar. Ich weiß nicht mal, ob sie wirklich seine Mutter ist.«

»Was denn sonst, bei dem Altersunterschied? – Und *Menschenversuche,* also ehrlich. So was traue ich ihm nicht ...« *Doch,* realisierte sie. *Nach heute Nacht traue ich Wolf eine Menge zu.* Er hatte zugegeben, sie die letzten Tage mit den Mahlzeiten unter Drogen gesetzt zu haben. Und hätte Verena nicht so viele Haselnussplätzchen genascht, dass sie das Abendbrot kaum angerührt hatte, läge sie vermutlich noch betäubt im Bett. Hätte sie dann Wolfs dunkle Seite je kennengelernt? »Ich verstehe einfach nicht, was in ihn gefahren ist und was er von uns beiden will.«

Leon zupfte den Verband zurecht. »Wahrscheinlich muss ich ihm persönlich dankbar sein. Der Chauffeur wollte mich abmurksen. Aber sobald Hagendorf spitzgekriegt hat, dass er und ich um einige Ecken verwandt sind, hat er den Kerl zurückgepfiffen.«

Verwandtschaft. Schon wieder. Verena erschauderte. *Familie* war der Schlüssel zum Geheimnis dieses Hauses.

Leon schwieg, und sie dachte, er sei eingeschlafen. Doch er meldete sich noch mal leise zu Wort. »Hagendorf hat sich gebrüstet ... Ich meine, ich weiß, dass er und du ...«

»Da ist nichts«, stritt sie vehement ab.

Ihm fielen die Augen zu. »Er hat geredet, als seist du sein Eigentum!«

Verena schluckte. An ihre verschleuderte Zuneigung zu denken, das schmerzte beinah körperlich. »Ruhe jetzt! Schlafen ist die beste Medizin für die Gehirnerschütterung.«

»Mh«, murmelte er, und sie löschte das Licht.

Verenas Gefühle für Wolf drückten wie ein abgestorbener Baum gegen ihr Herz. Ja, sie hätte misstrauischer sein und dem Bauchgefühl vertrauen sollen, das bei dem Stellenangebot Alarm geschlagen hatte. Aber sie hatte sich von Hagendorfs weltmännischem Charme einwickeln lassen und Bedenken hintangestellt. Und damit zu allem Überfluss auch Leon ins Verderben gerissen.

Kapitel 14

Nach dem Aufwachen fühlte sich Verena wie gerädert. Die Rippen stachen bei jedem Atemzug. Im Verlauf der Stunden verschwand die Steifheit aus den Muskeln, nur allgemeine Schmerzen blieben. Außerdem war ihr Husten zurückgekehrt.

Gegen zehn Uhr reichte Weber ihnen belegte Brote.

Wenn sie uns abmurksen wollen, dann würden sie uns bestimmt nicht füttern, oder? Verena roch am Essen, um herauszufinden, ob es wieder mit Medikamenten versetzt war, und probierte ein Stückchen. Doch es machte einen normalen Eindruck, und zwischen Brotscheiben und Belag konnte man nicht so leicht ein Mittel mischen wie in Eintopf.

Ein Gutes hatte es: Die Unruhe weckte Leon, und das brachte Ablenkung von der Misere.

»Wie geht's?«, fragte Verena, aber sie wusste es bereits, denn es gab nur noch geringe Störungen in seiner Aura.

»Schwindelig.« Er griff sich ein Salamibrot. »Zum Glück muss ich hier ja nicht umherlaufen.«

Leons Appetit war zumindest ein gutes Zeichen.

Sie teilten zum Nachtisch eine Rolle Bonbons, die er in seiner Tasche fand, und tranken Wasser. Beide fröstelten, und sie kuschelten sich gegen die Kälte aneinander wie zwei frierende Spatzen.

Warum wurden sie festgehalten?

Verena dachte an das Gespräch vom Vorabend zurück. Menschenversuche, das klang grausam. War Hagendorf zu dergleichen fähig? Verena konnte ihre überschäumende Fantasie nur auf eine Weise im Zaum halten: Ablenkung. Also redete sie mit Leon. Beide sprachen über ihre Kindheit, Freundschaften, und er berichtete von seiner Neuseelandreise auf den Spuren der Peter-Jackson-Filme.

Bis auf zwei Toilettenpausen ohne Hofgang hätten sie auf einem fernen Planeten sein können. Aber die Stunden verrannen, und irgendwann zerplatzte die friedliche Blase, die sie um sich errichtet hatten.

Hagendorf und Weber führten sie beide mit vorgehaltener Waffe tiefer in den Keller. Sie nötigten Verena und Leon in einen fünfeckigen Raum voller langstieliger Gefäße, Glaskolben und Zangen. Abscheider und Trichter lehnten neben einem gemauerten Kamin, Tiegel und Töpfe stapelten sich auf einer mit Kupfer gedeckten Arbeitsplatte quer zu einem antiken Schmelzofen.

Hier war also das echte Labor und es sah aus, als würde es seit hundert Jahren oder länger benutzt! Deswegen wirkte Wolfs Arbeitsplatz oben so verwaist. Soviel zu seinem kleinen Hobby!

Von der geschwärzten Decke hingen knubbelige Stalaktiten aus fettglänzendem Ruß. Flaschen steckten in mit Stroh ausgepolsterten Holzkisten. Glassphären, wie gewaltige Christbaumkugeln, türmten sich in der Ecke dem Eingang gegenüber. Dort hockte Sidonie zufrieden im Stuhl wie eine Glucke auf dem Nest.

»Endlich ist es so weit«, sagte sie mit erwartungsvollem Ausdruck. Ihre brandrote Aura raste wie ein Freudenfeuer.

»Was denn? Die komplette Laborführung?«, fragte Verena streitlustig. Sie bemerkte auf einem Tisch Infusionsnadeln, Tropfbeutel, Spritzen und andere medizinische Vorrichtungen. Schlagartig zog sich ihr Magen vor Furcht zusammen.

»Setz dich bitte, Verena.« Hagendorf wies auf einen leeren Stuhl daneben. Weber nahm hinter ihr Aufstellung.

Sie rührte sich keinen Millimeter.

»Mach es mir nicht noch schwerer!« Hagendorf richtete die Waffe auf Leon.

»Was willst du von uns?«, fragte sie, da rief Leon eine Warnung. Zu spät.

Sie erhielt einen Schlag in die Kniekehlen, und Weber nutzte den Moment der Verwirrung, um sie gewaltsam auf die Sitzfläche zu drücken. Er fesselte routiniert ihren Oberkörper und den rechten Arm an die Rückenlehne. Anschließend schob er Verenas Ärmel hoch und schnallte das linke Handgelenk mit der Innenseite nach oben an die Armstütze.

Wolf reichte ihm die Pistole, und der Chauffeur hielt damit Leon weiterhin in Schach.

»Ich habe ein Heilmittel für Sidonie gefunden. Dafür brauche ich dein Blut.« Wolf redete, als ginge es um ein Picknick.

»Soll das eine Frischzellenkur werden?« Verena schüttelte den Kopf. »Du weißt nicht einmal, ob unsere Blutgruppen kompatibel sind.« War Wolf die ganze Zeit wahnsinnig gewesen? Himmel, und *sie* hatte geglaubt, verrückt zu werden!

»Das weiß ich längst. Du hast B positiv und kommst als Spenderin in Frage.« Er legte Verena eine Aderpresse an. An seiner Hand blitzte ein weißgoldener Ehering. So einen hatte sie schon an Sidonies Finger gesehen. »Wobei hast du noch gelog…«

In dieser Sekunde stürzte sich Leon auf seinen Bewacher.

Weber feuerte. Verena sah den Mündungsblitz und nahm die Umgebung plötzlich glasklar und wie in Zeitlupe wahr. Irgendwo klirrte etwas.

Leon umklammerte mit schmerzverzerrtem Gesicht seine Wade. Beißender Geruch breitete sich im Gewölbe aus.

Endlich zeigte Wolf eine Gefühlsregung. »Ich brauche ihn noch!«, herrschte er den Fahrer an.

»Nur ins Bein«, antwortete Weber lässig. »Der hält lange genug vor!«

Verena zerrte an den Fesseln und versuchte sich loszureißen. »Er benötigt sofort einen Druckverband.«

Hagendorf schüttelte den Kopf. »Ich erledige das. Halt den Kerl fest, Weber. Keine weiteren Manöver.«

Er versorgte die Beinwunde so schnell und effizient, dass kein Tropfen Blut verlorenging. Leon war bleich geworden und wirkte nicht, als könne er sich in dem Zustand aus Webers Klammergriff befreien.

»Ist nur ein Streifschuss«, murmelte Wolf, als wolle er damit vor allem sich selbst beruhigen. Die beiden Männer banden Leon schließlich ebenfalls an einen Stuhl.

Verena rüttelte verzweifelt an der Ledermanschette. Ihre Kehle schien sich zuzuschnüren. Die Episode bewies, wie brutal ernst Hagendorf es meinte.

»Du tust dir nur weh«, wandte er sich an sie. »Und es führt zu nichts.«

Sie schaukelte in Panik auf dem Stuhl hin und her. Das Blut rauschte so laut in ihren Ohren, dass sie Wolfs weitere Worte überhörte.

Er hielt ein fingerlanges Röhrchen hoch. Verena versuchte, ihre Atmung unter Kontrolle zu bringen und irgendetwas drang schließlich zu ihr durch.

»Ich nehme *jetzt* nur diese Ampulle voll. Versprochen! Aber halte still. Ich möchte dir keine unnötigen Schmerzen bereiten.«

Hagendorf desinfizierte gewissenhaft die Einstichstelle, stach die Kanüle in Verenas Armbeuge und steckte die Ampulle ein. Das Röhrchen füllte sich mit schaumigem, dunklem Blut. Er zog die Nadel ab und presste einen Tupfer darauf.

»Warum hast du mir etwas vorgespielt?«, fragte Verena unter Tränen, die nichts mit dem Einstich zu tun hatten.

»Meine Gefühle waren echt. Aber es gibt – ältere Verpflichtungen.«

»Sag wenigstens einmal die Wahrheit.« Sie musste ihm diese Sache ausreden und den Irrsinn aufhalten.

Hagendorf versorgte schweigend die Wunde mit einem Pflaster. »Entschuldige, mir bleibt dafür keine Zeit.«

Musste er immer noch einen auf Gentleman machen?

Er trat zu Leon und wiederholte die Blutabnahme. Der jüngere Mann war im Stuhl zusammengesackt und ließ alles über sich ergehen. Erst als er Verenas Blick auf sich spürte, schaute er auf. Leon hatte nicht aufgegeben, und das erfüllte Verena mit neuem Mut. Sie hatte das Gefühl, ihn in diesen wenigen Stunden besser kennengelernt zu haben als Wolf in Wochen.

Sie bewegte vorsichtig die rechte Hand hinter dem Rücken, wo das Seil um den Unterarm ihr etwas Spiel ließ. Dort scheuerte sie mit dem scharfkantigen Uhrarmband über den Strick. Es handelte sich um ein Kunststoffseil, kaum dicker als eine Wäscheleine.

Die Männer stuften Leon glücklicherweise als den Gefährlicheren ein und achteten wenig auf sie. Weber wich ihm nicht von der Seite. Hagendorf zog sich mit den Blutproben an den zentralen Arbeitstisch zurück. Tiegel und Flaschen befanden sich darauf, in einer Art Versuchsaufbau.

»Sidonie«, sagte er, »wenn du so freundlich wärest!«

Sie betätigte einen Hebel an der Wand. In der Decke öffnete sich ein kleines Fünfeck wie eine Kamerablende. Das musste die Platte im Garten gewesen sein, die Verena für eine Sonnenuhr gehalten hatte. Mondlicht flutete das Labor und verlieh der Szenerie einen fahlen Anstrich. *Blue Moon.* Wie passend, die Farbe stimmte. Traurig genug war der ganze Schlamassel auch.

Sie hatte nicht einmal die Hälfte der Fessel durchtrennt. Verena musste Zeit gewinnen. Wolf war stets am zugänglichsten gewesen, wenn es um seine Arbeit ging. Sie beugte sich vor, um ihn anzusprechen.

»Fräulein Seiler!« Sidonie räusperte sich, als wollte sie ihr Alter ausspeien wie einen Schleimbatzen, ehe sie daran erstickte. »Kommen Sie nicht auf den Gedanken,

Wolf jetzt zu stören. Sonst wird Weber Sie knebeln. Das ist ein heikler Moment der Wandlung, und jeder Fehler hat Konsequenzen. Wolf zuliebe, der eine gewisse Zuneigung zu Ihnen gefasst hat, beantworte ich Ihre Fragen, solange Sie sich zu benehmen wissen.«

Verena nickte. »Einverstanden.« Sie wollte den Handlanger nicht zu nah heranlassen, denn sonst käme er möglicherweise auf die Idee, die Fesseln zu überprüfen.

»Also, wer sind Sie wirklich?« Die meisten Menschen sprachen gerne über sich, das war psychologisches Grundwissen jeder Pflegerin.

»Sidonie von Hagendorf. Und ich bin *nicht* Wolfs Mutter.«

Die alte Dame hob ihre Hand mit dem Ring.

Verenas Verstand weigerte sich, das zu verdauen.

»Ich hatte Sie davor gewarnt, sich zu sehr an ihn zu hängen. Wolf gehört nur einer Frau, und die bin ich!« Leise lachte Sidonie, und das Geräusch jagte Verena eine Gänsehaut über den Rücken.

»Was wollen Sie damit andeuten?« Sie stellte sich dumm und säbelte beharrlich mit der Metallkante weiter.

»Oh, ich war auch einst jung und schön. Die von Ihnen so bewunderten Kleider in meinem Schrank habe ich selbst noch letzten Sommer getragen. Wolf und ich sind seit mehr als hundertzwanzig Jahren ein Ehepaar. Und in einer Stunde werden wir beide wieder völlig jugendfrisch und gesund sein.«

»Sie sind verrückt.« Die Selbstsicherheit in Sidonies Stimme kroch wie eine Natter in Verenas Verstand und verbreitete dort das Gift des Zweifels.

Funken stoben aus Wolfs Hand, als er einen Bunsenbrenner in Gang setzte und etwas aufkochte. Das aquamarinblaue Mondlicht troff von allen Wandvorsprüngen. Seimig wie Honig blubberte die Lösung im Glaskolben. Im fahlen Widerschein sah Wolf tatsächlich aus wie ein elektronenumwaberter verrückter Wissenschaftler.

»Sie können die Augen ja immer noch nicht von ihm lassen, kleine Krankenschwester.« Sidonies Stimme riss Verena in die Wirklichkeit zurück. »Diese ungeplante Liebelei war überaus vorteilhaft. Wolf nachzustellen hat Sie abgelenkt und ließ Sie in Reichweite bleiben.«

»Wenn Sie gleich alt sind, warum ist er die Gesundheit in Person, während Sie zerfallen wie eine verfaulende Frucht?«

Sidonie zuckte zusammen. Das hatte gesessen.

»Keine Sorge, Sie werden an meiner überraschenden Genesung großen Anteil haben«, sagte sie heiser.

Leon hüstelte. »Das hier ist eine Alchemistenwerkstatt, nicht wahr?« Seine Stimme klang flach. Bestimmt stand er unter Schock. »Haben Sie den *Stein der Weisen* bereits gefunden?«

»Also bitte!« Sidonie zischte. »Jeder kann ihn finden. Oder vielmehr herstellen, wenn er lange genug lebt.«

Leon nickte. Er schien genau zu wissen, wovon die Rede war. Beim Quellenstudium fürs Fach Geschichte war er wohl sehr gründlich vorgegangen. »Das ist das Problem. Wer den *Roten Löwen* besitzt, der ist vor dem Alter gefeit. Aber um ihn zu bekommen ...«

»Das war einfacher, als gedacht«, unterbrach Sidonie ihn mit großer Geste. »Doch es bedarf eines Opfers, um aus dem Stein das Lebenselixier zu gewinnen. Und zu diesem Schritt sind die wenigsten bereit.«

Verena arbeitete emsig am Seil und hustete regelmäßig, um eventuelle Geräusche zu übertönen.

Sidonie schien ein gewisses Vergnügen dabei zu empfinden, mit einem Eingeweihten zu fachsimpeln. »Wir fanden die Hinweise in einem alten Buch, das uns«, sie zögerte den Bruchteil einer Sekunde, »in die Hände fiel. Leider gab es einen Haken.«

»Die Methode hat versagt?«, warf Verena ein.

Sidonie hob triumphierend die Arme. »Fast zehn Jahre gingen ins Land, ehe Wolf und ich die Ursubstanz herstellen konnten, die *prima materia*. Mit dem Stein und einer ganz speziellen Zutat wurden wir nahezu unsterblich.«

»Das Lebenselixier ist reine Legende«, meinte Leon.

Sidonie schüttelte den Kopf. »Es wäre nicht die erste Legende mit wahrem Kern. Wolf und ich sind lebende Beispiele für die Wirksamkeit des Mittels. Dazu braucht es Elemente aus dem Blut eines nahen Verwandten, destilliert im Licht des Blauen Mondes und verquickt mit dem Äther ...« Sie wies auf das Loch in der Decke.

Verwandtschaft. Ein weiteres Mosaikstückchen rückte an seinen Platz. Wolfs angeblich verlorene Familie. Waren das in Wahrheit die verschwundenen Mädchen? »Josefine und Elfriede«, nannte Verena die Namen, die sie überhaupt in den Keller geführt hatten. »Die vermissten Mädchen, nicht wahr? Wolfs Schwester Elfriede und ihr eigenes Kind Josi!«

Sidonies Kopf schnellte herum. »Ihr Jungfrauenblut war der Schlüssel zu unserer Unsterblichkeit. Zu jedem

Vollmond genügt eine winzige Injektion des Elixiers, um das Alter aufzuhalten.«

»Und dafür ermordeten Sie zwei Menschen? Wie abstoßend.«

Leon sah aus, als müsse er sich gleich übergeben.

»Es war notwendig«, verteidigte sich Sidonie. »Eines Tages, wenn die Menschheit reif ist, werden wir unsere Erkenntnisse der Öffentlichkeit präsentieren.«

Verenas Arm wurde schwer. Die winzigen, unauffälligen Bewegungen waren auf Dauer anstrengend. »Sie haben die Mädchen ausgeblutet und so das Elixier hergestellt. Aber etwas lief schief, richtig? Schließlich altern Sie immer noch, Sidonie.«

»Die Kleine hatte weniger Blut. Mein Elixier ging früher zur Neige, und ich musste die Substanz bis zur Unwirksamkeit strecken. Ein älteres Kind hätte mehr gegeben, doch der *Blue Moon* ist selten. Um Wolfs Willen war es nötig, schnell zu handeln, denn seine Schwester Elfriede hatte einen Verehrer, und bald wäre es zu spät gewesen.«

Das mystische Jungfrauentum. Ein lächerlicher Streifen Haut. Verena konnte nur erleichtert den Kopf schütteln. »Vergessen Sie besser den Jungfrauenquell. Das Thema ist in meinem Fall abgehakt. Und ich denke, dasselbe gilt für Leon. Wir leben ja schließlich nicht mehr im 19. Jahrhundert.«

Die Enthüllung blieb ohne Effekt auf Sidonie.

»Schnee von gestern. Hinter Wolf und mir liegen einhundert Jahre Forschung, um den bedauerlichen Umstand auszugleichen. Nachdem wir Sie durch diesen Zeitungsartikel gefunden und hergelockt hatten, intensivierte Wolf seine Experimente. Und ich muss Ihnen

Respekt zollen, Fräulein Seiler! Immerhin verdanken wir es Ihren scharfen Augen, dass Wolf im *Salamanderbuch* neue Hinweise entdecken konnte. Wenn das mal kein Wink des Schicksals war.«

Salamanderbuch? Das alte Alchemiewerk, das Verena an Hagendorfs Seite im Mondlicht betrachtet hatte?

»Jungfernzeugung ist im Reich der Natur verbreiteter als man glaubt. Mithilfe eines pflanzlichen Extrakts erweiterte Wolf die Formel. Dank Ihnen!«

Verena schnappte nach Luft. Hatte sie durch die Wahrnehmung der verborgenen Symbole ihr eigenes Grab geschaufelt?

Vollkommen in die Arbeit vertieft, streute Wolf Pulver in die klarblaue Lösung. Die Blasen verschwanden, und die Flüssigkeit färbte sich nun silbrig.

»Eins verstehe ich nicht«, meldete Leon sich zu Wort. »Wenn Sie skrupellos genug waren, um ihre eigene Tochter und Schwägerin zu töten, wieso haben Sie keine weiteren Kinder in die Welt gesetzt, die später ebenso ›bedauerlichen Unfällen‹ zum Opfer fielen?«

Sidonie schien es tatsächlich peinlich zu sein, über Intimitäten mit einem Mann zu sprechen. Sie richtete die Antwort an Verena. »Wir mussten am eigenen Leibe erfahren, dass das Elixier fatale Auswirkungen auf die Fruchtbarkeit hat. Beider Geschlechter.«

Rache aus dem Grab.

»Bis wir auf diesen Pferdefuß stießen, lebte von den Familien niemand mehr. Es waren unruhige Zeiten. Die Blutlinie schien erloschen. Zudem ist der *Blue Moon* ein seltenes Ereignis. Doch dann hat uns der Zufall rechtzeitig Sie zugespielt, und in Ihrem Gefolge einen weiteren Spender für Wolf. Das Große Werk ist getan. Sehen Sie selbst.«

Sidonie deutete mit stolz erhobenem Kinn zum Arbeitstisch. Die Substanz in dem Glaskolben hatte einen topasfarbenen Glanz angenommen. Hagendorf verteilte sie auf zwei Reagenzgläser und gab das Blut hinein. Er rührte, und mit einem kurzen Blitzen vereinten sich die Ingredienzien. Der metallische Schimmer verstärkte sich und ließ den Inhalt aussehen wie flüssiges Gold. Nur Verena nahm noch einen leichten Unterschied wahr, denn die Aura von Leons Blut fügte dem Elixier einen olivgrünen Stich hinzu, während das Röhrchen mit ihrem Blut für ihr Auge unverändert wirkte, weil sie blind war für die eigene Aura.

Ein rauchiger Geruch lag in der Luft. Ob der mit der Wandlung der Bestandteile zusammenhing?

Wolf stellte die Reagenzgläser zum Abkühlen in ein Holzgestell. Er trat mit federnden Schritten auf Verena zu. Wie hatte sie ihn einst für seine Energie bewundern können? Jetzt verabscheute sie seinen Anblick. Wurde nun das Todesurteil vollstreckt? Sie konnte nur erahnen, wie weit sie mit dem Strick gekommen war, und die bebenden Finger erleichterten die Arbeit keineswegs.

Verena presste sich an die Rückenlehne und versteckte die rechte Hand. Das ausgefranste Seil kitzelte ihre Haut.

Nackt und vollkommen schutzlos lag der linke Arm auf der Lehne.

Wolf blickte Verena traurig an und neigte sich vor. Wollte er sie küssen? Verena scheute vor ihm zurück, doch Wolf flüsterte ihr bloß etwas ins Ohr. »Ich versichere dir, meine Gefühle waren aufrichtig. Aber ich habe keine andere Wahl. Als ich das Elixier zum ersten Mal aufsetzte, verschränkte ich Sidonies und mein Leben in einem Bund. Die Formel für diesen speziellen Zeugungsakt erfordert die Vereinigung der Gegensätze männlicher und weiblicher Elemente. Ich sterbe, wenn sie stirbt. Und wie mein Leben endet, so auch ihres. Das Große Werk hat bereits solche Opfer gefordert. Ich muss fortfahren.«

»Schöne Rechtfertigung.«

Er war ihr so nahe, dass Verena sein Rasierwasser und die Chemikalien roch, mit denen er gearbeitet hatte. »Verena, ich werde dich nie vergessen. Jeder Kuss, den Sidonie erhält, wird dir gelten.«

»Was für ein jämmerlicher Trost.« Sie hasste ihn in diesem Moment wie niemals jemanden zuvor.

»Es tut mir leid, ich bin ein Feigling, der den Tod fürchtet«, gestand er und wandte sich ab.

Erwartete er von ihr etwa Absolution für seine Untaten? Verena biss die Zähne zusammen. Sie würde ihm diesem weiteren Mord nicht leicht machen.

»Lass mich nicht länger warten, Wolf«, säuselte da Sidonie.

Er zog den Inhalt der Reagenzgläser auf zwei sterile Spritzen mit Einweg-Kanülen und legte sie auf ein Tablett. Eine der Schutzkappen war rot, die andere blau. Verenas Blutgemisch befand sich in der roten Spritze, Leons in der blau gekennzeichneten.

Die Uhr lief ab. Verena kratzte hektisch hinter ihrem Rücken. Ihr rechter Arm brannte, und jedes Mal schnitt die scharfe Metallkante des Armbands in ihr Handgelenk.

Wenn das so weitergeht, ist bald kein Blut mehr übrig. So oder so. Falls sie die Utensilien auf dem Nebentisch richtig deutete, hatte Hagendorf vor, ihr und Leon den Lebenssaft regelrecht aus dem Leib zu spülen. Ihr wurde übel.

Wolf stellte das Tablett mit beiden Spritzen auf den Kaminvorsprung und desinfizierte routiniert Sidonies Arm. »Das ist ein Test. Ich bin gewiss, die Elemente zusammengebracht zu haben, aber du wirst dich trotzdem seltsam fühlen.«

»Ich hoffe, es tut höllisch weh!«, rief Verena. Sie spürte, wie sich das Seil weitete. Der Cocktail aus Adrenalin und Todesangst verlieh ihr ungeahnte Kräfte. Sie sprang auf und sprengte die letzten Fasern der Fessel. Verena riss den Strick ab und befreite mit fliegenden Fingern auch das andere Handgelenk.

Weber blockierte mit einem Sprung den Ausgang und nahm Verena ins Visier. »Nicht schießen!«, kreischte Sidonie. »Wolf, fang sie ein.«

Doch anstatt durch das überfüllte Labor zur Tür zu laufen, trat Verena gegen den überstehenden Rand des Tabletts auf dem Kaminvorsprung. Es drehte sich in der Luft: eine offene Alkoholflasche, Tupfer und zwei Spritzen flogen in verschiedene Richtungen. Die Kunststoffspritzen landeten heil, lediglich die Kanülen sprangen ab.

»Hexe!«, schimpfte Sidonie. *Ausgerechnet!*

Obwohl sie am liebsten einfach weggerannt wäre, baute Verena sich schützend vor Leon auf.

»Such die Sachen zusammen!«, befahl Hagendorf und übernahm die Pistole. »Vorsicht mit dem Elixier. Eine Verwechslung der Proben kann gefährlich enden.«

Verena ging aufs Ganze. »Wolf, ich möchte verhandeln.«

»Was gibt es da zu bereden?«, spottete Sidonie. »Am liebsten würde ich dir höchstpersönlich das Herz rausreißen, doch ich brauche jeden Tropfen deines kostbaren Bluts.«

Wolf jedoch nickte. »Also gut!«

»Ihr bekommt von uns beiden einen Liter Blut für das Elixier und lasst uns frei. Und ich übernehme die Blutabnahme bei Leon, sonst ...« Der Verband um seine Wade war durchgeblutet. Mist! Sie hätte eine bessere Wundversorgung hingekriegt. Auf Leons Stirn stand kalter Schweiß, aber wenigstens war er bei Bewusstsein.

»Also?«

Wolf lachte trocken. »Damit du ihn dabei losbinden kannst? Nein, es steht zu viel auf dem Spiel, Verena.«

Weber legte die Spritzen zurück auf das Tablett, wobei erdie nicht länger sterilen, abgesprungenen Kanülen mit den farbigen Kappen zur eindeutigen Kennzeichnung daneben sortierte, statt sie aufzustecken.

Verenas Welt verengte sich auf den Anblick der Spritzen. Noch war nicht alles verloren.

»Dann erledigst du das eben.« Sie klang so ausgepumpt, wie sie sich fühlte. »Einverstanden.«

Wolf tauschte einen Blick mit Sidonie. »D'accord. Setz dich. Das Blut muss frisch verarbeitet werden. Erst einmal ist Sidonie dran, sonst verfliegt die Wirkung der Testinjektion ...«

Verenas Magen ballte sich zusammen. Sie hatte diesem Mann ihre Liebe geschenkt, nun feilschte er um ihr Blut wie ein Vampir. Wie sollte sie seinem Wort vertrauen? Alles, was sie von ihm gehört hatte, waren kalkulierte Lügen, mit denen er sie manipuliert hatte, wie ein Puppenspieler.

»Gut«, lenkte sie zum Schein ein und spielte auf Zeit. Jeder Moment war kostbar, jeder Atemzug, und sei es als Gefangene hier im Gewölbe.

Irgendwas im Labor roch anders als zuvor. In der Luft hing nicht bloß der Gestank der Pistolentreibladung und des aufgekochten Elixiers, sondern etwas Stechendes. Verena sah sich um und nahm Rauch aus einer Ecke mit Glassphären wahr. Dort musste Webers Schuss gelandet sein.

»Es brennt!«, rief sie und zeigte auf eine dampfende, dunkle Flüssigkeit am Boden und die Scherben eines Gefäßes.

»Was?« Webers Aufmerksamkeit wanderte ebenso fort vom Tablett wie die der Übrigen.

Wieselflink vertauschte Verena die Spritzen.

Kapitel 15

»Die Löschdecke, schnell!«, rief Hagendorf. »Die Chemikalien dort sind bei ausreichender Wärmezufuhr explosiv.«

Weber rannte mit einem Stoffbündel in die Ecke.

Im selben Moment ertönte ein ohrenbetäubendes Klirren und Krachen. Durch den Lichtschacht drangen Rufe und unheimliches Geheul!

»Unser Feind hat uns gefunden.« Hagendorfs Halssehne stand angespannt vor.

Er reichte Weber die Pistole. »Sieh nach, was los ist, und stell sicher, dass die äußere Tür geschlossen ist. Schließlich hat der Gärtner, weiß der Teufel wie, sie irgendwie entdeckt.«

Danach versicherte er seiner Frau: »Bis Erich das Labor eingenommen hat, sind wir längst fertig.«

Die Sorge in Sidonies Augen machte Verena Hoffnung. Waren *Feinde* der Hagendorfs mögliche Verbündete?

»Hil...«, schrie sie, doch Weber verpasste ihr im Vorbeilaufen einen Schlag ins Gesicht, dass ihre Ohren klingelten.

»Keinen Mucks, sonst ist der *Deal* hinfällig!«, warnte Wolf.

»Setzen Sie sich gefälligst«, herrschte Sidonie sie an und drohte mit einem scharfkantigen Schürhaken. Verena gehorchte, ihr Schädel schmerzte von dem Fausthieb, daher war sie sogar froh über die Sitzgelegenheit.

Sie musste sich zusammenreißen, um nicht unentwegt auf die Spritzen zu starren, und wippte nervös mit dem Fuß.

»Steckt die Pflegerin mit Erich unter einer Decke?«, fragte Sidonie, als Hagendorf endlich die Injektionsspritze in die Hand nahm. »Du kennst sie ja besser!«

Der schüttelte den Kopf. »Niemals. Schau sie dir doch an. Sie hat keine Ahnung, um was es hier geht!«

Verenas Kehle wurde eng. Wie er über sie redete, als wäre sie abwesend!

Sie hatte im Traum den Tod der kleinen Josefine miterlebt. Ausgeblutet wie Schlachtvieh und den eigenen Vater um das Leben anbettelnd. Brauchte sie einen weiteren Beweis für Hagendorfs Verdorbenheit?

Sie wurde ganz ruhig. Die Immunreaktion auf die fremde Blutgruppe sollte für Durcheinander sorgen und Leon und ihr die Flucht ermöglichen.

Und falls das Elixier nicht die gewünschte Wirkung zeigte, brachte es die zwei vielleicht von dem wahnwitzigen Vorhaben ab.

Verena ballte die Fäuste, bis ihr die Nägel in die Handfläche stachen. Ganz bestimmt endete sie nicht als Jungbrunnen für eine verbiesterte Frau, die schon viel zu lange von gestohlenem Leben zehrte.

Leons Blut zischte in Sidonies Adern. Hallte das leise Geräusch so deutlich durch das Labor, oder war das bloß Einbildung? Verena machte sich bereit, beim ersten Anzeichen einer Immunreaktion loszusprinten.

Hagendorf setzte eine frische Kanüle auf die Spritze mit Verenas Blutgemisch. Er krempelte gerade den eigenen Ärmel hoch, als Sidonie sich neben ihm verkrampfte. Sie keuchte. Ihre Pupillen wirkten riesig im blauen Mondlicht. Der Schürhaken fiel klappernd auf die Fliesen. Wolf stützte seine Frau. »Das sind Anpassungsprobleme ...«, beruhigte er Sidonie und hatte nur noch Augen für sie.

Verena schlich zu Leon und band ihn los. Sie bekam aus nächster Nähe mit, wie Sidonies Krampfanfall schlimmer wurde. Abgehackte Laute drangen aus ihrem Mund.

Die falsche Injektion wirkte verheerender als erwartet. Ausgehend von der Einstichstelle verschlang das goldene Licht des Elixiers Sidonies Aura geradezu. Rasend schnell erschöpfte sich der schmale Rest Lebenskraft. Dafür konnte ihr Immunsystem kaum verantwortlich sein, es musste an der magischen Komponente liegen.

Sidonie erstrahlte eine Sekunde lang in einer Woge aus Licht, zog verzweifelt Luft ein und verstummte.

Wolf brüllte auf wie ein verwundetes Tier, fasste sich an die Stirn und sank neben ihr auf die Knie.

Verena wurde starr, und es war mehr als eine Reaktion angesichts von Wolfs Leid. Es war eine Vorahnung.

Im selben Moment flackerte seine mächtige Aura, glühte grell auf und erlosch dann wie eine ausgeblasene Kerze. Übrig blieb ein schwaches Glimmen, in dem sich olivgrüne Fasern, nur für Verenas Aura-Auge erkennbar, von innen durch das erleuchtete Gewebe fraßen. Binnen Sekunden sah sich Verena einem Greis gegenüber, der mühevoll Halt an der Stuhllehne suchte. In fassungslosem Entsetzen drehte Wolf ihr das Gesicht zu. Das Fleisch schmolz ihm von den Knochen, und seine Haut warf Falten. Sein Blick schien sie zu durchbohren, brennende Augen in einem Totenschädel. Dann brach er neben Sidonie zusammen.

Was hatte sie getan? Verena hatte beide auf dem Gewissen! Gelähmt hockte sie da.

»Los, weg hier!«, rief Leon und zog Verena mit sich.

Das Labor glitt an ihr vorbei, und alles schien sich um sie zu drehen. In der Ecke zersprang eine weitere Glaskugel, und violetter Qualm stieg auf. Die Löschdecke war heruntergerutscht. Auch egal.

Verenas Augen schwammen vor Tränen. Aber sie wischte sie entschlossen weg. Leon kam mit der Beinwunde kaum vorwärts. Wenn er sie zusätzlich schleppte, schafften sie es niemals. Daher hakte sie sich bei ihm unter, um ihm Halt zu geben.

»Dieser Erich«, stieß er hervor, »hast du – von dem – schon gehört?«

»Nur den Namen!« Vor jeder Biegung versteifte sie sich, denn der Chauffeur konnte hier überall lauern.

Bald kamen sie an der Tür zu dem kleinen Lagerraum vorbei, der ihr Gefängnis gewesen war. Leon wurde langsamer. Er ächzte bei jedem Schritt und blieb auf einmal stehen, um einen Moment, gegen die schmierige Ziegelwand gelehnt, auszuruhen.

»Ich brauche ’ne Pause!«

Verena hörte ihn durch zusammengebissene Zähne atmen. Der Ärmste musste unter dem Schock der Schusswunde leiden. Von den Nachwirkungen der vorigen Gehirnerschütterung mal abgesehen.

Sie fühlte sich ebenfalls wie durch die Mangel gedreht. Ihr Kiefer schmerzte von Webers Hieb. Verena steckte die zittrigen Hände in die Hosentasche und stieß dabei auf die Blisterpackung mit den zwei Numarin. Ein Geschenk des Himmels.

Sie huschte in den Lagerraum, um eine Wasserflasche zu holen. Dann tippte sie Leon an und reichte ihm das Medikament »Schmerzmittel«, erklärte sie. »Nimm beide und trink ordentlich, um den Blutverlust auszugleichen.«

Leon schluckte die Tabletten ohne Widerrede und trank die halbe Flasche auf einen Zug. Gut so. Wie sollte er flüchten, wenn er sich vor Schmerzen nicht auf den Beinen halten konnte?

Schließlich erreichten sie die eingestürzte Erdmiete. Wo steckte Weber bloß?

Hier waren sie besonders angreifbar. Falls Leon stürzte, kam er mit der Verletzung kaum aus dem Loch heraus.

Verena beförderte ihn über die schmale Brücke, so gut es ging. Das Brett bog sich unter seinem Gewicht und knackte. Unwillkürlich wanderte ihr Blick hinunter. Aus der aufgewühlten Erde am Grund der Grube ragten zwei rundliche helle Steine. Erst die dünne olivfarbene Linie darum half ihr auf die Sprünge. Es waren keine Steine, sondern Schädel!

Darüber wollte Verena sich erst Gedanken machen, nachdem sie selbst drüben war. Sie balancierte mit ausgebreiteten Armen über das Brett, die Augen starr nach vorn gerichtet.

Auf festem Boden fühlte sie sich, als hätte sie gerade das Ufer des Totenreichs überquert und wäre zurück in der Welt der Lebenden.

»Ruht in Frieden, Josefine und Elfriede!«, flüsterte sie in das ungekennzeichnete Grab. »Eure Mörder sind tot.«

Sie standen vor der Geheimtür. Als Leon von innen die Tür einen winzigen Spalt öffnete, drangen Poltern und Gesprächsfetzen herein. Der Schall verzerrte die Stimmen, doch eine gehörte zweifellos dem Fahrer.

Verena beugte sich ein Stück vor. Auch der andere Sprecher klang vertraut. Im ungenutzten Labor mit den Kühlschränken wurde anscheinend das Unterste zuoberst gekehrt, und bei dem Geräuschpegel verstand sie zu wenig.

»... vergessen Se's«, meinte Weber.

»Ihre Loyalität ... ist löblich ... hätte von ... Fremdenlegionär ... kaum anderes erwartet.«

Der Chauffeur gab einen unwilligen Laut von sich.

Verena schob Leon zur Seite und presste ihr Ohr an die Türritze, um keine Silbe zu verpassen.

»Wissen Sie, wem Ihre Treue gilt? Die Hagendorfs sind Mörder.«

Weber schnaubte nur.

»Warum spielen Sie den Leibwächter? Womit hat Hagendorf Sie geködert? Sollen Sie auch ein Schlückchen vom Elixier erhalten?«

Verena *kannte* die merkwürdig kultivierte Redeweise des zweiten Sprechers.

»Wenn Se glauben, Ihre hässlichen Köter jagen mir Angst ein, haben Se sich geschnitten.«

Ein leises Knurren ertönte, und Klauen kratzten auf dem Boden, als würde ein Hund an der Leine zurückgehalten.

»Still, Thymin!«, befahl der Unbekannte, woraufhin
Ruhe einkehrte. »Ich bin moralisch im Recht. Hagendorf hat das Salamanderbuch geraubt ...«

»Vielleicht hab ich's ja selbst geklaut«, unterbrach ihn
Weber. Verena sah sein selbstgefälliges Grinsen geradezu.

»Nein. Er hat sich persönlich die Hände schmutzig gemacht und sich seinerzeit ins Vertrauen meiner Groß-
mutter Helene geschlichen, um ihr das Buch zu stehlen,
ein uraltes Erbstück unserer Familie. Er war immer ein
Herzensbrecher, wie man ja auch bei der Krankenschwester sieht.«

Verena lief rot an. Woher wusste der Mann von ihr?

Weber zögerte einen Moment. »Se sind gut informiert«, gab er zu.

Der andere lachte, und sein Gelächter verriet ihn
schließlich. Endlich erschien der passende Name in Verenas Bewusstsein. *Sie* schüttelte den Kopf. *Das ist unmöglich!* Was um alles in der Welt führte ausgerechnet
Dr. Karden hierher?

»Ich weiß nichts von einem Buch!«, behauptete Weber spöttisch. »Aber ich habe da ein Skatblatt mit schönen ...!«

»Warum arbeiten Sie nicht in Zukunft für mich? Wie
die Haushälterin? Sie dachte, es ginge um Forschungs-
ergebnisse Ihres Brötchengebers und hat Informationen weitergeleitet. Allerdings hat sie das Salamanderbuch nicht gefunden, und da liegt Ihre Chance, Weber.«

Verena schluckte. Gina war eine Spionin? Sie fühlte
sich wie die einzige Unkostümierte auf einem Masken-
ball.

Ein Knurren dröhnte durch den Korridor. Es lief Verenas Wirbelsäule hinab wie ein kalter Guss. Die Härchen auf ihren Armen stellten sich auf. Am liebsten hätte sie die Tür geschlossen, aber es war Leon, der den Hebel hielt.

»Ich kann Ihnen nicht helfen. Die Hagendorfs sind abgereist. Sie haben bekommen, was sie wollten, und lassen nun Gras über die Sache wachsen. Wie immer.«

»Sie lügen! Der *Blue Moon* ist heute. Ich wette, die beiden hocken irgendwo mit dem kostbaren Elixier. Geben wir dem Mann einen Grund, sich zu erinnern. Thymin – fass!«

Verena vernahm einen unterdrückten Laut aus Webers Mund.

Dann sagte Weber: »Passen Se auf, sonst greift Ihre Nervosität auf die Bestien über, Tierbändiger. Ich konnte ja leider nicht alle von denen abknallen.«

Wovon redete er?

»Das mit Guanin wird Ihnen noch böse auf die Füße fallen, sollten Sie sich gegen mich entscheiden.« Karden stieß einen Pfiff aus, und der Lärm aus dem Labor erstarb. »Cytosin, bei Fuß!« Zugleich hörte Verena ein lauter werdendes Knurren und rückte vom Türspalt ab.

»Haben Se die Biester wirklich im Griff?«, höhnte Weber. »Solche Geschöpfe lehnen sich früher oder später gegen ihren Herrn auf.«

»Die Lumpensammlermorde? Ja, gelegentlich gerät mein *Alpha* in Blutrausch«, erklärte Karden. »Und nehmen Sie das als freundliche Warnung: Ziehen Sie in Betracht, was Adenin bereits angerichtet hat, dann sollte Ihnen klar werden, dass ich wenig zu verlieren habe.«

Ein kurzer, scharfer Schrei. Gleich darauf noch einer. Weber.

»Im Muskel richtet die Klinge schon einigen Schaden an«, kommentierte Karden wie bei der Chefarztvisite. »Aber wenn ich das Messer erst in der Wunde drehe ...«

Jetzt brüllte der Fahrer aus voller Kehle auf und stieß keuchend hervor: »Verdammtes Schwein!«

»So viel Blut. Meine schwer kontrollierbaren Nachkommen haben eine Vorliebe dafür. Letzte Chance: Sie haben die Wahl, ob Sie mit einem sauberen Schuss abtreten oder bei lebendigem Leib in Stücke gerissen werden. Verraten Sie mir, wo das Buch ist!«

Verena schlug bei Webers entsetzlichen Schreien die Hand vors Gesicht. Da ertönte ein Triumphgeheul direkt vor der Geheimtür. Ein massives Gewicht drückte sie zurück und brachte Verena aus dem Gleichgewicht. Sie prallte mit Leon zusammen und schaffte es irgendwie, zu verhindern, dass sie beide gegen die Wand krachten. Licht flutete den Gang, und hinein sprang eine Kreatur auf allen Vieren.

Sie trug den abgerissenen *Lumpensammler*-Mantel, die blaue Funken-Aura wie eine Gloriole darum. Aus dem Maul des Wesens drang aufgeregtes Belfern und zwei abgehackte Laute wie ein Signal.

Leon starrte wie gelähmt auf die Bestie. Verena konnte ihm das nicht verübeln. Er hatte solchen Ungeheuern ja bisher nie gegenübergestanden.

»Adenin? Braver Junge«, rief Karden von weiter weg.

Die angesetzten fledermausartigen Ohren des Wesens gingen nach hinten. Aber sein Blick, seine witternde Aufmerksamkeit, hafteten auf Verena, und die

Augen in dem tierhaften Gesicht waren erschreckend menschlich.

Schritte. »Du hast sie aufgestöbert? Guter Junge. Dann brauche ich den Kerl nicht länger.«

»Warten Se«, Weber klang panisch. »Se wissen ...«

Wüstes Geschrei und schnappende, reißende Laute füllten den Korridor.

Karden tauchte unter dem Türsturz auf, er war mit Webers Pistole bewaffnet. »Nicht ganz, aber nah dran, Adenin!« Er kraulte dem Wesen den Rücken und wandte sich dann an Verena.

»Welch unverhofftes Wiedersehen, Frau Seiler. Man sagte mir bereits, Sie gehörten irgendwie zur Hagendorf'schen Sippschaft. Da hatte ich, was Sie angeht, ja von Anfang an den richtigen Riecher.«

Verena fehlten die Worte. Hatte Gina das auch weitergetratscht?

»Und apropos Riecher: Mein Alpha hat ja geradezu einen Narren an Ihnen gefressen.«

Draußen ging das Gemetzel weiter, und Verena wurde schlecht bei Webers qualvollen Schreien. Und dann verstummte er wie abgeschnitten.

»Kennst du diesen Mann?«, fragte Leon entgeistert.

Der Tiermensch vor ihm fuhr seine Krallen aus und schlug in die Luft wie eine spielende Katze.

»Der Blutgeruch Ihrer Verletzung macht ihn verrückt«, behauptete Karden. »Kommen Sie ganz langsam heraus, und keine Mätzchen, sonst kann ich für nichts garantieren.«

Das Wesen richtete sich mit grotesken Bewegungen auf, als seien seine Hüften nicht für den zweibeinigen Gang gemacht. Es trieb Leon und Verena vor sich her.

Um den letzten Widerstand zu brechen, folgte Karden mit der Pistole.

Im Flur vergnügten sich zwei ähnliche Geschöpfe mit der Leiche des Chauffeurs, eines mit sichtbar weiblichen Zügen. Blut war überall. Es roch wie in einem Schlachthaus, und Verena würgte angesichts dieser Gräuel. Weber war ein elender Grobian, aber das ...

»Darf ich vorstellen: meine kleine Familie«, sagte Karden unbekümmert. »Adenin, der Alpha. Thymin und Cytosin.« Er wies auf einen ähnlich missgestalteten Körper Kadaver am Boden. »Guanin ist leider gefallen, und das hat die übrigen sehr verstört.«

Ganz schön krank, solche Monster nach den Basenpaaren der DNS zu benennen, dachte Verena. »Wie haben Sie die hochgradig illegale Forschung hingekriegt?«, wollte sie wissen. »Neben dem Pharma-Geschäft noch Chimären zu erzeugen, ist das Ihr Hobby?« Sie hatte langsam genug von Wissenschaftlern mit Gott-Komplex.

Karden sah sie kalt an. »Panazee-Pharma *ist* die eigentliche Forschung! Meine Familie ist dem Allheilmittel seit dem Mittelalter auf der Spur. Wir wären längst am Ziel, hätte Wolfgang Hagendorf nicht das Salamanderbuch mit Lug und Trug an sich gebracht!«

Verena erinnerte sich an das belauschte Gespräch aus dem Krankenhaus. »Das Löwen-Projekt«, entschlüpfte es ihr, ehe sie sich bremsen konnte. »Darum geht es also!«

Karden hatte beim Telefonat erzählt, dass man die Forschungsreihe umsiedeln wollte. Wie es aussah, waren sie ins Mergelsteiner Gewerbegebiet gezogen. Und da er so gut über die Vorkommnisse in Weißenbach

Bescheid wusste, hielt Verena die räumliche Nähe nicht für einen Zufall.

»Ich sehe, Sie sind im Bilde über den *Roten Löwen*. Allerdings würde ich dafür nie so weit gehen wie die Hagendorfs. Meine Methode ist wesentlich humaner und umgeht das Problem der erblichen Komponente. Mit Hilfe von Genscheren und modernen *Splicing*-Techniken sind erstaunliche Dinge möglich. Alte und neue Wissenschaft müssen sich nach esoterischem Verständnis nicht ausschließen.«

Verstand Verena das richtig, dass Karden mit den Kreaturen halbmenschliche Nachkommen gezüchtet hatte, um mit ihnen wegen des Elixiers zu experimentieren?

Vom Regen in die Traufe, dachte sie und fühlte sich, als habe jemand die Zeiger der Schicksalsuhr wieder auf *kurz vor Zwölf* gestellt.

»Frau Seiler, Sie wissen, wozu die *Löwen* fähig sind. Verraten Sie mir im Guten, wo das Salamanderbuch ist.«

»Hagendorf hat mir das Buch gezeigt und behauptet, er hätte es im Zigarrenkabinett seines Onkels gefunden. Ich habe nicht die geringste Ahnung, wo es ist.«

»Ich soll glauben, dass Ihr vergötteter Hagendorf Sie darüber im Dunkel gelassen hat?« Karden zuckte die Achseln. »Nun reden Sie schon. Ich weiß, dass Sie es kennen, denn schließlich haben Sie dazu sogar Notizen angefertigt. Da gibt es das Foto eines Bilds.«

»Meinen Sie etwa mein Malbuch?« Die Luft selbst schien sich gegen Verena verschworen zu haben. Sie hatte das Gefühl, ihr Brustkorb würde zusammengedrückt.

»Das waren keine Notizen. Ich habe die Symbole nur aus der Erinnerung in den Hintergrund gekritzelt. Von esoterischen Wissenschaften verstehe ich *null!* Das ist die Wahrheit.«

Karden sah auf eines der Tierwesen, und es fing seinen Blick auf und winselte aufgeregt. Das Maul war rot verschmiert.

Verena erstarrte.

»Lassen Sie Verena in Ruhe!«, sagte Leon da. Er deutete in den Gang. »Der Kerl und seine Furie sind da im Keller.«

»Vielleicht ist da auch das Buch«, ergänzte Verena. »Das ganze Labor steht voller Gerümpel.«

Karden nickte. »Dann frage ich erst den Hausherrn und befasse mich später mit Ihnen und dieser traurigen Gestalt.«

Die Kreaturen brachten sie in einen kleinen Salon im Haupthaus.

»Adenin wird vor der Tür aufpassen«, erklärte Karden. »Sie sollten mucksmäuschenstill sein, sonst bekommt er vielleicht Lust, da weiterzumachen, wo er in Blankenrain angefangen hat.«

Er strich mit dem Finger über die schmerzhaft aufgerissene Stelle in Verenas Gesicht. »Das muss wehtun! Und Ihr Freund sieht auch nicht aus, als könnte er allzu viel einstecken.«

»Ihre Selbstherrlichkeit kotzt mich an.«

»Tun Sie sich keinen Zwang an. Wir sehen uns bald.«

Die Tür glitt hinter Karden ins Schloss, und jemand zog etwas Massives vor den Eingang – eine Kommode vielleicht.

Kapitel 16

Leon humpelte zum zugezogenen Fenster. Als er sah, dass es buchstäblich vor einer Wand endete, ließ er sich seufzend in einen der lakenbedeckten Sessel neben Verena sinken und streckte das verletzte Bein. »Man kann nicht behaupten, es würde in deiner Gegenwart schnell langweilig, Verena. Wer ist denn dieser Dr. Frankenstein?«

»Mein Ex-Chef aus dem Krankenhaus.« Sie schüttelte den Kopf. »Dass ausgerechnet er für die *Lumpensammler*-Morde verantwortlich ist ...«

»Ganz schöner Aufwand, nur um ein Buch zurückzuholen«, scherzte Leon. »Erinnert mich an die Unibibliothek!«

»Ich frage mich, ob Wolf Hagendorf und Karden verwandt sein könnten«, überlegte Verena laut. Die Worte ihres ehemaligen Vorgesetzten gingen ihr nicht aus dem Kopf. »Vielleicht war Helene ja schwanger von Wolf, als er mit dem *Salamanderbuch* abgehauen ist. Das würde Kardens Fixierung auf die Hagendorfs erklären.«

»Er hätte sich ruhig mal früher an ihnen rächen können«, sagte Leon.

»So sind wir zwischen die Fronten einer uralten Fehde geraten.« Ginas Verrat, die Monster, der grauenvolle Tod von Wolf und Sidonie, ja sogar der von Weber, spukten in Dauerschleife durch Verenas Schädel. Ihre Selbstbeherrschung war zu Ende. Sie ließ die

Schultern hängen und vergrub den Kopf im dicken Rollkragen.

Leon fasste tröstend nach ihrer Hand. »Ich habe eine gute und eine schlechte Nachricht.«

Sie schaute auf. »Lass hören.«

»Dieser Karden dürfte rasch zurück sein, sobald er herausgefunden hat, dass die Hagendorfs das Zeitliche gesegnet haben. Vielleicht sucht er unten noch das Buch, aber ...«

Verena fröstelte bei dem Gedanken an die Ungeheuer.

»Und die gute Nachricht?«

»Die Schmerzen lassen nach. Deine Tabletten wirken.«

Wenigstens würde Leon schmerzfrei ... Nein, so wollte sie nicht denken. Sie hatten den Horror der Alchemistenküche überlebt und sollten nun auf den letzten Metern aufgeben?

»Ganz schön stickig hier drin!«, beschwerte sich Leon. »Und man kann in diesem Sarg von einem Haus nicht mal ein Fenster öffnen.«

Elektrisiert sprang Verena bei seinen Worten auf und schob die Vorhänge beiseite. Der gleiche Handgriff mit Hebel wie bei ihrem Fenster. Und die entsprechende Luke im Dach, die den Raum mit Frischluft versorgte.

»Was ist?«, fragte Leon. »Das ist doch bloß eine Attrappe.«

Verena deutete auf das Gestänge, das an der inneren Mauer zur Luke oben führte. »Aber man kann zwischen den Wänden zur Lüftungsklappe hochklettern.«

Leon würde ein Seil brauchen. Verena zerrte ein Laken von einem Sessel, kerbte den Stoff mit dem Uhrenarmband ein und riss einen Streifen nach dem anderen ab. »Das erledigst du.«

»Der gute alte Bettlaken-Trick«, meinte er amüsiert. »Hauptsache, wir sind nicht mehr da, wenn der Irre zurückkommt. Allerdings steht mein Auto ein Stück die Straße hoch!«

»Nein!«, verdeutlichte Verena. »*Du* gehst und holst Hilfe. Ich kenne das Haus und kann bei der Suche nach diesem Buch helfen. Solange ich Karden nützlich bin, wird er ...«

»Ich lasse dich niemals zurück. Schließlich hast du im Labor genauso auf mich gewartet!«

Während Verenas Geist fieberhaft arbeitete, knüpften ihre Finger eine Knotenschlinge in die nächste. »Du müsstest übers Dach auf die andere Seite zur Garage kommen.« Der Plan gewann Konturen. »Ich erklär dir den Weg. Der Ersatzschlüssel vom Maybach steckt in der Teedose auf ...«

»Ich sagte doch, ich gehe nicht ohne dich«, unterbrach sie Leon.

»Unsere Zeit läuft ab.«

»Genau.« Leon stand auf. »Das Seil ist lang genug!« Er schob Verena auf die Fensteröffnung zu. »*Ladies first!*«

Ihr brach der Schweiß aus, und sie fing an zu zittern. Nicht für alles Geld der Welt quetschte sie sich durch diesen engen Schacht! »Nein. Ich schiebe den Sessel vor die Tür und halte sie auf.«

»Karden hat mit Weber nicht lange gefackelt. Glaubst du, ich überlasse dich diesem Wahnsinnigen?«

»Ich habe Platzangst. Der Hohlraum ist kaum breiter als ein Kamin. Es geht einfach nicht!«

»Deswegen riskierst du deinen Hals?«, fragte Leon.

»Du hast keine Ahnung, wie das für mich ist.«

»Also bleibe ich auch hier.« Er verschränkte die Arme vor der Brust.

Verena wäre ihm am liebsten an die Gurgel gegangen. »Dann bringt Karden uns beide um. Wir wissen zu viel.«

Leon sah sie nur an.

Der Gedanke an den finsteren Aufstieg schnürte ihr die Luft ab. »Ich will ja, aber es geht nicht.«

»Doch, du kannst das. Wenn du versprichst, dass du hinterherkommst, klettere ich vor und ziehe dich hoch.«

Verena geriet in Versuchung zu nicken, Leon gehen zu lassen und einfach das Fenster hinter ihm zu schließen. So hatte er eine Überlebenschance und konnte die Polizei zur Hilfe rufen.

Damit wäre diese Lüge aber vielleicht das Letzte, was er von ihr hörte.

Als sie nicht antwortete, sah Leon ihr direkt in die Augen. »Hattest du die Probleme schon immer?«

»Ich war als Kind nach einem Unfall im Auto eingeklemmt. Die Feuerwehr hat zwei Stunden gebraucht, um mich rauszuschneiden. Die ganze Zeit habe ich neben meiner toten Familie gelegen«, brach es aus Verena heraus.

Die alten Ängste gewannen die Oberhand, und ihre Hände zitterten. »Man sollte denken, dass ich durch die letzten Tage abgestumpft wäre. Aber die Zeit im Keller hat so viel Kraft gekostet, dass einfach nichts mehr übrig ist.«

Leon schluckte sichtlich. »Ist gut«, sagte er leise. »Hören wir auf zu streiten. Mittlerweile ist es bestimmt schon zu spät für eine Flucht.«

Vor dem inneren Auge sah Verena Karden durch den Geheimgang über den Laborflur ins Haupthaus zurückkehren. Dieses Zimmer, auch wenn es mehr als fünfzehn Quadratmeter maß, war eine Falle. Ganz Weißenbach war ein Gefängnis.

Sie fühlte sich wie ein wildes Tier im Käfig und dachte an einen Fuchs, der lieber die eigene Pfote abbiss, als im Fangeisen festzusitzen.

Verena atmete tief durch. Die Angst war die größte Falle von allen. Und der konnte sie nur alleine entkommen.

»Los! Worauf wartest du noch?« Ihre Stimme bebte, aber ihr Zittern hatte sie in den Griff bekommen. »Du kletterst voraus, wie besprochen.«

Leon nickte, nahm das Seil und begann den Aufstieg. Sie hörte, wie er mehrmals scharf die Luft einzog und vor Schmerz unterdrückt fluchte.

Sie wagte sich kaum vorzustellen, wie schwierig das freihändige Klettern mit der Beinverletzung war. Um etwas Sinnvolles zu erledigen, verkeilte sie einen Stuhl unter der Türklinke.

Von draußen drang ein Knurren, aber Verena blendete das Geräusch so gut wie möglich aus. Sie band Klinke und Lehne mit einem Stoffstreifen zusammen, damit der Stuhl nicht sofort umfiel. Mit einem Quäntchen Glück hielt das Möbelstück Karden auf.

Ein wenig später rief Leon nach ihr. Verenas Herz klopfte, und Übelkeit explodierte in ihrem Magen.

Angetrieben vom rasenden Puls schob sie sich langsam durchs Fenster.

Mit den Kollegen war es letzten Sommer zum Teambuilding in eine Kletterhalle gegangen. Verena versuchte, sich an die Grundlagen zu erinnern.

Sie schluckte und legte das Stoffseil um Oberschenkel und Bauch wie ein Geschirr. »Ich bin so weit.«

Die kühle Außenwand presste von der einen Seite, die Innenwand von der anderen. Das Metallgestänge verengte die Passage zusätzlich. Nie im Leben kam sie hier unbeschadet heraus! Und jetzt sollte sie sich diesem kruden Seil anvertrauen?

»Ich klettere lieber selbst! Hol das Seil ein Stück ein.«

Verena rief sich den Nachmittag in der Kletterhalle zurück ins Gedächtnis. Langsam schob sie sich nach oben, nutzte jeden Vorsprung, um die Finger hineinzukrallen oder die Zehen am Metall abzustützen.

Die erdrückenden Wände und Kanten, die sie dabei streifte, waren bedeutungslos. Verena atmete tief und ruhig in den Bauch und bewegte sich millimeterweise um die Hindernisse herum.

Dann blieb sie hängen, und die Mauern schienen zusammenzurücken.

Es war so dunkel und eng hier!

Plötzlich glaubte Verena, verbranntes Gummi zu schmecken, Blutgeruch einzuatmen. Eine Panikwelle schwappte hoch. Sie wollte sich nur noch zusammenrollen. »Zieh!«, rief sie, aber als sich das Seil straffte, ächzte der Knoten laut über ihr. »Halt!«

Sie schloss die Augen und überließ sich eine Sekunde lang innerlich der nackten Angst. Dann baute sie Stein für Stein eine Mauer, um sie einzudämmen. Auch die größte Überwindung ließ Furcht nicht verschwinden. Aber man konnte sie durch direkte Konfrontation angehen. Leichter gesagt als getan.

Puh! Bestimmt fehlte nur noch ein kleines Stück in die Freiheit. Sie musste weitermachen, das war sie Leon schuldig, der in ein Haus eingebrochen war, um sie zu warnen. Wenn sie feststeckte, gefährdete sie sein Entkommen.

Sie hatte sich völlig verkrampft. Mit einer bewussten Anstrengung machte Verena den Rücken möglichst lang und lockerte Arme und Beine. Sie sicherte den Fuß an einer Strebe.

»Jetzt!«

Während Leon zog, schob und drehte sie sich einige Zentimeter, um nicht wieder hängenzubleiben. Nach einer halben Minute, die ihr wie eine Ewigkeit erschien, half Leon ihr endlich durch das enge Dachfenster.

Der Wind fegte kalt über die steile Fläche und brannte in der Abschürfung an Verenas Wange.

Leon kraxelte am Rand des Walmdachs lang. Er trug das selbstgeknüpfte Seil um die Schulter und lief mit einem Fuß an der Regenrinne, schräg gegen die Dachpfannen geneigt, um sein Gewicht zu verteilen. Sie folgte seinem Beispiel.

»Siehst du?« Er wies zum zertrümmerten Laborfenster. »Ich wette, da ist die Meute eingedrungen.«

Klappernd verschoben sich die Dachziegel unter Verenas Zehen. Prompt glitschte ihr Fuß in dem Bodensatz aus fauligen Blättern in der Dachrinne weg, und beinahe wäre sie über den Rand gekippt. Links klaffte der Abgrund.

Ihr Herz hämmerte. Sie drückte sich gegen das Dach und schüttelte ihr Knie aus.

Von hier oben sah der mondbeschienene Garten aus wie eine riesige Patchworkdecke. Leichter Dunst waberte über dem Teich. Der geisterhafte Schemen des weißen Koi schwamm an der Oberfläche.

Doch wo die Sonnenuhr gewesen war, glomm jetzt ein gelber Fleck wie ein Drachenauge. Das musste der Auslass vom Mondlicht-Schacht des Labors sein, der nur in geöffnetem Zustand erkennbar war.

Leon hielt an. »Alles in Ordnung?«

»Bin nur abgerutscht.«

In diesem Moment krachte es tief unter ihnen und eine Funkensäule schoss aus dem ›Drachenauge‹.

Verena fuhr zusammen und schützte das Gesicht mit dem Unterarm. Leon schwankte. Instinktiv warf sie sich nach vorn und riss ihn zurück auf die Dachpfannen.

»Puh!«, sagte er. »Das verdammte Bein tut kaum noch weh, aber zu sehr belasten darf ich es auch nicht.«

»Wem sagst du das?« Verena hatte sich das Knie verdreht.

Eine Explosion in den Tiefen von Weißenbach schleuderte eine Funkengarbe bis aufs Dach.

Inzwischen wirkte das Loch wie die Mündung eines feuerspeienden Minivulkans.

»Dr. Frankenstein wütet im Labor«, meinte Leon.

Doch Verena dachte vor allem an die Glaskugeln mit dem explosiven Material und die strohgefüllten Holzkisten.

Als Verena wieder auf festem Grund angekommen war, zitterten ihre Beine, und die Handflächen waren vom Klettern zerschunden.

Leon ließ sich eine Etage darüber durch den Herdabzug in die Küche ab und öffnete dort ein Fenster für sie. Beide eilten Richtung Garage, da hörte Verena tiefer im Gebäude ein triumphierendes Aufheulen. Offenbar streifte eine Kreatur auf eigene Faust umher und hatte sie aufgespürt!

»Schnell, schnell, schnell!« Verena trieb Leon an. »Die erste links!« Sie stolperten um die Ecke.

Die Garagentür lag direkt voraus, doch der Alpha der Lumpensammlerkreaturen sprang bereits von der anderen Seite des Flurs herbei.

Leon hatte die Tür kaum aufgerissen, als Verena ihn mit aller Kraft hineinschubste und selbst hindurchschlüpfte. Sie schlug die Feuerschutztür zu und drehte den Schlüssel.

Die Schläge dröhnten wie Kesselpauken gegen die massive Tür. Mit fliegenden Fingern holte Verena Webers Ersatzschlüssel aus der rostigen Teedose.

»Junge, Junge.« Leon bewunderte noch den Maybach, als Verena ihm den Zündschlüssel in die Hand drückte.

Sie sprang auf den Beifahrersitz. Das Hämmern gegen die Tür war verstummt.

Leon ließ den Wagen an. Genauer gesagt versuchte er das. Der Motor krächzte und erstarb.

In der Zwischenzeit verknotete sich Verenas Magen bei dem Gedanken, dass Weber die Maschine vielleicht noch nicht zum Laufen gebracht hatte. Sie kramte den Öffner fürs Garagentor unter Webers Rallye-Handschuhen hervor.

»Nun komm schon«, sprach Leon dem Motor gut zu. »Das nächste Mal gebe ich mehr Gaaa ...« Der Wagen machte einen Hüpfer. Verena presste den Öffnerknopf, und mit leisem Rumpeln sprang der Mechanismus an.

Die Schnauze des Maybachs küsste das Garagentor, dann folgte ein heftiger Ruck der Bremsen.

»Vorsicht! Wenn du das Tor verbiegst, geht es vielleicht nicht mehr auf.«

»Willst du fahren?«, rief Leon gereizt. Der Motor heulte auf, spuckte und fing gleichmäßig an zu brummen. Gemeinsames Aufatmen.

»Na bitte, schnurrt wie ein Kätzchen.« Mit beherztem Tritt aufs Pedal beförderte Leon den Maybach unter dem halboffenen Garagentor nach draußen.

Sie waren kaum auf der Ausfahrt, da sprang ein Schatten seitlich heran. Der Alpha klatschte gegen das Beifahrerfenster und hinterließ rote Schlieren. Verena schrie bei diesem Anblick auf. Das verdammte Biest wollte sie abpassen!

Im Scheinwerferstrahl glänzte das Maul der Bestie feucht und blutig. Grüne Augen reflektierten das Licht, als der *Lumpensammler* abermals Anlauf nahm.

Leon gab Gas, riss das Lenkrad zur Seite und hielt drauf zu. Der massige Kotflügel des Maybachs erwischte die Kreatur und schleuderten sie zu Boden.

»Der schon wieder«, sagte Leon gespannt wie eine Klavierseite und legte den Rückwärtsgang ein. Der schwere Wagen rollte einmal über den hingestreckten Körper und zurück. Der Maybach hubbelte wie über eine leichte Bodenwelle und nahm dann Fahrt auf.

Das Wacholderspalier sauste an ihnen vorbei. Verena sah im Rückspiegel nach ihrer Nemesis. Die Bestie rührte sich nicht mehr. Und das erste Mal seit sehr langer Zeit fühlte sich Verena in einem Fahrzeug sicher und beschützt.

Bevor sie auf die Straße einbogen, schaute sie ein letztes Mal zurück. Eine bernsteingelbe Aura umloderte Weißenbach, und vor den tiefen Schatten erzitterte das Gebäude wie ein Wesen in schwerem Schlaf. Die im Teich gespiegelten Lichter verschmolzen mit ihren flammenden Gegenstücken an der Fassade. Einen grausigen Moment schien es, als erwache das Haus zum Leben. Seine dunklen Arme streckten sich, um Verena einzufangen.

Doch es waren bloß hervorquellende Rauchsäulen. Irgendwie mussten die Funken aus dem Kellerlabor das Gebäude in Brand gesetzt haben. Vielleicht durch die zersplitterten Fenster des Anbaus.

Der Anblick des flammenumtosten Herrenhauses gab Verena den Rest. »Weißenbach brennt!« *Himmel.* »Ob Karden und die restlichen Kreaturen entkommen sind?«

»An der nächsten Telefonzelle rufe ich die Feuerwehr«, versprach Leon. »Wir tauschen gleich die Autos. Dann fahren wir erst mal in meine Bude. Ist nicht weit von hier.«

Sie war froh, als der feurige Schein hinter ihnen zurückblieb. Dunkelheit und Ruhe der Landstraße legten sich auf ihr aufgewühltes Gemüt wie Balsam.

Der *Blaue Mond* erhellte das Firmament. Ein Bote aus einer Zeit, als Magie und Wissenschaft Hand in Hand gingen. Und das war nun das Ergebnis der alchemistischen Verschmelzung der Gegensätze: ein Phönix, der sich nur selbst verzehrte, hoffentlich, ohne aufzuerstehen.

Verena dachte an ihre Unterlagen und Bücher, die dort verbrannten, ebenso wie das wertvolle Salamanderbuch. Ihre Klausur war endgültig gelaufen, aber dafür hatte Verena eine Prüfung völlig anderer Art überstanden:

Eine Feuerprobe, eine Läuterung, ganz im alchemistischen Sinne.

Epilog

»Das ist ja wirklich unglaublich«, meinte Tina, als Verena und sie am folgenden Abend beim Tee in Verenas Wohnung hockten.

Dabei hatte Verena ihrer Freundin nur die halbe Wahrheit erzählt und die Lücken im Ablauf mit einer plausiblen Geschichte gestopft, die sie und Leon sich gemeinsam ausgedacht hatten.

Tina erschauerte. »Mir wird ganz anders, wenn ich daran denke, was passiert wäre, wenn du dich nicht mit diesem Leon zum Rendezvous getroffen, sondern in dem brennenden Haus geschlafen hättest.«

Der Gedanke schien ihr die Sprache zu verschlagen, und sie goss sich erst mal eine neue Tasse Tee ein.

»Ja, ohne Leon wäre alles anders gekommen.« Verena verspeiste das letzte Stückchen Kuchen von ihrem Teller. »Nach dem Brand habe ich auch bei ihm übernachtet, weil ich ja quasi obdachlos war.«

Tina wackelte vielsagend mit den Augenbrauen. »Aha!«

»Nur zu deiner Information, ich hab auf dem Sofa geschlafen«, stellte Verena klar. »Ich musste mich erst mal sortieren, da stand noch eine Aussage bei der Polizei an. Leon und ich konnten allerdings wenig zu der Frage beitragen, wodurch das Feuer ausgebrochen ist. Wir haben direkt die Feuerwehr alarmiert und sind ansonsten in sicherer Entfernung geblieben.«

Verena hatte außerdem gleich in der Nacht einen anonymen Hinweis auf Panazee-Pharmas illegale Forschungsbaracke *Cave Canem* gegeben. Nur für den Fall, dass Karden das Inferno überstanden hatte.

»Was für eine furchtbare Tragödie!«, sagte Tina kopfschüttelnd. »Und dieser Wolf klang so vielversprechend!«

Verena nickte und dachte sich ihren Teil. Es war besser, wenn niemand je die volle Wahrheit erfuhr. Auch nicht über Wolf, der seinem Raubtiernamen alle Ehre gemacht hatte. Verena fühlte sich ein bisschen wie Rotkäppchen, das lebendig verschlungen worden und dann wieder heil aus dem Bauch des Wolfs herausgekommen war.

Die gestrige Nacht erschien ihr bereits fern wie ein böser Traum. Sie hatte in seiner Wohnung Leons Beinwunde fachgerecht genäht. Ein Besuch in der Notaufnahme hätte bei der Schussverletzung bloß Fragen provoziert.

»Verena?« Tina winkte ihr zu. »Träumst du mit offenen Augen?«

»Entschuldige, ich bin noch total fertig von dieser Horrornacht. Ich habe heute Morgen erfahren, dass Weißenbach bis auf die Grundmauern niedergebrannt ist. Die doppelte Fassade hat die Hitzeentwicklung im Gebäude enorm gesteigert.« Sie schluckte. »Derzeit können die Brandermittler nicht ins Innere, und das erschwert die Identifikation und Bergung der menschlichen Überreste.«

Wie viele Leichen die Behörden wohl finden würden? Weißenbach war eigentlich längst ein Mausoleum.

»Schrecklich! Stand schon etwas zur Brandursache in der Presse?«, wollte Tina wissen. »Im Netz konnte ich rein gar nichts finden.«

»Die müssen natürlich vorsichtig sein, was sie berichten«, sagte Verena mit Bedacht.

Tina lachte trocken auf. »Das hat sie bei der Geschichte im Park doch auch nicht davon abgehalten, jede Menge Spekulation und Lügen über dich zu verbreiten! Was glaubst du denn, was passiert ist?«

»Man hat einen seltsam deformierten Körper im Kapuzenshirt in der Einfahrt gefunden. Also könnte ich mir vorstellen, dass mich der *Lumpensammler* irgendwie ausfindig gemacht hat.«

Tina riss ungläubig die Augen auf. »Nein!«

»Vielleicht hat er das Haus aus Wut angesteckt, um mich endgültig zu erwischen. Oder möglicherweise ist nur ein Funken aus dem Kamin in der Bibliothek unglücklich gelandet. Frau Hagendorfs alte Bücher waren zundertrocken. Die Familie wollte ja ins Ausland fahren, und womöglich ist in dem Abreisechaos jemand zu leichtsinnig mit dem Feuerholz umgegangen.«

»Mh.« Tina machte eine längere Pause und wechselte dann das Thema. »Eigentlich sollte ich noch sauer sein, weil du deine knappen Handyressourcen auf diesen geheimnisvollen Leon verwendet hast, statt mit mir zu telefonieren«, beschwerte sie sich mit Schalk in der Stimme.

»Von wegen Handy. Wir haben uns ganz altmodisch kennengelernt, als Leon die Hecke der Hagendorfs geschnitten hat. Und du musst jetzt nicht zu viel hineininterpretieren, nur weil wir uns einmal getroffen ...«

Leon und sie würden sich noch häufiger sehen. Verena hatte ihm versprochen, dass sie ihn fürs Erste alle zwei Tag besuchte, um die Heilung der Wunde zu verfolgen und die Fäden zu ziehen, sobald es möglich war.

Verenas Hausanschluss klingelte.

Eigentlich ließ sie momentan den Anrufbeantworter rangehen, um allzu aufdringlichen Nachfragen zu entgehen. Doch die angezeigte Nummernfolge kam ihr irgendwie bekannt vor, und sie nahm den Hörer ab. »Verena Seiler.«

Leises Atmen im Hintergrund. Aber es meldete sich keine Stimme, und niemand sprach.

»Hallo, was wollen Sie?«

Am anderen Ende wurde aufgelegt. In diesem Moment erinnerte sich Verena, woher ihr die Nummer bekannt vorkam. Sie gehörte Gina.

Verena hätte jederzeit zurückrufen können. Aber das wollte sie nicht.

Gina wusste nun, dass sie noch lebte. Sie konnte unmöglich ahnen, dass Verena über ihre Suche nach dem Salamanderbuch und sämtliche Hintergründe informiert war.

Vielleicht hatte Gina, dank der Nebentätigkeit als Kardens Spionin, wenigstens genug Mittel, um sich ihren Traum zu erfüllen. Verena würde in Zukunft die Augen nach Ginas mobilem Kuchenbuffet aufhalten.

Mit hoffentlich vollkommen unschuldigen Rezepturen.

ENDE

Glossar

Almanach – Jahrbuch, Kalender (hier astronomisch)

Äther – laut alchemistischer Lehre eines der Urelemente

Blue Moon – der zweite Vollmond innerhalb eines Kalendermonats, oder (seltener) der überzählige 4. Mond einer Jahreszeit

Gartenlaube – Illustriertes Familienblatt: Zeitschrift, Vorläufer der modernen Illustrierten, erschien ab 1853

Homunculus – durch Alchemie erschaffenes, künstliches Wesen

Jane Eyre – Roman der Bronte-Schwestern um die Waise Jane, die als Gouvernante für seine kleine Tochter zu Mr Rochester kommt und sich in ihn verliebt

Panazee – Mystisches Universal-Heilmittel

Parthenogenese – Jungfernzeugung. Die Entwicklung einer einzelnen unbefruchteten Eizelle zur Fortpflanzung

Portikus – in der neuzeitlichen Architektur ein als Säulengang gestalteter Vorbau *prima materia* – alchemistische Ursubstanz

Rebecca – Roman von Daphne du Maurier
Eine Gesellschafterin heiratet den Witwer de Winter. Doch sein Haus scheint immer noch beherrscht von der unter mysteriösen Umständen verstorbenen Rebecca. Während die Buchvorlage den Witwer als Mörder enttarnt, wird er in der Hitchcock-Verfilmung zugunsten eines Happy Ends als unschuldig dargestellt.

Roter Löwe – anderer Begriff für den Stein der Weisen

Die singenden Rosen – Falk von Tritzau zugeschriebene Novelle über den Mord an einer Frau und ihrer Rache aus dem Grab. Verzeichnet in »Das steinerne Herz« von L. Budinger.

Stein der Weisen – mittels Alchemie gewonnene Substanz, die u.a. zur Herstellung des Lebenselixiers dient.

Danksagung

Unter dem Vollmond:
Besonders bedanken möchte ich mich bei ›Instant‹-Leserin und Autorenkollegin Andrea Tillmanns, die mir zeitnahes *Feedback* zur Erstfassung des Romans zukommen ließ.
Vielen Dank auch an Steffi Zurek, für den Einblick in ihre Arbeiten zum Sujet der *gothic novel*, namentlich:
»Elemente des Schauerromans in Jane Austens Northanger Abbey« (Hausarbeit von Stefanie Zurek)
»Elements of the Gothic in Contemporary Popular Culture: The Case of Supernatural« (Magisterarbeit von Stefanie Zurek)
Schließlich geht noch ein ganz spezielles Dankeschön an ›Kurt‹ und Charlie für *Sandman*.
Die Schatten von Weißenbach:
Große Anerkennung für ihre hilfreichen Anmerkungen gebühren auch Marie Völkening und Hanna Nolden, die diese Fassung des Romans dem Buchmessestress und fiesen Virus zum Trotz gelesen haben.
Gelobt sei ebenfalls Charlotte Engmann, die es sich nicht nehmen ließ, auch diese Version mit Falkenaugen durchzuschauen.
Und natürlich Alexander Lohmann für seine Geduld und Unterstützung in jeder Phase des Projekts.